中国诗词大汇 品读醉美

怀古诗词

曹春红 编著

中国言实出版社

图书在版编目（CIP）数据

品读醉美怀古诗词 / 曹春红编著. -- 北京 : 中国言实出版社, 2021.11

ISBN 978-7-5171-3884-6

Ⅰ. ①品… Ⅱ. ①曹… Ⅲ. ①古典诗歌—诗歌欣赏—中国 Ⅳ. ①I207.2

中国版本图书馆CIP数据核字(2021)第190020号

品读醉美怀古诗词

责任编辑：郭江妮
责任校对：敖　华

出版发行：中国言实出版社
地　址：北京市朝阳区北苑路180号加利大厦5号楼105室
邮　编：100101
编辑部：北京市海淀区花园路 6 号院 B 座 6 层
邮　编：100088
电　话：64924853（总编室）　64924716（发行部）
网　址：www.zgyscbs.cn　E-mail：zgyscbs@263.net

经　　销：新华书店
印　　刷：北京市兴怀印刷厂
版　　次：2022年 8 月第 1 版　2022年 8 月第 1 次印刷
规　　格：850毫米 × 1168毫米　1/32　7.5印张
字　　数：224千字

定　　价：42.80元
书　　号：ISBN 978-7-5171-3884-6

前言

优秀的诗词是我们中华民族传统文化的精粹，也是中华儿女引以为豪的瑰宝。我们伟大的祖国在悠久的历史长河中，造就了一个闻名世界的诗国。从《诗经》《楚辞》到汉乐府民歌，从魏晋诗歌到唐诗、宋词、元曲，无数诗人在祖国灵山秀水的孕育下，写下了一首首脍炙人口的诗篇。

看那优美的词句、听那和谐的音韵，或激励人奋发图强，或诉说爱情的悲欢离合，或追忆流金岁月，或赞美清幽的田园生活、山川田野的秀美景色；时而悲壮苍凉，时而清新优美，时而幽默风趣，时而沉郁激愤……内容五彩缤纷，情感细腻真挚。一首首诗词就像夜空中璀璨的星儿不断把光明洒向人间，驱散我们内心的迷惘，照亮我们的前程，这怎能不让我们为之震撼？怎能不让我们为之心动？

诵读经典诗词是中华民族的优良传统，对陶冶情操，开拓视野，继承古代优秀的文化遗产，提高文化修养、审美能力、想象能力和读写能力，都具有相当重要的作用。为此，我们在浩如烟海的中国诗词中精心选录了千余首，并按爱国、励志、怀古、思乡、登临、田园、言情、友谊、童趣等9个主题分为9册，更方便读者有针对性的选读。每册除了将诗词原汁原味地呈献给大家外，还增设了注释、作者名片、译文、赏析等四个板块，旨在让读者更准确、更深入地掌握这些诗词的内涵和特色。

怀古诗词是中国诗词中内容、思想较沉重的作品，主要以历史事件、历史人物、历史陈迹为题材，借登高望远、咏叹史实、怀念古迹来达到感慨兴衰、寄托哀思、托古讽今等目的。这类诗由于多写古人往事，且多用典故，写作委婉。本册的百余首怀古诗词将伴您追忆过往的美好时光。年华像流水一般飞逝，留给我们太多美好的回忆，像一片片飞舞的雪花，轻盈如梦，又像一片片飘扬的落英，凄美动人……回忆终将成为一种永恒！

目录

临江仙·滚滚长江东逝水[1]

【明】杨慎

滚滚长江东逝水，浪花淘尽[2]英雄。是非成败[3]转头空。青山依旧在，几度[4]夕阳红。

白发渔樵[5]江渚[6]上，惯看秋月春风[7]。一壶浊酒[8]喜相逢。古今[9]多少事，都付笑谈中[10]。

注释

①临江仙：原唐教坊曲名，后用作词牌名，字数有五十二字、五十四字等六种。常见者全词分两片，上下片各五句，三平韵。东逝水：江水向东流逝而去，这里将时光比喻为江水。

②淘尽：荡涤一空。

③成败：成功与失败。

④青山：青葱的山岭。几度：虚指，几次、好几次之意。

⑤渔樵：此处并非指渔翁、樵夫，联系前后文的语境而为动词隐居。此处作名词，指隐居不问世事的人。

⑥渚（zhǔ）：原意为水中的小块陆地，此处意为江岸边。

⑦秋月春风：指良辰美景。也指美好的岁月。

⑧浊（zhuó）：不清澈；不干净。与“清”相对。浊酒：用糯米、黄米等酿制的酒，较混浊。

⑨古今：古代和现今。

⑩都付笑谈中：在一些古典文学及音乐作品中，也有作“尽付笑谈中”。

作者名片

杨慎（1488—1559），字用修，初号月溪、升庵，又号逸史氏、博南山人、洞天真逸、滇南戍史、金马碧鸡老兵等。四川新都（今成都市新都区）人，祖籍庐陵。明代著名文学家，明代三才子之首，东阁大学士杨廷和之子。杨慎于正德六年（1511）状元及第，官翰林院修撰，参与编修《武宗实录》。明穆宗时追赠光禄寺少卿，明熹宗时追谥“文宪”，世称“杨文宪”。他能文、词及散曲，论古考证之作范围颇广。其诗沉酣六朝，揽采晚唐，创为渊博靡丽之词，造诣深厚，独立于当时风气之外。著作达四百余种，后人辑为《升庵集》。

译文

滚滚长江向东流，多少英雄像翻飞的浪花般消逝。不管是与非，还是成与败（古今英雄的功成名就），到现在都是一场空，随着岁月的流逝消逝了。当年的青山（江山）依然存在，太阳依然日升日落。

在江边的白发隐士，早已看惯了岁月的变化。和老友难得见了面，痛快地畅饮一杯酒。古往今来的多少事，都付诸（人们的）谈笑之中。

赏析

这是一首咏史词，借叙述历史兴亡抒发人生感慨，豪放中有含蓄，高亢中有深沉。

从全词看，基调慷慨悲壮，意味无穷，令人读来荡气回肠，不由得在心头平添万千感慨。在让读者感受苍凉悲壮的同时，这首词又营造出一种淡泊宁静的气氛，并且折射出高远的意境和深邃的人生哲理。作者试图在历史长河的奔腾与沉淀中探索永恒的价值，在成败得失之间寻找深刻的人生哲理，有历史兴衰之感，更有人生沉浮之慨，体现出一种高洁的情操、旷达的胸怀。读者在品味这首词的同时，仿佛感到那奔腾而去的不是滚滚长江之水，而是无情的历史；仿佛倾听到一声历史的叹息，于是，在叹息中寻找生命永恒的价值。

在这凝固的历史画面上，白发的渔夫、樵汉，悠然于秋月春风。

江渚就是江湾，是风平浪静的休闲之所。一个“惯”字让人感到些许莫名的孤独与苍凉。幸亏有朋自远方来的喜悦，酒逢知己，使这份孤独与苍凉有了一份慰藉。“浊酒”似乎显现出主人与来客友谊的高淡平和，其意本不在酒。古往今来，世事变迁，即使是那些名垂千古的丰功伟绩也算不了什么。只不过是人们茶余饭后的谈资，且谈且笑，痛快淋漓。多少无奈，尽在言外。

大江裹挟着浪花奔腾而去，英雄人物随着流逝的江水消失得不见踪影。“是非成败转头空”，豪迈、悲壮，既有大英雄功成名就后的失落、孤独感，又暗含着高山隐士对名利的淡泊、轻视。既是消沉的又是愤慨的，只是这愤慨已经渐渐没了火气。面对似血的残阳，历史仿佛也凝固了。“青山依旧在”是不变，“几度夕阳红”是变，“古今多少事”没有一件不在变与不变的相对运动中流逝，从“是非成败”的纠葛中解脱出来，历尽红尘百劫，太多的刻意都可以抛开，太复杂了倒会变得简单，在时、空、人、事之间的感悟中，别是一般滋味在心头。

历史固然是一面镜子，倘若没有丰富的甚至是痛苦的残酷的人生体验，那面镜子只是形同虚设，最多也只是热闹好看而已。正因为杨慎的人生感受太多太深，他才能看穿世事，把这番人生哲理娓娓道来，令无数读者产生心有戚戚的感觉。

既然“是非成败”都如同过眼烟云，就不必耿耿于怀、斤斤计较；不如寄情山水、托趣渔樵，与秋月春风为伴，自在自得。作者平生抱负未展，横遭政治打击。他看透了朝廷的腐败，不愿屈从、阿附权贵，宁肯终老边荒而保持自己的节操。因此他以与知己相逢为乐事，把历代兴亡作为谈资笑料以助酒兴，表现出鄙夷世俗、淡泊洒脱的情怀。无论过去、当下，还是以后，追逐名利似乎总是一些人的生存方式，然而名缰利锁又往往令人痛苦不堪、难以自拔。

当然要建功立业，当然要展现英雄气概，当然要在无情的流逝中追求永恒的价值。但是既要拿得起，进得去；还要放得下，跳得出。要想看清历史发展的必然趋势，看清自己在历史中的位置和可能起到的作用，深度和远见都必须在生活中不断磨炼。

浪奔浪流，万里滔滔江水永不休，任凭江水淘尽世间事，化作滔滔一片潮流。历史总要不断地向前推进，不以人的意志为转移。逝者如斯，谁也留不住时光的脚步。可是人们却不甘就这样顺其自然，随波逐流。

“白发渔樵江渚上，惯看秋月春风。”这两句尤其经典，作者经历了70多年的人生，看穿了看透了，他就是词中的白发渔樵，坐在历史长河边的沙滩上，看历史长河滚滚东流，此刻时间凝固了，他以旁观者的心境，看季节的变化，看时代的更迭，顿觉人生何尝不是如此？你留也好，去也罢，四季照样变化，朝代照样更迭，生命照样老去。面对短短的人生，我们又何必一定要去强求什么呢？此刻的心境虽然无奈但又何等的洒脱。

“一壶浊酒喜相逢。古今多少事，都付笑谈中。”人的一生，你穷也好，达也罢，你得到的、你失去的，不也就在生命消亡的同时烟消云散了吗。所以，只要有一壶浊酒，有几个知己，就应该很满足了。

词中有两个“空”将词的意境即作者的心境推向了极致，其一是“是非成败转头空”，其二是“古今多少事，都付笑谈中”。作者总结自己的一生，得出的结论就是：“是非成败于人生而言，只不过都是笑谈罢了。”

赤　壁

【唐】杜牧

折戟①沉沙铁未销②，
自将③磨洗④认前朝。
东风⑤不与周郎⑥便，
铜雀春深锁二乔。

注释

①折戟：折断的戟。
②销：销蚀。
③将：拿起。
④磨洗：磨光洗净。
⑤东风：指火烧赤壁事。
⑥周郎：指周瑜。

作者名片

杜牧（803—853），字牧之，京兆万年（今陕西西安）人，宰相杜佑之孙。大和二年（828）进士，授宏文馆校书郎。多年在外地任幕僚，后历任监察御史，黄州、池州、睦州刺史等职，后入为司勋员外郎，官终中书舍人。以济世之才自负。诗文中多指陈时政之作。写景抒情的小诗，多清丽生动。以七言绝句著称。人谓之小杜，和李商隐合称“小李杜”，以别于李白与杜甫。有《樊川文集》二十卷传世，《全唐诗》收其诗八卷。

译文

一支折断了的铁戟沉没在水底沙中还没有销蚀掉，经过自己又磨又洗发现这是当年赤壁之战的遗物。

假如东风不给周瑜以方便，结局恐怕是曹操取胜，二乔被关进铜雀台了。

赏析

“折戟沉沙铁未销，自将磨洗认前朝。”这两句意为折断的战戟沉在泥沙中并未被销蚀，自己将它磨洗后认出是前朝遗物。在这里，这两句描写看似平淡实为不平。沙里沉埋着断戟，点出了此地曾有过历史风云。战戟折断沉沙却未被销蚀，暗含着岁月流逝而物是人非之感。正是由于发现了这一件沉埋江底六百多年、锈迹斑斑的“折戟”，使得诗人思绪万千，因此他要磨洗干净出来辨认一番，发现原来是赤壁之战遗留下来的兵器。这样前朝的遗物又进一步引发作者浮想联翩的思绪，为后文抒怀作了很好的铺垫。

“东风不与周郎便，铜雀春深锁二乔。”这后两句久为人们所传诵的佳句，意为倘若当年东风不帮助周瑜的话，那么铜雀台就会深深地锁住东吴二乔了。这里涉及历史上著名的赤壁之战。在赤壁战役中，周瑜主要是用火攻战胜了数量上远远超过己方的敌人，而其能用火攻则是因为在决战的时刻，恰好刮起了强劲的东风，所以诗人评论这次战争成败的原因，只选择当时的胜利者——周郎和他倚以致胜的因素——东风来写，而且因为这次胜利的关键，最后不能不归到东风，所以又将东风放在更主要的地位上。但他并不从正面来描摹东风如何帮助周郎取得了胜利，却从反面落笔：假使这次东风不给周郎以方便，那么，胜败双方就要易位，历史形势将完全改观。因此，接着就写出假想中曹军胜利，孙、刘失败之后的局面。但又不直接铺叙政治军事情势的变迁，而只间接地描绘两个东吴著名美女将要承受的命运。如果曹操成了胜利者，那么，大乔和小乔就必然要被抢去，关在铜雀台上。这里的铜雀台，就表现了曹操风流的一面，又言“春深”更加深了风流韵味，最后再用一个“锁”字，进一步突显其金屋藏娇之意。把硝烟弥漫的战争胜负写得很是蕴藉。

诗中的大乔、二乔两位女子，并不是平常的人物，而是属于东吴统治阶级中最高阶层的贵妇人。大乔是东吴前国主孙策的夫人，当时国主孙权的亲嫂，小乔则是正在带领东吴全部水陆兵马和曹操决一死战的军事统帅周瑜的夫人。她们虽与这次战役并无关系，但她们的身份和地位，代表着东吴作为一个独立政治实体的尊严。东吴不亡，她们绝不可能归于曹操，连她们都受到凌辱，则东吴社稷和生灵的遭遇也就可想而知了。所以诗人用“铜雀春深锁二乔”这样一句诗来描写在“东风不与周郎便”的情况之下，曹操胜利后的骄恣和东吴失败后的屈辱，正是极其有力的反跌，不独以美人衬托英雄，与上句周郎互相辉映，显得更有情致而已。诗的创作必须用形象思维，而形象性的语言则是形象思维的直接显示。用形象思维观察生活，别出心裁地反映生活，乃是诗的生命。杜牧在此诗里，通过“铜雀春深”这一富于形象性的诗句，以小见大，这正是他在艺术处理上独特的成功之处。另外，此诗过分强调东风的作用，又不从正面歌颂周瑜的胜利，却从反面假想其失败。杜牧通晓政治军事，对当时中央与藩镇、汉族与吐蕃的斗争形势，有相当清楚的了解，并曾经向朝廷提出过一些有益的建议。如果说，孟轲在战国时代就已经知道“天时不如地利，地利不

如人和”的原则，而杜牧却还把周瑜在赤壁战役中的巨大胜利，完全归之于偶然的东风，这是很难想象的。他之所以这样写，恐怕用意还在于自负知兵，借史事以吐其胸中抑郁不平之气。其中也暗含有阮籍登广武战场时所发出的“时无英雄，使竖子成名”那种慨叹在内，不过出语非常隐约，不容易看出。

泊秦淮[1]

【唐】杜牧

烟[2]笼寒水月笼沙，
夜泊[3]秦淮近酒家。
商女[4]不知亡国恨，
隔江犹唱后庭花。

注释

①秦淮：即秦淮河。
②烟：烟雾。
③泊：停泊。
④商女：以卖唱为生的歌女。

译文

迷离月色和轻烟笼罩寒水和白沙，夜晚船泊在秦淮靠近岸上的酒家。

卖唱的歌女不懂什么叫亡国之恨，隔着江水仍在高唱着玉树后庭花。

赏析

《泊秦淮》是杜牧的代表作之一，载于《全唐诗》卷五百二十三。下面是安徽师范大学文学院教授赵其钧先生对此诗的赏析。

建康是六朝都城，秦淮河穿过城中流入长江，两岸酒家林立，是当时豪门贵族、官僚士大夫享乐游宴的场所。唐王朝的都城虽不在建康，然而秦淮河两岸的景象却一如既往。

有人说作诗“发句好尤难得”（严羽《沧浪诗话》）。这首诗中的第一句就是不同凡响的，那两个“笼”字就很引人注目。烟、水、月、沙四者，被两个“笼”字和谐地融合在一起，绘成一幅极其淡雅的水边夜色。它是那么柔和幽静，而又隐含着微微浮动流走的意态，笔墨是那样轻淡，可那迷蒙冷寂的气氛又是那么浓。首句中的“月、水”，和第二句的“夜泊秦淮”是相关联的，所以读完第一句，再读“夜泊秦淮近酒家”，就显得很自然。但如果就诗人的活动来讲，该是先有“夜泊秦淮”，方能见到“烟笼寒水月笼沙”的景色，不过要真的掉过来一读，反而会觉得平淡无味了。诗中这种写法的好处是：首先创造出一个很具有特色的环境气氛，给人以强烈的吸引力，造成先声夺人的艺术效果，这是很符合艺术表现的要求的。其次，一、二句这么处理，就很像一幅画的画面和题字的关系。平常人们欣赏一幅画，往往是先注目于那精彩的画面（这就犹如“烟笼寒水月笼沙”），然后再去看那边角的题字（这便是“夜泊秦淮”）。所以诗人这样写也是颇合人们艺术欣赏的习惯。

“夜泊秦淮近酒家”，看似平平，却很值得玩味。这句诗内里的逻辑关系是很强的。由于“夜泊秦淮”才“近酒家”。然而，前四个字又为上一句的景色点出时间、地点，使之更具有个性，更具有典型意义，同时也照应了诗题；后三个字又为下文打开了道路，由于“近酒家”，才引出“商女”“亡国恨”和“后庭花”，也由此才触动了诗人的情怀。因此，从诗的发展和情感的抒发来看，这“近酒家”三个字，就像启动了闸门，那江河之水便汩汩而出，滔滔不绝。这七个字承上启下，网络全篇，诗人构思的细密、精巧，于此可见。

商女，是侍候他人的歌女。她们唱什么是由听者的趣味而定，可见诗说“商女不知亡国恨”，乃是一种曲笔，真正“不知亡国恨”的是那座中的欣赏者——封建贵族、官僚、豪绅。《后庭花》，即《玉树后庭花》，据说是南朝荒淫误国的陈后主所制的乐曲，这靡靡之音，早已使陈朝寿终正寝了。可是，如今又有人在这衰世之年，不以国事为怀，反用这种亡国之音来寻欢作乐，这不禁使诗人产生历史又将重演的隐忧。

“隔江”二字，承上“亡国恨”故事而来，指当年隋兵陈师江北，一江之隔的南朝小朝廷危在旦夕，而陈后主依然沉湎声色。“犹唱”二字，微妙而自然地把历史、现实和想象中的未来串成一线，意味深长。“商女不知亡国恨，隔江犹唱后庭花”，于婉曲轻利的风调之中，表现出辛辣的讽刺、深沉的悲痛、无限的感慨，堪称“绝唱”。这两句表达了较为清醒的封建知识分子对国事怀抱隐忧的心境，又反映了官僚贵族正以声色歌舞、纸醉金迷的生活来填补他们腐朽而空虚的灵魂，而这正是衰败的晚唐现实生活中两个不同侧面的写照。

蜀先主①庙

【唐】刘禹锡

天下英雄②气，
千秋尚凛然。
势分③三足鼎，
业复五铢钱。
得相能开国，
生儿不象贤④。
凄凉蜀故妓，
来舞魏宫前。

注释

①蜀先主：即汉昭烈帝刘备。诗题下原有注：“汉末谣，黄牛白腹，五铢当复。”
②天下英雄：一作“天地英雄”。《三国志·蜀志·先主传》：曹操曾对刘备说：“天下英雄，唯使君与操耳”。
③“势分”句：指刘备创立蜀汉，与魏、吴三分天下。
④不象贤：此言刘备之子刘禅不肖，不能守业。

作者名片

刘禹锡（772—842），字梦得，籍贯河南洛阳，生于河南郑州荥阳，自称“家本荥上，籍占洛阳”，又自言系出中山，其先为中山靖王刘胜（一说是匈奴后裔）。唐朝时期大臣、文学家、哲学家，有“诗豪”之称。诗文俱佳，涉猎题材广泛，与柳宗元并称“刘柳”，与韦应物、白居易合称“三杰”，并与白居易合称“刘白”，留下《陋室铭》《竹枝词》《杨柳枝词》《乌衣巷》等名篇。哲学著作《天论》三篇，论述天的物质性，分析“天命论”产生的根源，具有唯物主义思想。著有《刘梦得文集》《刘宾客集》。

译文

先主刘备英雄气概充满天地，千秋万代一直令人肃然起敬。
建国与吴魏三分天下成鼎足，恢复五铢钱币志在汉室振兴。
拜诸葛亮为丞相开创了国基，可惜生个儿子不像其父贤明。
最凄惨的是那蜀宫中的歌伎，在魏宫歌舞刘禅也毫无羞情。

赏析

《蜀先主庙》是刘禹锡五律中传诵较广的一首。这首咏史之作立意在赞誉英雄，鄙薄庸碌。

首联“天下英雄气，千秋尚凛然”，高唱入云，突兀挺拔。细品诗意，其妙有三：一、境界雄阔奇绝。“天下”两字囊括宇宙，极言“英雄气”之充塞六合，至大无垠；“千秋”两字贯串古今，极写“英雄气”之万古长存，永垂不朽。遣词结言，又显示出诗人吞吐日月、俯仰古今之胸臆。二、使事无迹。“天下英雄”四字暗用曹操对刘备语：“今天下英雄，惟使君与操耳”（《三国志·蜀志·先主传》）。刘禹锡仅添一“气”字，便有庙堂气象。三、意在言外。“尚凛然”三字虽然只是抒写一种感受，但诗人面对先主塑像，肃然起敬的神态隐然可见；其中“尚”字用得极妙，先主庙堂尚且威势逼人，则其生前叱咤风云的英雄气概，自不待言了。

颔联紧承“英雄气”三字，引出刘备的英雄业绩：“势分三足

鼎，业复五铢钱。”刘备起自微细，在汉末乱世之中，转战南北，几经颠扑，才形成了与曹操、孙权三分天下之势，实在是得之不易。建立蜀国以后，他又力图进取中原，统一中国，这更显示了英雄之志。“五铢钱”是用典。这是借钱币的典故，暗喻刘备振兴汉室的勃勃雄心。这一联的对仗难度比较大。“势分三足鼎”，化用孙楚《为石仲容与孙皓书》中语：“自谓三分鼎足之势，可与泰山共相终始。”“业复五铢钱”纯用民谣中语。两句典出殊门，互不相关，可是对应自成巧思，浑然天成。

如果说，颔联主要是颂扬刘备的功业，那么，颈联进一步指出刘备功业之不能卒成，为之叹惜。“得相能开国”，是说刘备三顾茅庐，得诸葛亮辅佐，建立了蜀国；“生儿不象贤”，则说后主刘禅不能效法先人贤德，狎近小人，愚昧昏聩，致使蜀国的基业被他葬送。创业难，守成更难。刘禹锡认为这是一个深刻的历史教训，所以特意加以指出。这一联用刘备的长于任贤择相，与他的短于教子、致使嗣子不肖相对比，正反相形，具有词意颉颃、声情顿挫之妙。五律的颈联最忌与颔联措意雷同。此诗颔联咏功业，颈联说人事，转接之间，富于变化；且颔联承上，颈联启下，脉络相当清晰。

尾联感叹后主的不肖。刘禅不惜先业、麻木不仁，足见他落得国灭身俘的严重后果绝非偶然。字里行间，渗透着对于刘备身后事业消亡的无限嗟叹之情。

从全诗的构思来看，前四句写盛德，后四句写业衰，在鲜明的盛衰对比中，道出了古今兴亡的一个深刻教训。诗人咏史怀古，其着眼点当然还在于当世。唐王朝有过开元盛世，但到了刘禹锡所处的时代，已经日薄西山，国势日益衰颓。然而执政者仍然那样昏庸荒唐，甚至一再打击迫害像刘禹锡那样的革新者。这使人感慨万千。全诗措辞精警凝练，沉着超迈，并以形象的感染力，垂戒无穷。这也许就是它千百年来一直传诵不息的原因。

于易水①送人

【唐】骆宾王

此地②别燕丹，
壮士③发冲冠④。
昔时⑤人已没⑥，
今日水犹⑦寒。

注释

①易水：河流名，也称易河。
②此地：这里指易水岸边。
③壮士：意气豪壮而勇敢的人。
④发冲冠：形容人极端愤怒，因而头发直立，把帽子都冲起来了。
⑤昔时：往日，从前。
⑥没（mò）：即“殁”，死。
⑦犹：仍然。

作者名片

骆宾王（626—684），唐代文学家。字观光。婺州义乌（今属浙江）人。曾任临海丞。后随徐敬业起兵反对武则天，作《讨武曌檄》，兵败后不知所终，或说被杀，或说为僧。他与王勃、杨炯、卢照邻以诗文齐名，为“初唐四杰”之一。有《骆宾王文集》。

译文

在此地离别了燕太子丹，壮士荆轲愤怒头发冲冠。
昔日的英豪人已经长逝，今天这易水还那样凄寒。

赏析

此诗第一联“此地别燕丹，壮士发冲冠”，道出诗人送别友人的地点。“壮士发冲冠”用来概括那个悲壮的送别场面和人物激昂慷慨的心情，表达了诗人对荆轲的深深崇敬之意。此时在易水边送别友

人，想起了荆轲的故事，这是很自然的。但是，诗的这种写法却又给人一种突兀之感，它舍弃了那些朋友交往、别情依依、别后思念等一般送别诗的常见的内容，而是芟夷枝蔓，直入史事。这种破空而来的笔法，反映了诗人心中蕴蓄着一股难以遏止的愤激之情，借怀古以慨今，把昔日之易水壮别和此刻之易水送人融为一体。从而为下面的抒情准备了条件，酝酿了气氛。

第二联“昔时人已没，今日水犹寒”，是怀古伤今之辞，抒发了诗人的感慨。这首诗的中心在第四句，尤其是诗尾的“寒”字，更是画龙点睛之笔，寓意丰富，深刻表达了诗人对历史和现实的感受。“寒”字，寓情于景，以景结情，因意构象，用象显意。景和象，是对客观事物的具体描绘；情和意，是诗人对客观对象在审美上的认识和感受。诗人在自然对象当中，读者在艺术对象当中，发现了美的客观存在，发现了生命和人格的表现，从而把这种主观的情和意，转移到客观的景和象上，给自然和艺术以生命，给客观事物赋予主观的灵魂，这就是诗歌创作和欣赏当中的“移情作用”。“寒”字正是这种移情作用的物质符号，这是此诗创作最为成功之处。

诗人于易水岸边送别友人，不仅感到水冷气寒，而且更加觉得意冷心寒。诗人在“前不见古人，后不见来者”的历史孤独中，只好向知心好友倾诉难酬的抱负和无尽的愤懑。诗人感怀荆轲之事，既是对自己的一种慰藉，也是将别时对友人的一种激励。这首诗题为送别，可又没有交代所别之人和所别之事，但“慷慨倚长剑，高歌一送君”的壮别场景如在眼前。所咏的历史本身就是壮别，这同诗人送友在事件上是相同的。而古今送别均为易水河岸，在地点上也是相同的。这两句诗是用对句的形式，一古一今，一轻一重，一缓一急，一明一暗，两条线索，同时交待，易水跨越古今，诗歌超越了时空，最后统一在“今日水犹寒”的“寒”字上，全诗融为一体。既是咏史又是抒怀，充分肯定了古代英雄荆轲的人生价值，同时也倾诉了诗人的抱负和苦闷，表达了对友人的希望。诗的构思是极为巧妙的。

从诗题上看这是一首送别诗，从诗的内容上看这又是一首咏史诗。这首诗题目虽为“送人”，但它并没有叙述一点朋友别离的情景，也没有告诉读者送的是何许人。然而那所送之人，定是肝胆相照的挚友。因为只有这样，诗人才愿意、才能够在分别之时不可抑制地一吐心中的块垒，而略去一切送别的常言套语。骆宾王长期怀才不遇，侘傺失志，身受迫害，爱国之志无从施展。他在送别友人之际，通过咏怀古事，表达对古代英雄的仰慕，也寄托自己对现实的深刻感慨，倾吐了自己满腔热血无处可洒的极大苦闷。全诗以强烈深沉的感情，含蓄精炼的手法，摆脱了初唐委靡纤弱的诗风影响，标志着唐代五言绝句的成熟，为唐诗的健康发展开拓了道路。

人月圆·伤心莫问前朝事

【元】倪瓒

伤心莫问前朝①事，重上越王台②。鹧鸪啼处，东风草绿，残照花开。怅然孤啸，青山故国③，乔木苍苔。当时明月，依依素影④，何处飞来？

注释

①前朝：此指宋朝。
②越王台：在浙江绍兴城内府山南麓。据《越绝书》载，台在勾践小城内。后渐不存。南宋嘉定年间以近民亭遗址重建，至今尚在。
③青山故国，乔木苍苔：用南朝宋颜延之《还至梁城作》“故国多乔木”句意。
④素影：皎洁银白的月光。

作者名片

倪瓒（1301—1374），初名倪珽，字泰宇，江苏无锡人，元末明初画家、诗人。擅画山水和墨竹，画风早年清润，晚年平淡天真。亦擅诗文，存世作品

有《渔庄秋霁图》《六君子图》《容膝斋图》《清閟阁集》。家中富有，博学好古，四方名士常至其门，与黄公望、王蒙、吴镇合称“元四家”。元顺帝至正初年，散尽家财，浪迹太湖。存世作品有《渔庄秋霁图》《六君子图》《容膝斋图》《清閟阁集》。

译文

别问前朝那些伤心的往事了，我重新登上越王台。鹧鸪鸟哀婉地啼叫，东风吹拂初绿的衰草，残阳中山花开放。

惆怅地独自仰天长啸，青崇山峻岭依旧，故国已不在，满目尽是乔木布满苍苔，一片悲凉。头上的明月，柔和皎洁，仍是照耀过前朝的那轮，可是它又是从哪里飞来的呢？

赏析

倪瓒生活在元代的中晚期，无所谓遗民思想，曲中的“前朝事”是将越王台沿经的历史一网打尽，并不专指宋朝；但历史的盛衰、岁月的无情，一样会引起怀古者的“伤心”。窦诗是“伤心欲问前朝事”，而小令却“伤心莫问前朝事”，一字之差，绝望和无奈的感情色彩就表现得更加强烈。

诗人禁不住“怅然孤啸”。“啸”是感情激越、一舒抑塞的表现，而一个“孤”字，又有心事无人知会的意味。“青山故国，乔木苍苔”是登台的所见，它较之前片的“东风草绿，残照花开”更增加了悲凉的色彩。“当时明月”等三句又借助了唐诗的意境。刘禹锡《石头城》有“淮水东边旧时月，夜深还过女墙来”的诗句，李白《苏台怀古》也说“只今惟有西江月，曾照吴王宫里人。”明月是历史的见证，如今“依依素影”又高悬在越王台的上空。诗人独发一问：“何处飞来？”问得似乎突兀，但含意是十分明显的：“当时”的江山久已换主，那么“当时”的明月怎么又会飞来重临呢？这一笔同前引的《石头城》《苏台怀古》一样，是借助嗔怪明月的多事、无情，抒发怀古的幽思。作者起笔云“伤心莫问前朝事”，至此还是问了，并问得那样投入、那样悲哀。“依依”是依恋不去的模样，说明明月在天空徘徊已久。而诗人从“残照”时分直留到月夜，这“依依”两字也就成了一种移情手法，表现出了诗人对故国山河的倦倦深情。

这首小令除了善于从唐人诗句中袭意外，在景物的描写上也深得风神。“东风草绿，残照花开”表现江山无主，“青山故国，乔木苍苔”表现世事无常。以此为陪主之宾，则“越王台”的悲凉寂寞自在意中。又诗人选取了亘古恒在的景物如东风、残照、青山、明月，与时过境迁的绿草、野花、乔木、苍苔交叉在一起，在特定的空间中导入了苍茫的时间感，从而将抚今思古的主旨形象地表现了出来。

金陵①图

【唐】韦庄

谁谓伤心画不成，
画人心逐②世人情。
君看六幅南朝事，
老木③寒云满故城。

注释

①金陵：古地名，即今江苏南京及江宁等地，为六朝故都。
②逐：随，跟随。《玉篇》：“逐，从也。”这里可作迎合解。
③老木：枯老的树木。

作者名片

韦庄（836—910），字端己，长安杜陵（今中国陕西省西安市附近）人，晚唐诗人、词人，五代时前蜀宰相。文昌右相韦待价七世孙、苏州刺史韦应物四世孙。韦庄工诗，与温庭筠同为“花间派”代表作家，并称“温韦”。所著长诗《秦妇吟》反映战乱中妇女的不幸遭遇，在当时颇负盛名，与《孔雀东南飞》《木兰诗》并称“乐府三绝”。有《浣花集》十卷，后人又辑其词作为《浣花词》。《全唐诗》录

其诗三百一十六首。

译文

谁说画不出六朝古都的伤心事，只是那些画家为了迎合世人心理而不画伤心图而已。

请看这六幅描摹南朝往事的画中，枯老的树木和寒凉的云朵充满了整个金陵城。

赏析

此诗是作者看了六幅描写六朝史事的彩绘后有感而写的吊古伤今之作，诗中指出这组画并没有为晚唐统治者粉饰升平，而是画出它的凄凉衰败，借六朝旧事抒发对晚唐现实的深忧。全诗语调激昂、寓意深刻，不仅对那些粉饰太平、不尊重历史事实的行为作了有力的驳斥，并点明了发生这种现象的社会原因，而且对敢于反映历史真实的六幅“伤心画”给予了高度的评价，体现了作者朴素的历史唯物主义精神。

画家是什么人，已不可考。他画的是南朝六代（东吴、东晋、宋、齐、梁、陈）的故事，因为六代均建都于金陵。这位画家并没有为南朝统治者粉饰升平，而是写出它的凄凉衰败。他在画面绘出许多老木寒云，绘出危城破堞，使人看到三百年间的金陵，并非什么郁郁葱葱的帝王之州，倒是使人产生伤感的古城。这真是不同于一般的历史组画。

比韦庄略早些时的诗人高蟾写过一首《金陵晚望》：

“曾伴浮云归晚翠，犹陪落日泛秋声。

世间无限丹青手，一片伤心画不成。”

结尾两句，感慨深沉。高蟾预感到唐王朝危机四伏，无可挽回地正在走向总崩溃的末日，他为此感到苦恼，而又无能为力。他把这种潜在的危机归结为“一片伤心”；而这“一片伤心”，在一般画家笔下是无法表达出来的。

韦庄显然是读过高蟾这首《金陵晚望》的。当他看了这六幅南朝故事的彩绘之后，高蟾“一片伤心画不成”的诗句，似乎又从记忆中浮现。“真个是画不成么？”你看这六幅南朝故事，不是已把“一片伤心”画出来了吗！于是他就提起笔来，好像针对高蟾反驳道：“谁谓伤心画不成？画人心逐世人情。”为什么就画不成社会的“一片伤心”呢？只是因为一般的画家只想迎合世人的庸俗心理，专去画些粉饰升平的东西，而不愿意反映社会的真实面貌罢了。

诗人在否定了“伤心画不成”的说法后，举出了一个出色的例证来：“君看六幅南朝事，老木寒云满故城。”请看这幅《金陵图》吧，画面上古木枯凋，寒云笼罩，一片凄清荒凉。南朝六个小朝廷，哪一个不是昏庸无道，最后向敌人投降而结束了它们的短命历史的？这就是三百年间金陵惨淡现实的真实写照。

将高蟾的《金陵晚望》和本篇作一比较，颇耐人寻味。一个感叹“一片伤心画不成”，一个反驳说，现在不是画出来了么！其实，二人都是借六朝旧事抒发对晚唐现实的深忧，在艺术上有异曲同工之妙。

燕昭王①

【唐】陈子昂

南登碣石馆②，
遥望黄金台③。
丘陵尽④乔木，
昭王安在哉？
霸图⑤今已矣⑥，
驱⑦马复归来。

注释

①燕昭王：战国时期燕国有名的贤明君主，善于纳士，使原来国势衰败的燕国逐渐强大起来，并且打败了当时的强国——齐国。
②碣（jié）石馆：即碣石宫。碣石：指墓碑。碣：齐胸高的石块。
③黄金台：位于碣石坂附近。
④尽：全。
⑤霸图：宏图霸业。
⑥已矣：结束了。
⑦驱：驱使。

译文

从南面登上碣石宫，望向远处的黄金台。

丘陵上已满是乔木，燕昭王到哪里去了？

宏图霸业今已不再，我也只好骑马归营。

赏析

《燕昭王》是一首怀古诗，借古讽今，感情深沉，词句朴质，有较强的感人力量。当时作者身居边地，登临碣石山顶，极目远眺，触景生情，抚今追昔，吊古抒情，这首诗表达了怀才不遇，报国无门的痛苦心情，反映了作者积极向上的强烈的进取精神。

“南登碣石馆，遥望黄金台”。诗的开篇两句，首先点出凭吊的地点碣石山顶和凭吊的事物黄金台，由此引发出抒怀之情，集中表现出燕昭王求贤若渴的风度，也写出了诗人对明君的盼望，为后四句作铺垫。诗人写两处古迹，集中地表现了燕昭王求贤若渴礼贤下士的明主风度。从“登”和“望”两个动作中，可知诗人对古人的向往。这里并不是单纯地发思古之幽情，诗人强烈地推崇古人，是因为深深地感到现今世路的坎坷，其中有着深沉的自我感慨。

次二句：“丘陵尽乔木，昭王安在哉？”接下二句紧承诗意，以深沉的感情，凄凉的笔调，描绘了眼前乔木丛生，苍茫荒凉的景色，由景衬情，寓情于景，发出“昭王安在哉”的慨叹，表达对燕昭王仰慕怀念的深情，抒发了世事沧桑的感喟。诗人借古以讽今，对古代圣王的怀念，正是反映对现实君王的抨击，是说现实社会缺少燕昭王这样求贤若渴的圣明君主。表面上全是实景描写，但却寄托着诗人对现实的不满。为什么乐毅事魏，未见奇功，在燕国却做出了惊天动地的业绩，其中的道理很简单，是因为燕昭王知人善任。因此，这两句明谓不见“昭王”，实是诗人以乐毅自比而发的牢骚，也是感慨自己生不逢时，英雄无用武之地。作品虽为武攸宜“轻无将略”而发，但诗中却将其置于不屑一顾的地位，从而更显示了诗人的豪气雄风。

作品最后以吊古伤今作结："霸图今已矣，驱马复归来。"结尾二句以画龙点睛之笔，以婉转哀怨的情调，表面上是写昭王之不可见，霸图之不可求，国士的抱负之不得实现，只得挂冠归还，实际是诗人抒发自己报国无门的感叹。诗人作此诗的前一年，契丹攻陷营州，并威胁檀州诸郡，而朝廷派来征战的将领却如此昏庸，这叫人为国运而深深担忧。因而诗人只好感慨"霸图"难再，国事日非了。同时，面对危局，诗人的安邦经世之策又不被纳用，反遭武攸宜的压抑，更使人感到前路茫茫。"已矣"二字，感慨至深。这"驱马归来"，表面是写览古归营，实际上也暗示了归隐之意。神功元年（697），唐结束了对契丹的战争，此后不久，诗人也就解官归里了。

这篇览古之诗，一无藻饰词语，颇富英豪被抑之气，读来令人喟然生慨。正如杜甫所说："国朝盛文章，子昂始高蹈。"胡应麟《诗薮》说："唐初承袭梁隋，陈子昂独开古雅之源。"陈子昂的这类诗歌，有"独开古雅"之功，有"始高蹈"的特殊地位。

经檀道济[①]故垒

【唐】刘禹锡

万里长城坏，
荒营野草秋。
秣陵[②]多士女[③]，
犹唱白符鸠。

注释

①檀（tán）道济：刘宋时官至征南大将军、开府仪同三司、江州刺史。颇有功名，威名甚重，朝廷颇疑畏之，召入朝。元嘉十三年（436）春，将遣还镇，旋召入，下狱被杀。
②秣（mò）陵：即金陵。
③士女：指有识的男男女女。

译文

刘宋王朝的万里长城已经塌倒，荒废的营垒秋天长满野草。秣陵城里不少男男女女，至今还歌唱《白符鸠》深深哀悼。

赏析

诗人见到檀道济故垒，回想檀道济被枉杀一事，顿生感慨，故首两句即以“万里长城坏，荒营野草秋”伤之，对檀道济的无罪被杀这一深悲极痛之事一掬同情之泪。然虽伤之，亦含赞颂景仰檀道济之意，此从将檀道济比喻为巍巍万里长城可见。这两句既是写景，又是抒发其沉痛情感。次句“荒营野草秋”，以眼前荒凉萧条之景寄托其悲凉沉痛之思。由于诗人心头别有一层现实的凄楚哀感在，因此一登旧垒，便有一种特殊的敏感，数百年前遭冤被害者的愤怒的抗议声立即在耳际回响。这种历史与现实在心头的交感共鸣，不是说明诗人的历史意识特别强烈，而是说明诗人需要借助历史来抨击现实，抒发积愤，悼念友人。诗人的友人王叔文是中唐的政治家。在唐顺宗支持下，他主持永贞革新，兴利除弊，曾使“人情大悦”。后来不幸被宪宗“赐死”。诗人认为这也是自坏长城。三、四两句化用民谣入诗。据作者自注：“史云：当时人歌曰‘可怜《白符鸠》，枉杀檀江州。’”檀道济的被杀，尽管宋文帝给他罗列了一大堆罪状，但历史是公正的，人民的同情在遭冤者一边。这首民谣就是最好的证明。

全诗的言外之意是说，对于王叔文的无罪被“枉杀”，历史也会做出公正的判别，人民的同情也在王叔文一边。借古人的酒杯，浇心中的块垒，而又妙在不肯说破，遂使全诗意蕴深厚，寄慨无穷。

浪淘沙令[1]·伊吕两衰翁

【宋】王安石

伊吕[2]两衰翁[3]，历遍穷通[4]。一为钓叟[5]一耕佣[6]。若使当时身不遇，老了英雄[7]。

汤武[8]偶相逢，风虎云龙[9]。兴王[10]只在谈笑中。直至如今千载后，谁与争[11]功！

注释

①浪淘沙令，即“浪淘沙”，原唐教坊曲，后用为词牌名。刘禹锡、白居易并作七言绝句体，五代时起始流行长短句双调小令，又名“卖花声”。五十四字，前后片各四平韵，多作激越凄壮之音。《乐章集》名“浪淘沙令”，入“歇指调”，前后片首句各少一字。
②伊吕：指伊尹与吕尚。
③衰翁：老人。
④穷通：穷，处境困窘；通，处境顺利。
⑤钓叟：钓鱼的老翁，指吕尚。
⑥耕佣：指曾为人拥耕的伊尹。
⑦老了英雄：使英雄白白老死。
⑧汤武：汤，商汤王，商朝的创建者；武，周武王姬发，周朝建立者。
⑨风虎云龙：易经中有“云从龙，风从虎”，此句将云风喻贤臣，龙虎喻贤君，意为明君与贤臣合作有如云从龙、风从虎，建邦兴国。
⑩兴王：兴国之王，即开创基业的国君。这里指辅佐兴王。
⑪争：争论，比较。

作者名片

王安石（1021—1086），北宋政治家、文学家。字介甫，晚号半山。抚州临川（今属江西）人。庆历二年（1042）进士。宋神宗朝两度任宰相，实行变法。封舒国公，改封荆国公。晚居金陵。卒谥“文”。文学上的主要成就在诗方面，诗、文皆有成就，为“唐宋八大家”之一。词作不多，风格高峻，一洗五代绮靡旧习。著有《王临川集》《临川先生文集》《临川先生歌曲》等。

译文

伊尹和吕尚两位老人，困窘和顺利的境遇全都经历过了。他俩一位是钓鱼翁，一位是奴仆。如果两位英雄遇不到英明的君主，最终也只能老死于山野之中。

他们偶然与成汤和周武王相遇，英明的君主得到了贤臣，犹如

云生龙、风随虎一般，谈笑中建起了王业。到现在已几千年了，谁又能与他们所建立的丰功伟业一争高下呢？

赏析

这是一首咏史词，歌咏伊尹和吕尚“历遍穷通”的遭际和名垂千载的功业，以抒发作者获得宋神宗的知遇，在政治上大展宏图、春风得意的豪迈情怀。它不同于一般古代诗人词客笼统空泛的咏史作品，而是一个政治家鉴古论今的真实思想感情的流露。

起句“伊吕两衰翁，历遍穷通”从穷、通两个方面落笔，写伊尹、吕尚前后遭际的变化。伊尹，原名挚；尹，是他后来所担任的官职。传说他是伊水旁的一个弃婴，以“伊为氏，曾佣耕于莘（《孟子·万章》）：“伊尹耕于有莘之野。”莘，古国名，其地在今河南开封附近），商汤娶有莘氏之女，他作为陪嫁而随着归属于商，后来得到汤王的重用，才有了作为。吕尚，姜姓，吕氏，名尚，字子牙，号“太公望”。传说他直到晚年还是困顿不堪，只得垂钓于渭水之滨，一次，恰值周文王出猎，君臣才得遇合，他先辅文王，继佐武王，终于成就了灭商兴周之大业。伊、吕二人的经历并不是一帆风顺的，他们都是先穷而后通，度过了困窘之后才遇到施展抱负的机会的，所以说他们“历遍穷通”；吕尚显达的时候，年岁已老了，所以称作“衰翁”。封建时代的士人由穷到通，总有一定的偶然因素、侥幸成分，也就是说，能够由穷到通的毕竟是少数，此并言“伊吕两衰翁”，伊尹佐汤时年老下否，书无明文，此是连类而及。值得思考的问题是：“若使当时身不遇”。作者颇有自诩之意。“若使”即假如。当伊、吕为耕佣、钓叟之时，假如不遇商汤、周文，则英雄终将老死岩壑。伊、吕是值得庆幸的，但更多的士人的命运却是大可惋惜的，因为那些人没有被发现、被赏识、被任用机会，他们是“老了”的英雄，亦即被埋没了的英雄。

下片，“汤武偶相逢”中的“偶”已经点明了“君臣遇合”的偶然性，可是，一旦能够遇合，那就会出现“风虎云龙”的局面。《易·乾·文言》：“云从龙，风从虎，对人作而万物睹。”意思是说，云跟随着龙出现，风跟随着虎出现，人世间如果出现了圣明的君主，那么，在谈笑之间就轻而易举地完成了兴王道、建国家的大事业。伊、吕有真实的本领，果然能够做出一番事业来，这样，才真正称得起是人才。因这是问题的实质之所在，所以“兴王”一句在全词中是很有分量的。结尾，也是对这一句的引申，说伊、吕不仅功盖当世，至今超越千载，也没有人能够与之匹敌。在歌颂伊、吕的不朽功业的背后，伊、吕的遭适明主和建立功业对于王安石来说，是一股巨大的精神力量，他从中受到了鼓舞，增强了推行变法的决心和勇气。

金陵怀古

【唐】刘禹锡

潮满冶城[①]渚，
日斜征虏亭[②]。
蔡洲[③]新草绿，
幕府[④]旧烟青。
兴废[⑤]由人事[⑥]，
山川空地形[⑦]。
后庭花[⑧]一曲，
幽怨不堪听。

注释

①冶（yě）城：东吴著名的制造兵器之地。冶：一作“台”。
②征虏亭：亭名，在金陵。
③蔡洲：江中洲名。蔡：一作“芳”。
④幕府：山名。
⑤兴废：指国家兴亡。
⑥人事：指人的作为。
⑦山川空地形：徒然具有险要的山川形势。
⑧后庭花：即《玉树后庭花》，陈后主所作歌曲名。

译文

春潮淹没了冶城的洲渚，落日余晖斜照在征虏亭。
蔡洲一片嫩绿茁壮的新草，幕府山上仍是烟霭青青。

国家的兴亡取决于人事，山河也徒有险峻的地形。

玉树后庭花这支亡国曲，凄婉幽怨令人不忍再听。

赏析

“潮满冶城渚，日斜征虏亭。”首联写的是晨景和晚景。诗人为寻访东吴当年冶铸之地——冶城的遗迹来到江边，正逢早潮上涨，水天空阔，满川风涛。冶城这一以冶制吴刀、吴钩著名的古迹在何处，诗人徘徊寻觅，却四顾茫然。只有那江涛的拍岸声和江边一片荒凉的景象。它仿佛告诉人们：冶城和吴国的雄图霸业一样，早已在时间的长河中消逝得无影无踪了。傍晚时分，征虏亭寂寞地矗立在斜晖之中，伴随着它的不过是投在地上的长长的黑影而已，那东晋王谢贵族之家曾在这里饯行送别的热闹排场，也早已销声匿迹。尽管亭子与夕阳依旧，但人事却已全非。诗在开头两句巧妙地把盛衰对比从景语中道出，使诗歌一落笔就紧扣题意，自然流露出吊古伤今之情。

“蔡洲新草绿，幕府旧烟青。”颔联两句虽然仍是写景，但此处写的景，则不仅是对历史陈迹的凭吊，而且以雄伟美丽的山川为见证以抒怀，借以形象地表达出诗人对某一历史问题的识见。诗人说：看哪，时序虽在春寒料峭之中，那江心不沉的战船——蔡洲却已长出一片嫩绿的新草；那向来称金陵门户的幕府山正雄视大江，山顶上升起袅袅青烟，光景依然如旧。面对着滔滔江流，诗人想起了东晋军阀苏峻曾一度袭破金陵，企图凭借险阻，建立霸业。不久陶侃、温峤起兵在此伐叛，舟师四万于蔡洲。一时舳舻相望，旌旗蔽空，激战累日，终于击败苏峻，使晋室转危为安。他还想起幕府山正是由于丞相王导曾在此建立幕府屯兵驻守而得名。但曾几何时，东晋仍然被刘宋所代替，衡阳王刘义季出任南兖州刺史，此山从此又成为刘宋新贵们祖饯之处。山川风物在变幻的历史长河中并没有变异，诗人看到的仍是：春草年年绿，旧烟岁岁青。这一联融古今事与眼前景为一体，“新草绿”“旧烟青”六字下得醒豁鲜明，情景交融，并为下文的感慨作铺垫。

“兴废由人事，山川空地形。”颈联承上两联转入议论。诗人以极其精练的语言揭示了六朝兴亡的秘密，并示警当世：六朝的繁华哪里去了？当时的权贵而今安在？险要的山川形势并没有为他们的长治久安提供保障、国家兴亡，原当取决于人事！在这一联里，诗人思接千里，自铸伟词，提出了社稷之存“在德不在险”的卓越见解。后来王安石《金陵怀古四首》其二：“天兵南下此桥江，敌国当时指顾降。山水雄豪空复在，君王神武自无双。”即由此化出。足见议论之高，识见之卓。

尾联“后庭花一曲，幽怨不堪听”。六朝帝王凭恃天险、纵情享乐而国亡，历史的教训并没有被后世记取。诗人以《玉树后庭花》尚在流行暗示当今唐代的统治者依托关中百二山河之险，沉溺在声色享乐之中，正步着六朝的后尘，其后果是不堪设想的。《玉树后庭花》是公认的亡国之音。诗含蓄地把鉴戒亡国之意寄寓于一种音乐现象之中，可谓意味深长。晚唐诗人杜牧的《泊秦淮》：“商女不知亡国恨，隔江犹唱后庭花”，便是脱胎于此。

《贞一斋诗说》说：“咏史诗不必凿凿指事实，看古人名作可见。”刘禹锡这首诗就是这样，首联从题前摇曳而来，尾联从题后迤逦而去。前两联只点出与六朝有关的金陵名胜古迹，以暗示千古兴亡之所由，而不是为了追怀一朝、一帝、一事、一物。至后两联则通过议论和感慨借古讽今，揭示出全诗主旨。这种手法，用在咏史诗、怀古诗中是颇为高明的。

咏　史

【唐】李商隐

北湖①南埭②水漫漫，
一片降旗百尺竿。
三百年间同晓梦，
钟山③何处有龙盘④。

注释

①北湖：即金陵（今南京）玄武湖。
②南埭：即鸡鸣埭，在玄武湖边。埭（dài）：水闸，土坝。“北湖南埭”统指玄武湖。
③钟山：金陵紫金山。
④龙盘：形容山势如盘龙，雄峻绵亘。

作者名片

李商隐，字义山，号玉溪生、樊南生。怀州河内（今河南沁阳）人。开成（唐文宗年号）进士，曾任县尉、秘书郎和东川节度使判官等职。因受牛李党争影响，被人排挤，潦倒终身。所作咏史诗多托古以讽时政，无题诗很有名。擅长律绝，富于文采，构思精密，情致婉曲，具有独特风格。然用典太多，意旨隐晦。他和杜牧合称“小李杜”，与温庭筠合称为“温李”，与同时期的段成式、温庭筠风格相近，且都在家族里排行十六，故并称为“三十六体”。有《李义山诗集》。

译文

玄武湖已成了汪洋漫漫，一片降旗挂上百尺之竿。

三百余年如同一场短梦，金陵钟山真的有那龙盘？

赏析

首句“北湖南埭水漫漫”突出了六朝的故都的典型景色。北湖、南埭都是六朝帝王寻欢作乐的地方，可是经过了改朝换代，同一个“北湖”，同一个“南埭”，过去曾经看过彩舟容与，听过笙歌迭唱，而此时只剩下了汪洋一片。诗人怀着抚今感昔的情绪，把“北湖”“南埭”这两处名胜和漫漫湖水扣合起来写，表现出空虚渺茫之感。第一句“北湖南埭水漫漫”，诗人是把六朝兴废之感融汇到茫茫湖水的形象之中，而第二句“一片降旗百尺竿”，是通过具体事物的特写，形象地表现了六朝王运之终。在此“一片降旗”成为六朝历代王朝末叶的总的象征。“降旗”的典故原来和石头城有关，但诗人写了“降旗”不算，还用“百尺竿”作为进一步的衬托。“降旗”“一片”，分外可嗤；竿高“百尺”，愈见其辱。无论是从“一片”的广度或者是从“百尺”的高度来看历史，六朝中的一些末代封建统治者，荒淫之深、昏庸之甚、无耻之极，都可想而知了。

第三、四句“三百年间同晓梦，钟山何处有龙盘？”是一个转折，诗人囊括六朝三百年耻辱的历史。从孙吴到陈亡的三百年时间不算太短，但六朝诸代，纷纷更迭，恰好似凌晨残梦，说什么钟山龙蟠，形势险要，是没有什么根据的。传说诸葛亮看到金陵形势之雄，曾说：“钟山龙蟠，石城虎踞，帝王之宅也。”然而在李商隐看来，三百年间，孙吴、东晋、宋、齐、梁、陈，曾先后定都于此，全都亡国，可见“国之存亡，在人杰不在地灵”（屈复《玉溪生诗意》卷七）。前二句的“北湖”“南埭”已经为下文的“龙盘”之地伏根，而“一片降旗”偏偏就高高竖起在石头城上，则更证明地险之不足凭了。“钟山何处有龙盘？”诗人用反问的形式，加强了否定的语气，真是一针见血的快语。这一快语之所以妙，妙在作者是带着形象来判断的。诗人对“龙盘”王气的思考，不但扣合着六朝的山，扣合着历史上的“一片降旗”，还扣合着眼前的漫漫北湖；不但扣合着某一朝代的覆亡，还扣合着三百年沧桑。他的“王气无凭论”，实际上是“三百年间”一场“晓梦”的绝妙的艺术概括。诗作融写景、议论于一炉，兼有含蓄与明快之胜。诗人巧妙地使典型景象的层层揭示与深切意蕴的层层吐露相结合。他描写了一幅饱经六朝兴废的湖光山色，而隐藏在背后的意蕴，则是“龙盘”之险并不可凭。“水漫漫”是诗人从当今废景来揭示意蕴；“一片降旗”是从历史兴亡来揭示意蕴。“三百年来”则是把“一片降旗”所显示的改朝换代，糅合为“晓梦”一场，浑然无迹，而又作为导势，引出了早已盘旋在诗人心头的感慨“钟山何处有龙盘”的沉着明快之语，形成了诗的高潮。看来“龙盘”无处寻觅，六朝如此，正在走向衰亡的晚唐政权亦是如此。

李商隐咏史诗往往借助抒慨、设问、反问等方式，在篇末将全诗意蕴凝聚起来，以加强咏叹情调，也使整首诗显得奇警遒劲而又韵味深长。他的《隋宫》如此，《马嵬》《梦泽》等也是如此。纪昀说：“结句是晚唐别于盛唐处，若李、杜为之，当别有道理，此升降大关，不可不知。”（《玉溪生诗说》）以这种方式曲终奏雅，是晚唐律、绝体咏史诗的艺术创造，就中以李商隐比较出色。

整首诗层层作势，逼出末句，但由于气脉辽阔，并不显得艺术上刻意用力。结尾道破而不说尽，雄直中含顿挫之致。也因如此，诗之主旨虽在“兴废由人事，山川空地形”（刘禹锡《金陵怀古》），但总体以感慨咏叹出之，讽刺刻露之迹淡而悲慨叹惋之气浓。

题汉祖①庙

【唐】李商隐

乘运应须宅八荒②，
男儿安在恋池隍③。
君王④自起新丰后，
项羽⑤何曾在故乡。

注释

①汉祖：即汉高祖刘邦。
②宅八荒：以八荒为宅院。八荒：八方荒远的地方，此代指整个天下。宅：名词的意动用法。
③池隍：水塘和竹田。
④君王：指刘邦。
⑤项羽：名籍，字羽，秦末反秦领袖，称“西楚霸王”。

译文

应当乘着有利的时势去统一八荒，大丈夫怎能够胸无大志贪恋故乡。

刘邦做君王仿家乡建立新丰之时，项羽的衣锦还乡早成了一枕黄粱。

赏析

诗人在游高祖太庙时，目睹一代帝王的伟业丰功，心绪高涨，也很想有一番作为，于是开篇便表达了这种志向和抱负：乘运应须宅八荒，男儿安在恋池隍。据《史记·始皇本纪》：“有席卷天下，包举宇内，囊括四海之意，并吞八荒之心。”句意为：是男儿就应该有远大的抱负，不该眷恋家园，而应以天下为家，建功立业。

“君王自起新丰后，项羽何曾在故乡。”秦二世元年（前209），陈胜揭竿而起后，天下英雄群起而响应，刘邦等人在沛县起兵，项梁、项羽叔侄亦在江东举起反秦大旗。汉元年（前206）十月，刘邦率先驻军霸上。十一月中，项羽亦率诸侯征西，攻破函谷关；次年正月，自立西楚霸王。汉五年（前202），刘邦与诸侯兵共击楚军，与项羽决战，淮阴侯以三十万兵马当之，最终使其大败垓下。句意为：高祖自新丰起兵后，项羽又何曾在故乡待过。虽然二人同时举兵反秦，但成败异变，功业相反。高祖建立了皇统大业，而项羽却战败自刎。

诗人在这里用了很鲜明的色调来赞誉高祖，并以项羽作衬突出了高祖建汉的气势恢宏。意即，刘邦和项羽虽然都同为反秦义军的领袖人物，可最后的胜利还是不可避免地归了刘邦，这是一种王者之风对霸者之风的胜利，项羽大败垓下是一种历史必然。诗人立志要效仿高祖干一番轰轰烈烈的事业。

此诗起笔气势恢宏，视野辽阔，给整首诗添上了明快、激昂的色调。

蔡中郎坟①

【唐】温庭筠

古坟零落②野花春，
闻说中郎有后身。
今日爱才非昔日③，
莫抛心力作词人④。

注释

①蔡中郎坟：蔡中郎即东汉末年著名文士蔡邕，因他曾任左中郎将，后人称他为“蔡中郎”。据《吴地志》载，蔡邕坟在毗陵（今江苏省常州市）尚宜乡互村。
②零落：衰颓败落。
③昔日：往日，从前。
④词人：擅长文辞的人，指诗人。

作者名片

温庭筠，字飞卿，太原祁县（今属山西）人。唐代诗人、词人。

译文

古坟零落、唯有野花正逢春，我听说蔡中郎也有了后身。

如今爱惜人才已不如昔日，不要白白抛掷才华作诗人。

赏析

温庭筠的这首《蔡中郎坟》是写诗人过蔡中郎坟时引起的一段感慨。首句正面写蔡中郎坟。蔡邕卒于汉献帝初平三年（192），到温庭筠写这首诗时，已历六百多年。历史的风雨、人世的变迁，使这座埋葬着一代名士的古坟已经荒凉残破不堪，只有那星星点点不知名的野花点缀在它的周围。野花春的“春”字，形象地显示出逢春而发的野花开得热闹繁盛，一片生机。由于这野花的衬托，更显出古坟的零落荒凉。这里隐隐透出一种今昔沧桑的感慨，这种感慨，又正是下文“今日爱才非昔日”的一条引线。

第二句暗含着一则故事。原是人们对先后辉映的才人文士传统继承关系的一种迷信传说。诗人却巧妙地利用这个传说进行推想：既然张衡死后有蔡邕作他的后身，那么蔡邕死后想必也会有后身了。这里用“闻说”这种活泛的字眼，正暗示“中郎有后身”乃是出之传闻推测。如果单纯咏古，这一句似乎应当写成“闻说中郎是后身”或者“闻说张衡有后身”。而诗中这样写，既紧扣题内“坟”字，又巧妙地将诗意由吊古引向慨今。在全诗中，这一句是前后承接过渡的枢纽，诗人写来毫不着力，可见其艺术功力。

“今日爱才非昔日，莫抛心力作词人。”这两句紧承“中郎有后身”抒发感慨，是全篇主意。蔡邕生当东汉末年政治黑暗腐朽的时代，曾因上书议论朝政阙失，遭到诬陷，被流放到朔方；遇赦后，又因宦官仇视，亡命江湖；董卓专权，被迫任侍御史，卓被诛后，蔡邕也瘐死狱中。蔡邕一生遭遇，其实还是相当悲惨的。但他毕竟还参与过校写熹平石经这样的大事，而且董卓迫他为官，也还是因为欣赏他的文才。而作者当时的文士，则连蔡邕当年那样的际遇也得不到，只能老死户牖、与时俱没。因此诗人十分感慨，对不爱惜人才的当局者来说，蔡邕的后身生活在“今日”，即使用尽心力写作，也没有人来欣赏和提拔，根本不要去白白抛掷自己的才力。

这两句好像写得直率而刻露，但这并不妨碍它内涵的丰富与深刻。这是一种由高度的概括、尖锐的揭发和绝望的愤激所形成的耐人思索的艺术境界。熟悉蔡邕所处的时代和他的具体遭遇的人，都不难体味出“今日爱才非昔日”这句诗中所包含的深刻的悲哀。如果连蔡邕的时代都算爱才，那么“今日”之糟践人才便不问可知了。正因为这样，末句不是单纯慨叹地说“枉抛心力作词人”，而是充满愤激地说“莫抛心力作词人”。诗中讲到“中郎有后身”，可见诗人是隐然以此自命的，但又并不明说。这样，末句的含意就显得很活泛，既可理解为告诫自己，也可理解为泛指所有怀才不遇的士人，内涵既广，艺术上亦复耐人寻味。这两句诗是对那个糟践人才的时代所作的概括，也是当时广大文士愤激不平心声的集中表露。

南乡子①·邢州②道上作

【清】陈维崧

秋色冷并刀，一派③酸风④卷怒涛。并马三河年少客，粗豪，皂栎林⑤中醉射雕。

残酒忆荆高⑥，燕赵悲歌⑦事未消。忆昨车声寒易水⑧，今朝，慷慨还过豫让桥⑨。

注释

①南乡子：词牌名，又名《好离乡》《蕉叶怨》。双调五十六字，上下片各四平韵。
②邢州：今河北邢台。古时属的燕赵地区。
③一派：一片。
④酸风：北风；指冬天的风，也指寒风。
⑤皂栎（lì）林：栎，树名，产于北方。杜甫《壮游》“呼鹰皂栎林”。
⑥注：地在齐地。
⑦荆高：荆指荆轲。高指高渐离，此代指行侠仗义的刺客。
⑧燕赵悲歌：指荆高送别事。
⑨易水：河名，在河北易县附近。
⑩豫让桥：即豫让隐身伏击赵襄子之地，在邢台北，不存。

作者名片

陈维崧（1625—1682），清代词人、骈文作家。字其年，号迦陵。宜兴（今属江苏）人。出身显贵，后家道衰败。康熙十八年（1679）举博学鸿词，授翰林院检讨。曾撰修《明史》，越四年，卒于官。早年与朱彝尊齐名，为一代词家。一生作词一千余首。著作有《湖海楼诗文词全集》《陈迦陵文集》《迦陵词》等。

译文

秋风就像凌厉凄冷的并刀，一派令人酸目的狂风席卷呼啸而来，声如怒涛。荆州一带少年们并马驰骋，长得粗犷豪放，躺卧栎林，醉后弯弓射击大雕。

微微醉意中回忆着荆轲高渐离，燕赵之地至今悲歌未消，回忆往昔而今仍觉易水凄寒，今天我又慷慨豪迈地跨过豫让桥。

赏析

全词在行文上，前两句总述，后两句分叙，在分叙中又以“忆昨”和“今朝”的时间词标明，既说明词人在“邢州道上”的奔波进程，又可见诗人浮想联翩、情随景出的思绪，显得眉目清楚，词气贯注，再加上在抒情中融叙事、怀古、议论，更给人以一气呵成之感。

上片写道中所见。起首二句写秋色阴冷，秋风劲厉。用并刀相比、冰肌刺骨，好像刀割，可谓想象奇特，比喻尖新。写风劲，不仅用“卷涛”的夸张描写，更用一个“酸”字加以渲染，就突出了秋风直射眸子的尖利、寒冷和惨烈感，两句词采用比喻、夸张、通感等艺术手法，生动地写出词人对严酷的自然环境的独特感受，从而为下文“三河年少客”的英雄豪举提供了典型环境。后三句写“三河年少客”在林中骑射的情景。古称善射者为“射雕手”，在西风劲厉，寒意刺骨的深秋，竟有英雄少年呼朋引伴、冒风冲寒，驰马弋射，这确是一种粗犷豪举，一个“醉”字，更是醉态淋漓、神情毕现，词人以赞赏的笔调刻画了这一幅深秋醉射图，形象生动、风格雄健。“粗豪”两字，更是感情贯注，笔力千钧。

下片写怀古心情，词用“残酒忆荆高”换头，字面上，从少年的“醉射”引出自己的“残酒”；内容上，从写所见转入怀古；感情上，从赞扬少年变为感叹自己，承上启下，过渡自然，一个“忆”字更是有力地领起下文“荆高”，指荆轲、高渐离，其实也包括豫让的事，这里只说两人，一是为了押韵，二是限于字数不能遍举。接着词人回顾了春秋战国的两曲“燕赵悲歌”：一是关于荆轲和高渐离的事迹，二是豫让复仇报主的故事。两曲悲歌流传至今，使人激励，也使人叹息，这就是“事未消”的含义。词人触景怀思，心灵也深受震撼，因此，他乘车过易水时，深感其“寒”，这“寒”既是对自然气候的实写，也是历史往事的重现，更是词人内心感情的流露，这里有对荆、高壮志未酬的惋惜，也有对自己霜刃未试的伤感，但作者并不颓唐，在过豫让桥时忽多“慷慨”，这“慷慨”，是对豫让坚持复仇报主、耻于苟且偷生精神的赞扬，也是对自己不甘沉寂、勇于奋起的激励。作者缅怀三位壮士是借古人的悲壮事迹抒写自己心中的感慨，抒发壮怀激烈的雄心。慷慨豪气，力透纸背。

汉寿城春望

【唐】刘禹锡

汉寿[①]城边野草春，
荒祠古墓对荆榛[②]。
田中牧竖[③]烧刍狗[④]，
陌[⑤]上行人看石麟[⑥]。
华表半空经霹雳，
碑文才见[⑦]满埃尘。
不知何日东瀛[⑧]变，
此地还成要路津[⑨]。

注释

①汉寿：县名，在今湖南常德东南。
②荆榛：荆棘。
③牧竖：牧童。
④刍狗：古代用茅草扎成的狗作祭品，祭后就被抛弃。
⑤陌：田间小路。
⑥石麟：石头雕刻的麒麟，这里泛指古代王公贵族墓前的石刻。
⑦才见：依稀可见。
⑧东瀛：东海。据《神仙传·麻姑》记载，“麻姑谓王方平日：自接待以来，见东海三为桑田。”东瀛变指沧海桑田的变化。
⑨要路津：交通要道。

译文

春天来了，汉寿城边野草丛生，那荒祠和古墓前面正长满荆棘。

田里的牧童烧化着丢弃的刍狗，路上的行人在观看墓前的石麟。

经过雷电轰击，华表已经半毁。由于积满灰尘，碑文仅可辨认。

不知什么时候又发生沧海桑田的变化呢，到那时，这里又会成为南北交通的要道。

赏析

这首诗虽然极力地描绘了汉寿城遗址的荒凉、破败的景象，但是格调毫不低沉。在兴和废的转化之中，充分地表现了诗人发展变化的朴素辩证观点，使全诗充满了积极的进取精神。这首诗打破了一般律诗起、承、转、合的框框，首、颔、颈三联浑然一体，极力铺陈汉寿城遗址的荒芜、破败的景象，构成了全诗的整体层次。

首联的出句点明了“春望”的地点，含蓄而又凝练地表现汉寿城已是一片废墟了。“野草春”三字让人产生联想，如果汉寿不是一片芜城，还像当年那样人烟辐辏、无比繁华、春日迟迟、一派生机的话，诗人怎么会用城边野草刚刚发芽来描绘它的春色呢。首联对句勾勒出来的景物颇多，有荒祠、有古墓、有射棘、有榛莽，唯独没有人烟。正因为此，诗人用“对”字组合起来的柯、墓、荆、榛之类愈多，便使人愈感荒凉。

颔联虽有“牧童”和“行人”出现，但也没有增添任何生气。牧竖烧刍狗于田中，说明坟山冷落、祭扫无人、田地荒芜、可牧牛羊。“陌上行人看石麟”，是因为荆榛莽莽，别无可以观赏盼景物，唯古墓前石兽群尚可注目而已。

颈联清楚地告诉人们汉寿城今非昔比，当年繁华的交通要道，如今已破败不堪了。当年指示路途的华表，如今已经被雷电轰击得半残，纵横的断碑，通体蒙尘，碑文依稀可辨。昔日繁华，今朝破败，尽在残缺华表、断裂石碑中显露了出来。诗人不惜耗费大量笔墨大写特写这样的破败和荒凉，完全是为尾联富有哲理性的议论作准备的。

从这首诗的尾联，“不知何日东瀛变，此地还成要路津”，谈出了一个深刻的哲理，即兴和废是互相依存、互相转化的。诗人认为：兴和废不是永恒的、不变的；而是有兴就有废，有废就有兴，兴可以变成为废，废亦可以变成为兴的。这正如老子所说的“祸兮福所倚，福兮祸所伏”一样，是具有朴素辩证法观点的。

金陵[1]怀古

【唐】许浑

玉树[2]歌残王气终，
景阳兵合[3]戍楼空。
松楸[4]远近千官冢[5]，
禾黍[6]高低六代宫。
石燕拂云晴亦雨，
江豚[7]吹浪[8]夜还风。
英雄[9]一去豪华尽，
惟有青山似洛中[10]。

注释

①金陵：古邑名。战国楚威王七年（前333）灭越后设置。在今南京市清凉山。
②玉树：指陈后主所制的乐曲《玉树后庭花》。
③兵合：兵马会集。
④松楸：指在墓地上栽种的树木。
⑤冢（zhǒng）：坟墓。
⑥禾黍：禾与黍。泛指粮食作物。
⑦江豚：即江猪。
⑧吹浪：推动波浪。
⑨英雄：这里指占据金陵的历代帝王。
⑩洛中：即洛阳，洛阳多山。李白《金陵三首》：山似洛阳多。

译文

靡靡之音《玉树后庭花》，和陈王朝的国运一同告终；

景阳宫中隋兵聚会，边塞的瞭望楼已然空空。

墓地上远远近近的松树楸树，掩蔽着历代无数官吏的坟冢；

高高矮矮的绿色庄稼，长满了六朝残败的宫廷。

石燕展翅拂动着云霓，一会儿阴雨，一会儿天晴；江豚在大江中推波逐浪，夜深深又刮起一阵冷风。

历代的帝王一去不复返了，豪华的帝王生活也无踪无影；唯有那些环绕在四周的青山，仍然和当年的景物相同。

赏析

金陵是孙吴、东晋和南朝的宋、齐、梁、陈的古都，隋唐以来，由于政治中心的转移，不再有六朝的金粉繁华。金陵的盛衰沧桑，成为许多后代诗人寄慨言志的话题。这首诗便是一首咏怀金陵的诗。

这首诗的首句以追述隋兵灭陈的史事发端，写南朝最后一个朝廷，在陈后主所制乐曲《玉树后庭花》的靡靡之音中覆灭。公元589年，隋军攻陷金陵，《玉树后庭花》曲犹未尽，金陵却已末日来临，隋朝大军直逼景阳宫外，城防形同虚设，陈后主束手就擒，陈朝灭亡。这是金陵由盛转衰的开始，全诗以此发端，可谓善抓关键。

颔联描写金陵的衰败景象。“松楸”，坟墓上的树木。诗人登高而望，远近高低尽是松楸荒冢，残宫禾黍。南朝的繁荣盛况，已成为历史的陈迹。

前两联在内容安排上采用了逆挽的手法：首先追述对前朝历史的遥想，然后补写引起这种遥想的眼前景物。这就突出了陈朝灭亡这一金陵盛衰的转捩点及其蕴含的历史教训。

颈联用比兴手法概括世间的风云变幻。这里，“拂”字、“吹”字写得传神，“亦”字、“还”字写得含蓄。“拂云”描写石燕掠雨穿云的形象，“吹浪”表现江豚兴风鼓浪的气势。“晴亦雨”意味着“阴固雨”，“夜还风”显见得“日已风”。“江豚”和“石燕”，象征历史上叱咤风雨的人物，如尾联所说的英雄。这两句通过江上风云晴雨的变化，表现人类社会的干戈起伏和历代王朝的兴亡交替。

尾联照应开头，抒发了诗人对于繁华易逝的感慨。金陵和洛阳都有群山环绕，地形相似，所以李白《金陵三首》有“山似洛阳多”的诗句。“惟有青山似洛中”，就是说今日的金陵除去山川地势与六朝时依然相似，其余的一切都大不一样了。江山不改，世事多变。

这首怀古七律，在选取形象、锤炼字句方面很见功力。例如中间两联，都以自然景象反映社会的变化，手法和景物却大不相同；颔联采取赋的写法进行直观的描述，颈联借助比兴取得暗示的效果；松楸、禾黍都是现实中司空见惯的植物，石燕和江豚则是传说里面神奇怪诞的动

物。这样，既写出各式各样丰富多彩的形象，又烘托了一种神秘莫测的浪漫主义气氛。至于炼字，以首联为例："残"和"空"，从文化生活和军事设施两方面反映陈朝的腐败，一文一武，点染出陈亡之前金陵城一片没落不堪的景象；"合"字又以泰山压顶之势，表现隋朝大军兵临城下的威力；"王气终"则与尾联的"豪华尽"前后相应，抒写金陵繁华一去不返、人间权势终归于尽的慨叹。

同谢谘议[1]咏铜雀台[2]

【南北朝】谢朓

穗帷[3]飘井干，
樽酒若平生。
郁郁[4]西陵[5]树，
讵[6]闻歌吹声。
芳襟[7]染泪迹，
婵媛[8]空复情。
玉座[9]犹寂寞，
况乃妾身轻。

注释

①谢谘议：名璟。谘议：官名。
②铜雀台：建安十五年（210）曹操所建，在今河北省临漳县西南古邺城的西北隅。
③穗（suì）帷：即灵帐。帷：亦作帏。
④郁郁：形容树木茂盛。
⑤西陵：曹操的葬地。
⑥讵：岂。
⑦芳襟（jīn）：指妾伎的衣襟。
⑧婵媛（yuán）：情思牵连的样子。
⑨玉座：帝位，这里指曹操的灵位。

作者名片

谢朓（464—499），南北朝文学家。字玄晖，陈郡阳夏（今河南太康附近）人。他与同族前辈谢灵运均擅长山水诗，并称"大小谢"。谢朓先在京城任职，经常出入竟陵王萧子良的藩邸，为"竟陵八友"之一，享有很高的文学声誉。后在荆州任随王萧子隆幕僚，深受赏爱。永明十一年

（493），谢朓因遭受谗言被召回京师后，逐渐陷入困境。虽然，他的官职不断提高，从宣城太守做到尚书吏部郎，但由于他的家族和个人的声誉，从萧鸾（明帝）篡政，到始安王萧遥光谋废东昏侯自立，都曾拉拢他以为羽翼，使他深感危险。最终他还是因为有意泄漏了萧遥光的阴谋，被诬陷下狱而死，年仅三十六岁。有《谢宣城集》。

译文

铜雀台上飘着灵帐，就像死者活着一样供给他酒食。

曹操墓地的树木都长得很茂盛了，他哪里还能听到妾伎唱歌奏乐的声音呢？

妾伎们落泪，空余感伤之情，死人也不知道。

曹操这样的人物尚有一死，妾伎又何足道呢！

赏析

诗人描写祭奠曹操的“盛况”：铜雀台上，歌吹洞天，舞女如云，素白的灵帐，在西风中缓缓飘荡着；曹操的儿子们，供奉先父的亡灵，摆酒设祭，就像曹操活着的时候侍奉他一样。好一个“樽酒若平生”，一种庄严肃穆和隆重热烈的场面，宛然在目。同时，又令人油然想见曹操“平生”把酒临风、横槊赋诗的盖世雄风。然而，生前的气壮山河与死后的隆重庄严，乍看虽颇相仿佛，前后如一，细味却有不胜悲凉之感。逝者如斯，只能“樽酒若平生”了，但反过来说，又不能“樽酒若平生”。一句平白如话的诗，包涵了多重的意蕴，既是描述，又是感慨，留给人们广阔的想象余地。而“郁郁西陵树，讵闻歌吹声”，又与上两句有同工异曲之妙。西陵墓地，树木葱茏；铜雀台上，歌吹沸天——可是，死者长眠地下，不能复闻丝竹之声。这似乎是为铜雀台上的伎妾们设辞，传达她们哀婉的心曲。而从诗人所处的历史地位、历史的角度细加品味，则尤感意蕴丰厚，韵味无穷；时代渺邈，年复一年，

魏家天下早已改朝换代，如今已没有人为曹操一月两次歌舞酒乐、侍奉如常；铜雀故址，西陵墓地，百草丰茂，杂树丛生，而今已不能听到什么歌吹之声。所以，诗人禁不住要为那些无辜的妾伎们悲泣感伤了。芳襟翠袖，徒染悲泣之泪；婉转缠绵，空余伤感之情。连曹操这样的盖世英雄尚且不免“玉座寂寞”的悲哀，更何况那些地位低下、身轻体贱的妾伎们呢。

表面上看，诗写铜雀台祭奠的隆重，写西陵墓地的荒芜以及妾伎们的芳襟染泪、婉娈多情，旨意似乎是在感叹曹操的身后寂寞。实际上，写曹操的身后寂寞，乃是为写妾伎们的寂寞张本，是一种衬垫，“玉座犹寂寞，况乃妾身轻”，正点出了这一中心题旨。盖世英主尚且不免寂寞身后之事，更何况地位低下、生前就已冷落不堪的妾伎们呢。此诗《乐府诗集》题作《铜雀妓》，也正暗示并证明了诗人题咏的中心对象是妾伎，而不是曹操。由此可见到，诗人已从对铜雀故址的一时一事的凭吊和感伤的圈子中跳了出来，站到了历史的高度，既饱含感情又充满理性，以超然的态度来描写、评判这一历史故事，并进而反思人生。他从大人物的悲哀中，看到了小人物的悲哀；从历史的冷酷中，领略到了现实的冷酷；从死者的寂寞中，感受到了生者的寂寞。因而，这种寂寞身后事的感伤和咏叹，已不仅仅胶着在曹操及其妾伎们身上，而上升为一种人生的感喟和反思。所以，他对“铜雀妓”的题咏，既是执着的，又是超然的，在执着与超然的若即若离之中，诗人既认识、评判了历史和人物，也认识、评判了现实和自己。

这是一首怀古诗。怀古诗是以诗的形式发抒诗人对于历史、人物的认识和感受，是对历史故事的一种艺术的评判。所以，诗人往往把自己丰富的思想内蕴和复杂的感情色彩，深深地隐藏、浸润在诗的形象当中，用艺术形象来说话，来作为自己的代言人。谢朓的这首诗，也正具有这样的特点：叙写平白，而蕴含丰富、深刻；辞章短小，却韵味渺远、悠长。

登金陵凤凰台①

【唐】李白

凤凰台上凤凰游，
凤去台空江②自流。
吴宫花草埋幽径③，
晋代④衣冠⑤成古丘。
三山半落青天外，
二水⑥中分白鹭洲。
总为浮云能蔽日⑦，
长安⑧不见使人愁。

注释

①凤凰台：故址在今南京市凤凰山。
②江：长江。
③幽径：僻静的小路。
④晋代：指东晋，晋室南渡后也建都于金陵。
⑤衣冠：原指衣服和礼帽，这里借指世族士绅、达官贵人、社会名流。古丘：古坟。
⑥二水：指秦淮河流经南京后，西入长江，被横截其间的白鹭洲分为二支。一作“一水”。
⑦浮云蔽日：比喻谗臣当道障蔽贤良。
⑧长安：这里用京城指代朝廷和皇帝。

作者名片

李白（701—762），字太白，号青莲居士。是屈原之后最具个性特色、最伟大的浪漫主义诗人。有“诗仙”之美誉，与杜甫并称“李杜”。其诗以抒情为主，表现出蔑视权贵的傲岸精神，对人民疾苦表示同情，又善于描绘自然景色，表达对祖国山河的热爱。诗风雄奇豪放，想象丰富，语言流转自然，音律和谐多变，善于从民间文艺和神话传说中吸取营养和素材，构成其特有的瑰玮绚烂的色彩，达到盛唐诗歌艺术的巅峰。存世诗文千余篇，有《李太白集》30卷。

译文

凤凰台上曾经有凤凰来悠游，凤去台空只有江水依旧东流。

吴宫鲜花芳草埋着荒凉小径，晋代多少王族已成荒冢古丘。

三山云雾中隐现如落青天外，江水被白鹭洲分成两条河流。

总有奸臣当道犹如浮云遮日，长安望不见心中郁闷长怀愁。

赏析

《登金陵凤凰台》全诗八句五十六字，既发思古之幽情，复写江山之壮观，最后又以咏叹政治愤懑作结。历史、自然、社会，俱是宏观，而又不失其真切。气势恢宏，情韵悠远，诚登高揽胜之杰作。

开头两句写凤凰台的传说，十四字中连用了三个凤字，却不觉得重复，音节流转明快，极其优美。“凤凰台”在金陵凤凰山上，相传南朝刘宋永嘉年间有凤凰集于此山，乃筑台，山和台也由此得名。在封建时代，凤凰是一种祥瑞。当年凤凰来游象征着王朝的兴盛；而“如今”凤去台空，就连六朝的繁华也一去不复返了，只有长江的水仍然不停地流着，大自然才是永恒的存在。

三四句就“凤去台空”这一层意思进一步发挥。三国时的吴和后来的东晋都建都于金陵。诗人感慨万分地说，吴国昔日繁华的宫廷已经荒芜，东晋的一代风流人物也早已进入坟墓。那一时的烜赫，在历史上也没有留下什么有价值的东西。

诗人没有让自己的感情沉浸在对历史的凭吊之中，他把目光又投向大自然，投向那不尽的江水：“三山半落青天外，二水中分白鹭洲。”据陆游的《入蜀记》载：“三山自石头及凤凰台望之，杳杳有无中耳，及过其下，则距金陵才五十余里。”陆游所说的“杳杳有无中”正好注释“半落青天外”。李白把三山半隐半现、若隐若现的景象写得恰到好处。“白鹭洲”，在金陵西长江中，把长江分割成两道，所以说“二水中分白鹭洲”。这两句诗气象壮丽，对仗工整，是难得的佳句。

但是，“总为浮云能蔽日，长安不见使人愁。”这两句诗寄寓着深意。长安是朝廷的所在，日是帝王的象征。陆贾《新语·慎微篇》曰："邪臣之蔽贤，犹浮云之障日月也。"李白这两句诗暗示皇帝被奸邪包围，而自己报国无门，他的心情是十分沉痛的。"不见长安"暗点诗题的"登"字，触境生愁，意寓言外，饶有余味。

李白《登金陵凤凰台》的艺术特点，首先在于其中所回荡着的那种充沛、浑厚之气。气原本是一个哲学上的概念，从先秦时代起就被广泛运用。随着魏晋时期的曹丕以气论文，气也就被当作一个重要的内容而在许多的艺术门类里加以运用。虽然，论者对气的理解、认识不完全相同，但对所含蕴的思想性情、人格精神与艺术情调，又都一致认同。《登金陵凤凰台》中明显地充溢着一股浑厚博大之气，它使李白观古阅今，统揽四海于一瞬之间，且超然物外、挥洒自如。浑厚博大之气使李白渊深的思想、高妙的见解、阔大的心胸，成为编织巨大艺术境界的核心与精神内含。

秋登宣城[①]谢朓北楼[②]

【唐】李白

江城[③]如画里，
山[④]晚望晴空。
两水[⑤]夹明镜，
双桥落彩虹[⑥]。
人烟[⑦]寒橘柚，
秋色老梧桐。
谁念北楼[⑧]上，
临风怀谢公[⑨]？

注释

①宣城：唐宣州，天宝元年（742）改为宣城郡，今属安徽。
②谢朓北楼：即谢朓楼，又名谢公楼，唐代改名叠嶂楼，为南朝齐诗人谢朓任宣城太守时所建，故址在陵阳山顶，是宣城的登览胜地。
③江城：泛指水边的城，这里指宣城。
④山：指陵阳山，在宣城。
⑤两水：指宛溪、句溪。
⑥彩虹：指水中的桥影。
⑦人烟：人家里的炊烟。
⑧北楼：即谢朓楼。
⑨谢公：谢朓。

译文

江边的城池好像在画中一样美丽，山色渐晚时分我登上谢朓楼远眺晴空。

宛溪与句溪如同明镜环抱着宣城，凤凰与济川两桥如同落入人间的彩虹。

村落间泛起的薄薄寒烟缭绕于橘柚间，梧桐树在深沉的秋色里已经枯老。

除了我还有谁会想着到谢朓北楼来，迎着萧飒的秋风怀想南齐诗人谢公？

赏析

宣城处于山环水抱之中，陵阳山冈峦盘屈，三峰挺秀；句溪和宛溪的溪水，萦回映带着整个城郊，“鸟去鸟来山色里，人歌人哭水声中”（杜牧《题宣州开元寺水阁阁下宛溪夹溪居人》）。

一个晴朗的秋天的傍晚，诗人独自登上了谢公楼。岚光山影，景色十分明净。诗人凭高俯瞰，“江城”犹如在图画中一样。开头两句，诗人把他登览时所见景色概括地写了出来，总摄全篇，其目的就是把读者深深吸引住，使之一同进入诗的意境中。严羽《沧浪诗话》说：“太白发句，谓之开门见山。”指的就是这种表现手法。

中间四句是具体的描写。这四句诗里所塑造的艺术形象，都是从上面的一个“望”字生发出来的。从结构的关系来说，上两句写“江城如画”，下两句写“山晚晴空”；四句是一个完整的统一体，而又是有层次的。“两水”指句溪和宛溪。宛溪源出峄山，在宣城的东北与句溪相会，绕城合流，所以说“夹”。因为是秋天，溪水更加澄清，它平静地流着，波面上泛出晶莹的光。用“明镜”来形容，用语十分恰当。“双桥”长长地架在溪上，倒影水中，诗人从高楼上远远望去，缥青的溪水、鲜红的夕阳，在明灭照射之中，桥影幻映出无限奇异的璀璨色彩。

这更像是天上的两道彩虹，而这“彩虹”的影子落入“明镜”之中去了。这两句与诗人的另一名作《望庐山瀑布》中的“飞流直下三千尺，疑是银河落九天”相似。两者同样是用比拟的手法来塑造形象，同样用一个“落”字把地下和天上联系起来；然而同中有异，异曲同工：一个是以银河比拟瀑布的飞流，一个是用彩虹写夕阳明灭的波光中双桥的倒影；一个着重在描绘其奔腾直下的气势，一个着重在显示其瑰丽变幻的色彩，两者所表现出来的美也不一样。而诗人想象的丰富奇妙、笔致的活泼空灵，则同样十分高明。

秋天的傍晚，原野是静寂的，山冈一带的丛林里冒出人家一缕缕的炊烟，橘柚的深碧，梧桐的微黄，呈现出一片苍寒景色，使诗人感到是秋光渐老的时候了。当时诗人的心情是完全沉浸在他的视野里，他的观察是深刻的、细致的；而他的描写又是毫不粘滞的。他站得高、望得远，抓住了一刹那间的感受，用极端凝练的形象语言，在随意点染中勾勒出一个深秋的轮廓，深深地透漏出季节和环境的气氛。他不仅写出秋景，而且写出了秋意。他在高度概括之中，用笔丝丝入扣。

结尾两句，从表面看来很简单，只不过和开头二句一呼一应，点明登览的地点是在“北楼上”；这北楼是谢朓所建的，从登临到怀古，似乎是照例的公式，因而李白就不免顺便说一句怀念古人的话罢了。这里值得注意的是“谁念”两个字。“怀谢公”的“怀”，是李白自指，“谁念”的“念”，是指别人。两句的意思，是慨叹诗人“临风怀谢公”的心情没有谁能够理解。这就不是一般的怀古了。

客中的抑郁和感伤，特别当摇落秋风的时节，使诗人的心情非常寂寞。宣城是他旧游之地，此时他又重来这里。一到宣城，他就会怀念到谢朓，这不仅因为谢朓在宣城遗留下了像叠嶂楼这样的名胜古迹，更重要的是因为谢朓对宣城有着和诗人相同的情感。当李白独自在谢朓楼上临风眺望的时候，面对着谢朓所吟赏的山川，缅怀他平素所仰慕的这位前代诗人，虽然古今世隔，然而他们的精神却是遥遥相接的。这种渺茫的心情，反映了他政治上苦闷彷徨的孤独之感；正因为政治上受到压抑，找不到出路，所以只得寄情山水、尚友古人；他当时复杂的情怀，很难有人能理解。

蜀　相[1]

【唐】杜甫

丞相祠堂[2]何处寻？
锦官城[3]外柏森森[4]。
映阶碧草自春色，
隔叶黄鹂空好音。
三顾频烦天下计，
两朝开济[5]老臣心。
出师[6]未捷身先死，
长使英雄泪满襟。

注释

①蜀相：三国蜀汉丞相，指诸葛亮（孔明）。诗题下有注：诸葛亮祠在昭烈庙西。

②丞相祠堂：即诸葛武侯祠，在今成都市武侯区，晋李雄初建。

③锦官城：成都的别名。

④柏（bǎi）森森：柏树茂盛繁密的样子。

⑤两朝开济：指诸葛亮辅助刘备开创帝业，后又辅佐刘禅。两朝：刘备、刘禅父子两朝。济：扶助。

⑥出师：出兵。

作者名片

杜甫（712—770），字子美，尝自称少陵野老。举进士不第，曾任检校工部员外郎，故世称杜工部。是唐代最伟大的现实主义诗人，宋以后被尊为“诗圣”，与李白并称“李杜”。其诗大胆揭露当时社会矛盾，对穷苦人民寄予深切同情，内容深刻。许多优秀作品，显示了唐代由盛转衰的历史过程，因被称为“诗史”。在艺术上，善于运用各种诗歌形式，尤长于律诗；风格多样，而以沉郁为主；语言精练，具有高度的表达能力。存诗1400多首，有《杜工部集》。

译文

诸葛丞相的祠堂去哪里寻找？锦官城外翠柏长得郁郁苍苍。
碧草映照石阶自有一片春色，黄鹂在密叶间空有美妙歌声。
当年先主屡次向你求教大计，辅佐先主开国扶助后主继业。
可惜你却出师未捷病死军中，常使古今英雄感慨泪湿衣襟。

赏析

诗人描写祭奠曹操的“盛况”：铜雀台上，歌吹洞天，舞女如云。这首七律《蜀相》抒发了诗人对诸葛亮才智品德的崇敬和功业未遂的感慨。融情、景、议于一炉，既有对历史的评说，又有现实的寓托，在历代咏赞诸葛亮的诗篇中，堪称绝唱。

古典诗歌中常以问答起句，突出感情的起伏不平。这首诗的首联也是如此。“丞相祠堂何处寻？锦官城外柏森森。”一问一答，一开始就形成浓重的感情氛围，笼罩全篇。上句“丞相祠堂”直切题意，语意亲切而又饱含崇敬。“何处寻”，不疑而问，加强语势，并非到哪里去寻找的意思。诸葛亮在历史上颇受人民爱戴，尤其在四川成都，祭祀他的庙宇很容易找到。“寻”字之妙在于它刻画出诗人那追慕先贤的执着感情和虔诚造谒的悠悠我思。下句“锦官城外柏森森”，指出诗人凭吊的是成都郊外的武侯祠。这里柏树成荫、高大茂密，呈现出一派静谧肃穆的气氛。柏树生命长久，常年不凋，高大挺拔，有象征意义，常被用作祠庙中的观赏树木。作者抓住武侯祠的这一景物，展现出柏树那伟岸、葱郁、苍劲、朴质的形象特征，使人联想到诸葛亮的精神，不禁肃然起敬。接着展现在读者面前的是茵茵春草，铺展到石阶之下，映现出一片绿色；几只黄莺，在林叶之间穿行，发出宛转清脆的叫声。

第二联“映阶碧草自春色，隔叶黄鹂空好音”所描绘的这些景物，色彩鲜明，音韵浏亮，静动相衬，恬淡自然，无限美妙地表现出武侯祠内那春意盎然的景象。然而，自然界的春天来了，祖国中兴的希望却非常渺茫。想到这里，诗人不免又产生了一种哀愁惆怅的感觉，因此说是“自春色”“空好音”。“自”和“空”互文，刻画出一种静态和静境。诗人将自己的主观情意渗进了客观景物之中，使景中生意，把自己内心的忧伤从景物描写中传达出来，反映出诗人忧国忧民的爱国精神。透过这种爱国思想的折射，诗人眼中的诸葛亮形象就更加光彩照人。

“三顾频烦天下计，两朝开济老臣心。”第三联浓墨重彩，高度概括了诸葛亮的一生。上句写出山之前，刘备三顾茅庐，诸葛亮隆中对策，指出诸葛亮在当时就能预见魏蜀吴鼎足三分的政治形势，并为刘备制定了一整套统一国家之策，足见其济世雄才。下句写出山之后，诸葛亮辅助刘备开创蜀汉、匡扶刘禅，颂扬他为国呕心沥血的耿耿忠心。两句十四个字，将人们带到战乱不已的三国时代，在广阔的历史背景下，刻画出一位忠君爱国、济世扶危的贤相形象。怀古为了伤今。此时，安史之乱尚未平定，国家分崩离析，人民流离失所，使诗人忧心如焚。他渴望能有忠臣贤相匡扶社稷，整顿乾坤，恢复国家的和平统一。正是这种忧国思想凝聚成诗人对诸葛亮的敬慕之情；在这一历史人物身上，诗人寄托自己对国家命运的美好憧憬。

诗的最后一联“出师未捷身先死，长使英雄泪满襟”，咏叹了诸葛亮病死军中功业未成的历史不幸。诸葛亮赍志以殁的悲剧性结局无疑又是一曲生命的赞歌，他以行动实践了“鞠躬尽瘁，死而后已”的誓言，使这位古代杰出政治家的精神境界得到了进一步的升华，产生使人奋发兴起的力量。

这首诗分两部分，前四句凭吊丞相祠堂，从景物描写中感怀现实，透露出诗人忧国忧民之心；后四句咏叹丞相才德，从历史追忆中缅怀先贤，又蕴含着诗人对祖国命运的许多期盼与憧憬。全诗蕴藉深厚，寄托遥深，造成深沉悲凉的意境。概言之，这首七律话语奇简，但容量颇大，具有高度的概括力，短短五十六字，诉尽诸葛亮生平，将名垂千古的诸葛亮展现在读者面前。后代的爱国志士及普通读者一吟诵这首诗时，对诸葛亮的崇敬之情油然而生。特别是一读到“出师未捷身先死，长使英雄泪满襟”二句时，不禁黯然泪下。

在艺术表现上，设问自答，以实写虚，情景交融，叙议结合，结构起承转合、层次波澜，又有炼字琢句、音调和谐的语言魅力，使人一唱三叹，余味不绝。人称杜诗“沉郁顿挫”，《蜀相》就是典型代表。

东归晚次潼关[1]怀古

【唐】岑参

暮春别乡树[2]，
晚景低津楼[3]，
伯夷[4]在首阳[5]，
欲往无轻舟。
遂登关城[6]望，
下见洪河[7]流，
自从巨灵[8]开，
流血[9]千万秋。
行行潘生[10]赋，
赫赫曹公[11]谋，
川上多往事，
凄凉满空洲。

注释

①潼关：据《元和郡县志》卷二："潼关，在（华阴）县东北三十九里，古桃林塞也。关西一里有潼水，因以名关。"
②别乡树：指岑参在长安的居处。
③津楼：指风陵津楼。
④伯夷：商末士君子。
⑤首阳山：即雷首山，在今山西永济市南。首阳山与华山为黄河所隔。
⑥关城：指潼关城墙。
⑦洪河：指黄河。
⑧巨灵：指河神，此处指黄河。
⑨流血：言自古以来此地征战不休，鲜血染红了黄河水。一作"流尽"。
⑩潘生：指西晋文人潘岳。他曾西来长安，作《西征赋》。
⑪曹公：即三国曹操。

作者名片

岑参（715—770），荆州江陵（今属湖北）人。出身于官僚家庭，曾祖父、伯祖父、伯父都官至宰相。父亲两任州刺史。但父亲早死，家道衰落。他自幼从兄受书，遍读经史。二十岁至长安，求仕不成，奔走京洛，北游河朔。三十岁举进士，授兵曹

参军。天宝年间（742—756），两度出塞，居边塞六年，颇有雄心壮志。安史乱后回朝，由杜甫等推荐任右补阙，转起居舍人等职，大历年间（766—779）官至嘉州刺史，世称岑嘉州。后罢官，客死成都旅舍。岑参与高适并称“高岑”，同为盛唐边塞诗派的代表。其诗题材广泛，除一般感叹身世、赠答朋友的诗外，出塞以前曾写了不少山水诗，诗风颇似谢朓、何逊，但有意境新奇的特色。有《岑嘉州集》等。

译文

暮春时满眼是异乡的草木，晚景中看到那渡津的关楼。
伯夷曾住过的首阳山，想去瞻仰却没有过河的轻舟。
于是登上了潼关城头眺望，俯瞰着黄河滔滔奔流。
自从巨灵把大山分开，这里流尽了万载千秋。
行行潘生于此作名赋，赫赫曹公于此显奇谋。
大河上经历了多少往事，如今只见一片凄凉笼罩着空空的河洲。

赏析

“暮春别乡树，晚景低津楼，伯夷在首阳，欲往无轻舟。”此四句写诗人于暮春离开长安、东归途中的所见所感。西去的夕阳徘徊在津楼上久久不下，漫漫归程缥缈在前方，使游子产生一种无所归依感，商末“不食周粟，饿死首阳”的伯夷、叔齐二君子忽然浮现在眼前，多想一睹他们的高风亮节、铮铮铁骨，可在对岸的首阳山无轻舟可济，只能望洋兴叹，空发幽情。

“遂登关城望，下见洪河流，自从巨灵开，流血千万秋。”此四句写关城落照中，诗人往登城楼、高处远望，但见奔流不息的黄河水卷夹着沉重的人类历史伤痕，吞噬着无数英魂的悲咽和哀叹，滔滔东流去。

“行行潘生赋，赫赫曹公谋。川上多往事，凄凉满空洲。”此四句写诗人睹奔流不息的黄河水发思古之幽情，仰慕千古流传的潘岳之赋，缅怀赫赫战功的曹公。自古多为兵家征战之地的潼关，因为有了这份历史的厚重，诗人落寞无聊赖的心绪也变得更加凄凉怅惘。

诗人献书阙下，对策落第，心绪不佳。东归途中，登高远望，睹奔流万年的黄河水，思古人征战杀伐的累累战绩，叹自己茫然无着的仕途。语言平易浅近，脱口而出，有自然天成的浑圆美，亦可见出岑参早年艺术功底尚不深湛，有偏于浅近平淡之感。诗写一种愁绪，而寄怀于思古之幽情，篇终“川上多往事，凄凉满空洲”，从怀古转到诗人，含蓄浑涵，耐人寻味，直有阮籍《咏怀诗》之深婉不迫、蕴藉思深的风格。

醉中感怀

【宋】陆游

早岁君王记姓名，
只今憔悴[①]客边城。
青衫犹是鹓行[②]旧，
白发新从剑外[③]生。
古戍旌旗秋惨淡，
高城刁斗[④]夜分明。
壮心未许全消尽，
醉听檀槽[⑤]出塞声。

注释

①憔悴：忧貌。
②鹓（yuān）行：指朝官的行列。
③剑外：唐人称剑阁以南蜀中地区为剑外。
④刁斗：古代军中用具，白天用来烧饭，晚上敲击巡更。
⑤檀槽：用檀木做的弦乐器上的格子，这里指代军乐。

作者名片

陆游（1125~1210）字务观，号放翁，越州山阴（今浙江绍兴）人，尚书右丞陆佃之孙，南宋文学家、史学家、爱国诗人。

译文

年轻时蒙君王记起陆游，现如今居边城憔悴哀愁。
依旧是穿青衫位列八品，早已剑阁门外白发满头。
古堡上飘旌旗秋色惨淡，深更夜响刁斗声震城楼。
怀壮志收失地此心未灭，醉梦中闻军乐出塞伐胡。

赏析

诗的一、二句于今昔变化之中自然流露出“感怀”之意，意犹未足，于是再申两句——“青衫犹是鸩行旧，白发新从剑外生”。“青衫”，唐代八、九品文官的服色，宋代因袭唐制。陆游早年在朝廷任大理司直、枢密院编修官，都是正八品，所以说“青衫”。“鹓行”，又称鹓鹭，因二鸟群飞有序，喻指朝官的行列。这句诗的意思是说，身上穿的还是旧日“青衫”，那也就含有久沉下僚的感叹。“剑外”，指剑阁以南的蜀中地区，此处即代指当时陆游宦游的成都、嘉州等处。青衫依旧，白发新生，形象真切，自成对偶。同时，第三句又回应了第一句，第四句又补充了第二句，怀旧伤今，抚今追昔，回肠千转，唱叹有情，所以卢世灌说“三、四无限感慨”（《唐宋诗醇》引），倒是颇能发掘诗意的。

诗的前四句从叙事中写自己的遭遇和感慨，五、六两句转为写景——秋天，古堡上的旌旗在秋风中飘拂，笼罩着阴郁惨淡的气氛；夜深了，城头上巡更的刁斗声清晰可闻。这显然是一个战士的眼中之景，心中之情。“鬓虽残，心未死”（《夜游宫·记梦寄师伯浑》），古戍旌旗，高城刁斗，无不唤起他对南郑军中戎马生涯的怀念和向往。这一联虽是写景，却是诗中承上启下的枢纽，所以接着便说“壮心未许全消尽，醉听檀槽出塞声”。檀槽，用檀木做的琵琶、琴等弦乐器上架弦的格子，诗中常用以代指乐器。《出塞》，汉乐府《横吹曲》名，本是西域军乐，声调雄壮，内容多写边塞将士军中生活。诗人壮心虽在，欲试无由，唯有寄托于歌酒之中。尾联两句再经这么一层转折，就更深刻地反映了他那无可奈何的处境及其愤激不平的心情，也刻画出诗人坚贞倔强的性格 。

全诗跌宕淋漓，有余不尽之意，体现诗人七律造诣之深。

赤壁歌送别

【唐】李白

二龙[①]争战决雌雄[②]，
赤壁楼船扫地空。
烈火张天照云海，
周瑜于此破曹公。
君去沧江[③]望[④]澄碧，
鲸鲵[⑤]唐突留馀迹。
一一书来报故人，
我欲因之壮心魄。

注释

①二龙：指争战之双方。此指曹操和孙权。
②雌雄：指输赢。
③沧江：指长江，因古时长江较清澈呈青苍色，故称。
④望：一作“弄”。
⑤鲸鲵：大鱼名，比喻吞食小国的不义之人。

译文

犹如二龙争战以决雌雄，赤壁一战，曹操的楼船被一扫而空。烈火熊熊焰烟冲天，照耀云海，周瑜于此地大破曹公。

君去大江观看青碧澄明的江水，看到了当时留下的大鲸演行争斗的遗迹。

请你将实地的观感一一写信给我，使我看过信后也大快壮心。

赏析

从此诗题目可以看出，诗人的创作意图在于把歌咏赤壁和送别友人

这两个内容艺术地统一起来，并突出前者。

全诗八句，前四句讲的是赤壁之战的事迹，后四句则是送别时的有感而发，形式上组成两个相对独立的段落。使人惊异的是，李白在前半短短四句中，就成功地完成了咏史的任务。

“二龙争战决雌雄，赤壁楼船扫地空。”赤壁之战，曹操用大量军队，深入东吴国土，一心要同周瑜决战争雌雄。周瑜虽处于劣势，但能化不利为有利，以火攻取胜，曹操只落得全军溃败的下场。上述内容在这两句诗里艺术地得到表现。上句化用《周易》里“龙战于野”的典故。“二龙争战”是魏吴相持的象征。下句以突如其来之笔，直接写出了赤壁之战曹操水师以失败告终的结局。“楼船扫地空”五字颇见妙思。曹军楼船云集江面，构成庞大的水上阵地，自谓坚如金城。不料这阵“地”顷刻间就被横“扫”一“空”。诗人不说楼船在水上安营，而说在“地”上扎寨，这既是对曹操水师在吴地彻底完蛋的如实刻画，也是对他吞并东吴土地梦想落空的含蓄讽刺。

“烈火张天照云海，周瑜于此破曹公。”前面诗人用“楼船扫地空”五字预示了战争的结局。这两句才把造成这结局的缘由具体说出。但“烈火”句绝不仅仅是对“楼船扫地空”的原因的说明，更重要的是对古战场上赤焰烧天，煮水蒸云，一片火海的景象的真实写照。上句“张”“照”二字，极大地渲染了吴军的攻势。诗人把因果关系颠倒处理，既起到了先声夺人的作用，也显示了诗人对稳操胜券者的辉煌战果的深情赞许。赤壁之战的胜败，成因固然是吴方采用火攻法，但归根到底取决于两军统帅在战略战术上的水平。下句诗人以凝重之笔指出：善于决战决胜的周瑜，就是这样从容不迫地在赤壁山下击破曹操几十万大军的。这句虽然加入了议论成分，但周瑜的儒将风度，却朴实自然地表现出来了。

后半的送别，是在咏史的基础上进行的。字数虽与前半相等，实则等于前半的附庸。“君去沧江望澄碧”，这位友人就要离他而去，望着清澄碧绿的江波，少不了要兴起南浦送别的感伤。但古战场上“二龙争战”的“馀迹”还在脑际留存。“鲸鲵唐突留馀迹。”“鲸鲵”，是由《左传》上的典故引起的联想。“鲸鲵”是“大鱼名”，以喻那“吞食小国”的“不义之人”。“唐突”义同触犯。这里李白大约是喻指曹操倚仗权势，想吞食东吴。李白在送别的诗行中，并没有完全割裂咏史的情感线索。但诗人又立即回到现实中来，“一一书来报故人”，希望友人走后经常来信报告佳音。这友人想必是一位有功业抱负的人物。所以诗人在结尾写道：“我欲因之壮心魄。”诗人能从友人那里得到鼓舞人心的信息，可以因之而大“壮”自己的“心”胆与气“魄”。

李白早年就有“大定”“寰区”（《代寿山答孟少府移文书》）的政治抱负，这首诗在一定程度上反映出他壮年时代济世救民的思想感情。此诗把咏史与送别结合起来并特别突出前者，原因就在这里。

此诗韵脚“平仄相半”，在形式上与王勃《滕王阁诗》一类“初唐短歌”相似。但避用律体，变婉丽和平之调为慷慨雄壮之声，这又是与王勃异趣的。

长沙过贾谊①宅

【唐】刘长卿

三年谪宦②此栖迟③，
万古惟留楚客④悲。
秋草独⑤寻人去后，
寒林空见日斜时。
汉文⑥有道恩犹薄，
湘水无情吊岂知？
寂寂江山摇落处⑦，
怜君何事到天涯！

注释

①贾谊：西汉文帝时政治家、文学家。后被贬为长沙王太傅，长沙有其故址。
②谪宦：贬官。
③栖迟：淹留。像鸟儿那样的敛翅歇息，飞不起来。
④楚客：流落在楚地的客居，指贾谊。长沙旧属楚地，故有此称。一作“楚国”。
⑤独：一作“渐”。
⑥汉文：指汉文帝。
⑦摇落处：一作“正摇落”。

作者名片

刘长卿（718—790），字文房，河间（今属河北）人，天宝（唐玄宗年号）进士，曾任长州县尉，因事下狱，两遭贬谪，量移睦州司马，官终随州刺史。诗多写政治失意之感，也有反映离乱之作，善于描绘自然景物，以五七言近体为主，尤长于五言，称为“五言长城”。有《刘随州诗集》。

译文

你被贬于此寂寞地住了三载，万古留下你客居楚地的悲哀。
踏着秋草独自寻觅你的足迹，只有黯淡的斜阳映照着寒林。
为何明君却独对你恩疏情薄，湘水无情怎知我对你的深情？
江山已经冷落草木已经凋零，可怜你究竟何故被贬此地呢！

赏析

这是一篇堪称唐诗精品的七律。

“三年谪宦此栖迟，万古惟留楚客悲。”“三年谪宦”，只落得“万古”留悲，上下句意勾连相生，呼应紧凑，给人以抑郁沉重的悲凉之感。“此”字，点出了“贾谊宅”。“栖迟”，这种生活本就是惊惶不安的，用以暗喻贾谊的侘傺失意，是恰切的。“楚客”，标举贾谊的身份。一个“悲”字，直贯篇末，奠定了全诗凄怆忧愤的基调，不仅切合贾谊的一生，也暗寓了刘长卿自己迁谪的悲苦命运。

“秋草独寻人去后，寒林空见日斜时。”颔联是围绕题中的“过”字展开描写的。“秋草”“寒林”“人去”“日斜”，渲染出故宅一片萧条冷落的景色，而在这样的氛围中，诗人还要去“独寻”，一种景仰向慕、寂寞兴叹的心情，油然而生。寒林日斜，不仅是眼前所见，也是贾谊当时的实际处境，也正是李唐王朝危殆形势的写照。

“汉文有道恩犹薄，湘水无情吊岂知？”颈联从贾谊的见疏，隐隐联系到自己。出句要注意一个“有道”，一个“犹”字。号称“有道”的汉文帝，对贾谊尚且这样薄恩，那么，当时昏聩无能的唐代宗，对刘长卿当然更谈不上什么恩遇了；刘长卿的一贬再贬、沉沦坎坷，也就是必然的了。这就是所谓“言外之意”。

诗人将暗讽的笔触曲折地指向当今皇上，手法是相当高妙的。接着，笔锋一转，写出了这一联的对句“湘水无情吊岂知”。这也是颇得含蓄之妙的。湘水无情，流去了多少年光。楚国的屈原哪能知道上百年后，贾谊会来到湘水之滨吊念自己；西汉的贾谊更想不到近千年后的刘长卿又会迎着萧瑟的秋风来凭吊自己的遗址。后来者的心曲，恨不得古人于地下来倾听，当世更没有人能理解。诗人由衷地在寻求知音，那种抑郁无诉、徒呼负负的心境，刻画得十分动情、十分真切。

“寂寂江山摇落处，怜君何事到天涯！”尾联出句刻画了作者独立风中的形象。他在宅前徘徊，暮色更浓了，江山更趋寂静。一阵秋风掠过，黄叶纷纷飘落，在枯草上乱舞。这幅荒村日暮图，正是刘长卿活动的典型环境。它象征着当时国家的衰败局势，与第四句的“日斜时”映衬照应，加重了诗篇的时代气息和感情色彩。“君”，既指代贾谊，也指代刘长卿自己；“怜君”，不仅是怜人，更是怜己。“何事到天涯”，可见二人原本不应该放逐到天涯。这里的弦外音是：我和你都是无罪的啊，为什么要受到这样严厉的惩罚！这是对强加在他们身上的不合理现实的强烈控诉。读着这故为设问的结尾，仿佛看到了诗人抑制不住的泪水，听到了诗人一声声伤心哀婉的叹喟。

诗人联系与贾谊遭贬的共同的遭遇，心理上更使眼中的景色充满凄凉寥落之情。满腹牢骚，对历来有才人多遭不幸感慨系之，更是将自己和贾谊融为一体。

这首怀古诗表面上咏的是古人古事，实际上还是着眼于今人今事，字里行间处处有诗人的自我在，但这些又写得不那么露，而是很讲究含蓄蕴藉的，诗人善于把自己的身世际遇、悲愁感兴，巧妙地结合到诗歌的形象中去，于曲折处微露讽世之意，给人以警醒的感觉。

筹笔驿[1]

【唐】李商隐

猿鸟犹疑畏简书，
风云常为护储胥[2]。
徒令上将[3]挥神笔，
终[4]见降王[5]走传车。
管[6]乐有才原不忝[7]，
关张[8]无命欲何如？
他年[9]锦里经祠庙，
梁父吟成恨有余。

注释

①筹笔驿：旧址在今四川省广元北。《方舆胜览》："筹笔驿在绵州绵谷县北九十九里，蜀诸葛武侯出师，尝驻军筹划于此。"
②储胥：指军用的篱栅。
③上将：犹主帅，指诸葛亮。
④终：一作"真"。
⑤降王：指后主刘禅。
⑥管：管仲。春秋时齐相，曾佐齐桓公成就霸业。
⑦原不忝（tiǎn）：真不愧。诸葛亮隐居南阳时，每自比管仲、乐毅。
⑧关张：关羽和张飞，均为蜀国大将。欲：一作"复"。
⑨他年：作往年解。

译文

鱼鸟犹疑是惊畏丞相的严明军令，风云常常护着他军垒的藩篱栏栅。

诸葛亮徒然在这里挥笔运筹划算，后主刘禅最终却乘车投降。

孔明真不愧有管仲和乐毅的才干。关公张飞已死他又怎能力挽狂澜？

往年我经过锦城时进谒了武侯祠，曾经吟诵了梁父吟为他深表遗憾！

赏析

这首诗是诗人途经筹笔驿而作的咏怀古迹诗。在诗中诗人表达了对诸葛亮的崇敬之情，并为他未能实现统一中国的志愿而深感遗憾，同时对懦弱昏庸投降魏国的后主刘禅加以贬斥。此诗同多数凭吊诸葛亮的作品一样，颂其威名，钦其才智；同时借以寄托遗恨，抒发感慨。不过此篇艺术手法上，议论以抑扬交替之法，衬托以宾主拱让之法，用事以虚实结合之法，别具一格。

“鱼鸟犹疑畏简书，风云常为护储胥。”设想较奇，把鱼鸟、风云人格化，说他们畏惧诸葛亮治军的神明，在他死后还维护他生前的军事设施，正面衬托了诸葛亮的军事才能。古典诗歌中，常有“众宾拱主”之法。李商隐这首诗的首联，用的就是这种手法。诵此两句，使人凛然复见孔明风烈。这里没有直接刻画诸葛亮，只是通过鱼鸟风云的状态来突出诸葛亮的善于治军。鱼鸟风云的状态在作者想象中，是由诸葛亮引起的反应，这些都作为“宾”，用以突出诸葛亮军威这个“主”。这些作为宾的自然景物。是拟人化，有某种特别的象征意义。猿鸟风云，作为筹笔驿的实景，还起到渲染气氛的作用，使人有肃穆之感；但是并不是单纯的气氛描写，而是化实为虚、实景虚用、以宾拱主，直接突出“孔明风烈”这一主体。

“徒令上将挥神笔，终见降王走传车。”用徒令、终见，反跌一笔，深叹像诸葛亮这样的杰出人物，终于不能挽回蜀国的败亡。诸葛亮大挥神笔、运筹帷幄终是无用。不争气的后主刘禅最终还是投降做了俘虏，被驿车押送到洛阳去了。后主刘禅是皇帝，这时坐的却是传车，隐含讽刺之意。

“管乐有才原不忝，关张无命欲何如？”分析蜀国败亡的原因。首先不忘肯定诸葛亮，就他才比管乐来说，蜀国是可图霸的；但关张命短，没有大将，只靠诸葛亮一人之力，是无所作为的。用事以古今成对，出句以古人比拟诸葛亮，对句实写诸葛亮同时人关、张，即以古对今，以虚对实，而且对得极为自然。其所以如此，是因为诸葛亮“每自比于管仲、乐毅”（《三国志·蜀书·诸葛亮传》），故以管仲、乐毅直指诸葛亮便是很自然的事了，所以所谓“管乐”可以说虽古犹今，虽

虚犹实，与关、张对举，可称为奇，然而却又不足为奇。

“他年锦里经祠庙，梁父吟成恨有余。”表示对诸葛亮的景仰。是说，昔日经过锦里诸葛武侯庙时，吟哦诸葛亮的《梁父吟》，犹觉遗恨无穷。而所谓“恨”，既是写诸葛亮之遗恨，又是作者隐然自喻。以一抑一扬的议论来表现“恨”的情怀，显得特别宛转有致。

这首诗把诸葛亮和他的事业放在尖锐复杂的环境中去考察，在对立统一的矛盾运动中去认识历史人物，总结历史经验，因此，波澜起伏、跌宕生姿，给人留下深刻的印象。

乌栖曲①

【唐】李白

姑苏台上乌栖时②，
吴王③宫里醉西施。
吴歌楚舞④欢未毕，
青山欲衔半边日。
银箭金壶⑤漏水多，
起看秋月坠江波⑥。
东方渐高⑦奈乐何！

注释

①乌栖曲：六朝乐府《清商曲辞》西曲歌调名，内容多歌咏艳情。
②乌栖时：乌鸦停宿的时候，指黄昏。
③吴王：即吴王夫差。
④吴歌楚舞：吴楚两国的歌舞。
⑤银箭金壶：指刻漏，为古代计时工具。其制，用铜壶盛水，水下漏。水中置刻有度数箭一枝，视水面下降情况确定时履。
⑥秋月坠江波：黎明时的景象。
⑦东方渐高（hào）：东方渐晓。高，同“皜”，白，明，晓色。奈乐何：一作“奈尔何”。

译文

姑苏台上的乌鸦刚刚归窝之时，吴王宫里西施醉舞的宴饮就开始了。

饮宴上的吴歌楚舞一曲未毕，太阳就已经落山了。

金壶中的漏水滴了一夜，吴王宫山的欢宴还没有结束，吴王起身看了看将要坠入江波的秋月。

天色将明，仍觉余兴未尽，就是天亮了，又可奈何我乐兴未艾哉！

赏析

《乌栖曲》是乐府《清商曲辞·西曲歌》旧题。现存南朝梁简文帝、徐陵等人的古题，内容大都比较靡艳，形式则均为七言四句，两句换韵。李白此篇，不但内容从旧题的歌咏艳情转为讽刺宫廷淫靡生活，形式上也做了大胆的创新。

诗的开头两句，不去具体描绘吴宫的豪华和宫廷生活的淫靡，而是以洗练而富于含蕴的笔法，勾画出日落乌栖时分姑苏台上吴宫的轮廓和宫中美人西施醉态朦胧的剪影。"乌栖时"，照应题面，又点明时间。诗人将吴宫设置在昏林暮鸦的背景中，无形中使"乌栖时"带上某种象征色彩，使人们隐约感受到包围着吴宫的幽暗气氛，联想到吴国日暮黄昏的没落趋势。而这种环境气氛，又正与"吴王宫里醉西施"的纵情享乐情景形成鲜明对照，暗含乐极悲生的意蕴。这层象外之意，贯串全篇，但表现得非常隐微含蓄。"吴歌楚舞欢未毕，青山欲衔半边日。"对吴宫歌舞，只虚提一笔，着重写宴乐过程中时间的流逝。沉醉在狂欢极乐中的人，往往意识不到这一点。轻歌曼舞，朱颜微酡，享乐还正处在高潮之中，却忽然意外地发现，西边的山峰已经吞没了半轮红日，暮色就要降临了。"未"字"欲"字，紧相呼应，微妙而传神地表现出吴王那种惋惜、遗憾的心理。而落日衔山的景象，又和第二句中的"乌栖时"一样，隐约透出时代没落的面影，使得"欢未毕"而时已暮的描写，带上了为乐难久的不祥暗示。"银箭金壶漏水多，起看秋月坠江波。"续写吴宫荒淫之夜。宫体诗的作者往往热衷于展览豪华颓靡的生活，李白却巧妙地从侧面淡淡着笔。"银箭金壶"，指宫中计时的铜壶滴漏。铜壶漏水越来越多，银箭的

刻度也随之越来越上升，暗示着漫长的秋夜渐次消逝，而这一夜间吴王、西施寻欢作乐的情景便统统隐入幕后。一轮秋月，在时间的默默流逝中越过长空，此刻已经逐渐黯淡，坠入江波，天色已近黎明。这里在景物描写中夹入“起看”二字，不但点醒景物所组成的环境后面有人的活动，暗示静谧皎洁的秋夜中隐藏着淫秽丑恶，而且揭示出享乐者的心理。他们总是感到享乐的时间太短，昼则望长绳系日，夜则盼月驻中天，因此当他“起看秋月坠江波”时，内心不免浮动着难以名状的怅恨和无可奈何的悲哀。这正是末代统治者所特具的颓废心理。“秋月坠江波”的悲凉寂寥意象，又与上面的日落乌栖景象相应，使渗透在全诗中的悲凉气氛在回环往复中变得越来越浓重了。诗人讽刺的笔锋并不就此停住，他有意突破《乌栖曲》旧题偶句收结的格式，变偶为奇，给这首诗安上了一个意味深长的结尾：“东方渐高奈乐何！”“高”是“皜”的假借字。东方已经发白，天就要亮了，寻欢作乐不能再继续下去了。这孤零零的一句，既像是恨长夜之短的吴王所发出的欢乐难继、好梦不长的叹喟，又像是诗人对沉溺不醒的吴王敲响的警钟。诗就在这冷冷的一问中陡然收煞，特别引人注目，发人深省。

这首诗在构思上有显著的特点，即以时间的推移为线索，写出吴宫淫佚生活中自日至暮，又自暮达旦的过程。诗人对这一过程中的种种场景，并不作具体描绘渲染，而是紧扣时间的推移、景物的变换，来暗示吴宫荒淫的昼夜相继，来揭示吴王的醉生梦死，并通过寒林栖鸦、落日衔山、秋月坠江等富于象征暗示色彩的景物隐喻荒淫纵欲者的悲剧结局。通篇纯用客观叙写，不下一句贬辞，而讽刺的笔锋却尖锐、冷峻，深深刺入对象的精神与灵魂。

李白的七言古诗和歌行，一般都写得雄奇奔放、恣肆淋漓，这首《乌栖曲》却偏于收敛含蓄、深婉隐微，成为他七古中的别调。前人或以为它是借吴宫荒淫来托讽唐玄宗的沉湎声色、迷恋杨妃，这是可能的。玄宗早期励精图治，后期荒淫废政，和夫差先发愤图强，振吴败越，后沉湎声色，反致覆亡有相似之处。贺知章的“泣鬼神”之评，也不单纯是从艺术角度着眼的。

滕王阁①诗

【唐】王勃

滕王高阁临江②渚③，
佩玉鸣鸾④罢歌舞。
画栋朝飞南浦⑤云，
珠帘暮卷西山⑥雨。
闲云潭影日悠悠⑦，
物换星移⑧几度秋。
阁中帝子⑨今何在？
槛⑩外长江空自流。

注释

①滕王阁：故址在今江西南昌赣江滨，江南三大名楼之一。
②江：指赣江。
③渚：江中小洲。
④佩玉鸣鸾：身上佩戴的玉饰、响铃。
⑤南浦：地名，在南昌市西南。浦，水边或河流入海的地方（多用于地名）。
⑥西山：南昌名胜，一名南昌山、厌原山、洪崖山。
⑦日悠悠：每日无拘无束地游荡。
⑧物换星移：形容时代的变迁、万物的更替。物：四季的景物。
⑨帝子：指滕王李元婴。
⑩槛：栏杆。

作者名片

王勃（649—676），字子安。绛州龙门（今山西河津）人。王勃与杨炯、卢照邻、骆宾王齐名，世称“初唐四杰”，其中王勃是“初唐四杰”之首。唐高宗上元三年（676）八月，自交趾探望父亲返回时，不幸渡海溺水，惊悸而死。王勃在诗歌体裁上擅长五律和五绝，代表作品有《送杜少府之任蜀州》等；主要文学成就是骈文，无论是数量还是质量，堪称一时之最，代表作品有《滕王阁序》等。

译文

巍峨高耸的滕王阁俯临着江心的沙洲，佩玉、鸾铃鸣响的华丽歌舞早已停止。

早晨，画栋飞上了南浦的云；傍晚，珠帘卷入了西山的雨。

悠闲的彩云影子倒映在江水中，整天悠悠然地漂浮着。时光易逝，人事变迁，不知已经度过几个春秋。

昔日游赏于高阁中的滕王如今无处可觅，只有那栏杆外的滔滔江水空自向远方奔流。

赏析

第一句开门见山，用质朴苍老的笔法，点出了滕王阁的形势。滕王阁是高祖李渊之子滕王李元婴任洪州都督时所建。故址在今江西新建西章江门上，下临赣江，可以远望，可以俯视，下文的“南浦”“西山”“闲云”“潭影”和“槛外长江”都从第一句“高阁临江渚”生发出来。滕王阁的形势是这样的好，但是如今阁中有谁来游赏呢？想当年建阁的滕王已经死去，坐着鸾铃马车，挂着琳琅玉佩，来到阁上，举行宴会，那种豪华的场面，已经一去不复返了。第一句写空间，第二句写时间；第一句兴致勃勃，第二句意兴阑珊，两两对照。诗人运用“随立随扫”的方法，使读者自然产生盛衰无常的感觉。寥寥两句已把全诗主题包括无余。

三四两句紧承第二句，更加发挥。阁既无人游赏，阁内画栋珠帘当然冷落可怜，只有南浦的云，西山的雨，暮暮朝朝，与它为伴。这两句不但写出滕王阁的寂寞，而且画栋飞上了南浦的云，写出了滕王阁的居高，珠帘卷入了西山的雨，写出了滕王阁的临远，情景交融，寄慨遥深。

至此，诗人的作意已全部包含，但表达方法上，还是比较隐藏而没有点醒写透，所以在前四句用“渚”“舞”“雨”三个比较沉着的韵脚之后，立即转为“悠”“秋”“流”三个漫长柔和的韵脚，利用章节和意义上的配合，在时间方面特别强调，加以发挥，与上半首的偏重空间，有所变化。“闲云”二字有意无意地与上文的“南浦云”衔接，“潭影”二字故意避开了“江”字，而把“江”深化为“潭”。云在天上，潭在地下，一俯一仰，还是在写空间，但接下来用“日悠悠”三字，就立即把空间转入时间，点出了时日的漫长，不是一天两天，而是经年累月，很自然地生出了风物更换季节，星座转移方位的感慨，也很自然地想起了建阁的人而今安在。这里一“几”一“何”，连续发问，表达了紧凑的情绪。最后又从时间转入空间，指出物要换，星要移，帝子要死去，而槛外的长江，却是永恒地东流无尽。“槛”字、“江”字回应第一句的高阁临江，神完气足。

这首诗一共只有五十六个字，其中属于空间的有：阁、江、栋、帘、云、雨、山、浦、潭影；属于时间的有：日悠悠、物换、星移、几度秋、今何在。这些词融混在一起，毫无叠床架屋的感觉。主要的原因，是它们都环绕着一个中心——滕王阁，而各自发挥其众星拱月的作用。

另外，诗的结尾用对偶句法作结，很有特色。一般说来，对偶句多用来放在中段，起铺排的作用。这里用来作结束，而且不像两扇门一样地并列（术语称为扇对），而是一开一合，采取“侧势”，读者只觉其流动，而不觉其为对偶，显出了王勃过人的才力。后来杜甫的七言律诗，甚至七言绝句，也时常采用这种手法，如“即从巴峡穿巫峡，便下襄阳向洛阳”“口脂面药随恩泽，翠管银罂下九霄”“流连戏蝶时时舞，自在娇莺恰恰啼”等。可见王勃对唐诗发展的影响。

王濬[1]墓下作

【唐】李　贺

人间无阿童[2]，
犹唱水中龙[3]。
白草侵烟死，
秋藜[4]绕地红。

注释

①王濬（jùn）：西晋将领，字士治，恢廓有大志，平吴有功。卒，葬柏谷山。
②阿童：王濬的小名。
③水中龙：指王濬。
④藜：一年生草本植物，嫩叶可食。一作“黎”。

古书[⑤]平黑石[⑥]，

神剑断青铜。

耕势鱼鳞[⑦]起，

坟科[⑧]马鬣封[⑨]。

菊花垂湿露，

棘径卧干蓬。

松柏愁香涩，

南原[⑩]几夜风！

⑤古书：指碑刻上的文字。

⑥黑石：墓石。

⑦鱼鳞：形容耕地连接排列之状。

⑧坟科：坟上的土块。一作坟斜。

⑨马鬣（liè）封：坟墓封土的一种形式。

⑩南原：王濬的墓地所在。

作者名片

李贺（790—816），字长吉，福昌（今河南宜阳西）人。唐皇室远支，家世早已没落，生活困顿，仕途偃蹇。曾官奉礼郎。因避家讳，被迫不得应进士科考试。早岁即工诗，见知于韩愈、皇甫湜，并和沈亚之友善，死时仅二十七岁。其诗长于乐府，多表现政治上不得意的悲愤。善于熔铸词采，驰骋想象，运用神话传说，创造出新奇瑰丽的诗境，在诗史上独树一帜，严羽《沧浪诗话》称为“李长吉体”。有些作品情调阴郁低沉，语言过于雕琢。他被后人称为“诗鬼”。其诗被称为“鬼仙之词”。有《昌谷集》。

译文

世上已经没有王濬，还听到有人传唱但畏水中龙。

墓草被烟雾笼罩日益枯萎，秋藜经霜后颜色愈红。

墓牌所刻的文字也模糊不清了，随葬的青铜剑因锈蚀而烂断。

墓地周边已渐成农田，坟冢已被马鬣般的荒草所封盖。

菊花在雨露多时会茂盛繁发下垂，干枯的蓬草倒伏在荆棘丛生的路上。

略带涩味的松柏之香，王濬已死于南原，没有了风光。

赏析

此诗为怀古之作。王濬是西晋大将，被封为龙骧将军，曾率领水军平定东吴，为统一中国立下战功。虽然逝去多年，但他的功业一直为后世人们所传颂。《晋书·羊祜传》："童谣云：阿童复阿童，衔刀浮渡江。不畏岸上虎，但畏水中龙。祜曰：此必水军有功。知王濬小字阿童，因表监益州诸军事，加龙骧将军，密令修舟楫，为顺流之计。濬终灭吴。"《晋书》中记载的童谣在东吴一带民间曾经流传过。龙骧将军王濬已不在人世，但关于他的童谣仍在传唱。"白草"两句，写诗人来到他的墓地，所见一片荒凉。寒烟之中，衰草发白枯死。荆棘丛生，藜草红得凄惨。白草，是自墓道远望之，见经霜之草色白。而遍地秋藜皮红，说明墓已荒芜。"古书平黑石"，可见墓碑文字漫漶，随着岁月的侵蚀，早已模糊不清。"神剑断青铜"，是说陪葬的青铜宝剑，恐怕也早已断裂、烂掉。"耕势"两句，是描写坟墓周围的样子，曾经隆重围筑的墓园早已被农民垦作耕地，耕地一天天逼近墓地，土块像鱼鳞一样排列着，墓堆狭长隆起，长满枯草，如同马颈上的鬃毛，在荒野中显得那样突兀。"菊花"两句，是自旁近观之，菊花因露水湿重而低垂，棘径上倒卧着干枯的草。周遭枯萎的菊花，丛生的荆棘，更增添了几分悲凉。墓地经过几度风雨，松柏散发着阵阵涩香，更勾起人们的愁思和念想。

全诗把"白草""红藜""黑石""青铜"以及金菊、枯蓬、青松、翠柏等色彩意象组织起来，描绘了荒凉的墓地图画。所有这些画面，都映衬着龙骧将军墓地的荒芜。英雄已入黄土，此景格外让人感慨痛心。诗人把王濬身后世界写得如此败落、苍凉、凄清和愁苦，使人不忍卒读，更使人不禁追问英雄的价值与意义，这其实是通过对人生意义的探寻来表现对政治功业的否定和对生命的追询。

此诗句式奇特。如“松柏愁香涩”中的“愁”（动词活用为副词）修饰“香”（形容词活用为动词）之句中谓语，又让“涩”（形容词）活用为副词作补语来补充说明“愁香”有“涩”之感觉。从心觉“愁”转为嗅觉“香”再转为味（触）觉“涩”三类感觉互通。“香”本无所谓愁，至“涩”更反常，其句式组合十分奇特，但却将松柏荫里墓地凄寂逼人之氛围富有刺激性般表现出来，充分体现了李贺的诗才。

焚书坑①

【唐】章碣

竹帛烟销②帝业虚，
关河③空锁祖龙居。
坑灰未冷山东④乱，
刘项⑤原来不读书。

注释

①焚书坑：秦始皇焚烧诗书之地，故址在今陕西省临潼区东南的骊山上。
②烟销：指把书籍烧光。
③关河：代指险固的地理形势。
④山东：崤函之东。
⑤刘项：刘邦和项羽。

作者名片

章碣（836—905），字丽山，章孝标之子。唐乾符三年（876）进士。乾符中，侍郎高湘自长沙携邵安石（广东连州市人）来京，高湘主持考试，邵安石及第。

译文

竹帛燃烧的烟雾刚刚散尽，秦始皇的帝业也化为虚无，函谷关和黄河天险，也锁守不住始皇的故国旧居。

焚书坑的灰烬还没冷却，山东群雄已揭竿而起，灭亡秦国的刘邦和项羽，原来并不读书！

赏析

这首诗的首句以秦始皇的焚书坑儒史实作为切入点，明叙暗议，用略带夸张的手法揭示了焚书与亡国之间的矛盾。次句紧承首句，又从另一角度揭示秦王朝灭亡的教训，有利天险也不能守住基业。第三句在点题的同时，进一步对焚书一事做出了评判。最后一句以议论结尾，借刘邦、项羽二人不读书之史实抒发感慨。这首诗以史家笔法，独辟蹊径，把“焚书”与“亡国”看似不相关的事情联系到一起，层层推进，自然圆转，言辞夸张，言他人所未言，巧妙地讽刺了秦始皇焚书的荒唐行为。

诗的首句点出焚书坑中所发生的历史事件。当年秦始皇下令搜集所有民间的儒家典籍和百家之书，并进行销毁，诗人用“竹帛烟销”简练概括这一史实，而用“竹帛”这一文字的载体，来代指儒家典籍和百家之书，则是故意夸大秦始皇的罪过与荒谬。紧接着，诗人用“帝业虚”三字来将秦始皇“焚书坑儒”所酿就的后果概括出来，就仿佛秦始皇焚烧书籍的飞烟袅袅升起的时候，他千辛万苦创下的秦国基业也被销毁了，本可以流芳百世的千秋伟业霎时成为虚空。

“帝业虚”引出了次句对“虚”的具体描写，这里的函谷关、黄河仍在，秦始皇以为它们是可以保卫秦朝天下万世长存的天险，但是这些天险并没能守住秦朝的宫殿，没能守住他奠定的基业，“帝业虚”得到了具体化的阐释。同时，首句和次句构成了递进的关系，前者说秦始皇焚书是为了禁锢民众的思想，使他们不能产生反抗朝廷的思想，后者则是说秦始皇把函谷关和黄河这些天险看做帝业永固的地理屏障；前者为抑的方式，后者为扬的方式。无论前者还是后者，都只是秦始皇美好的愿望，他的愿望最终还是虚空了。

诗人将始皇帝的两项重大举措都予以否定，说明作者认为帝业永固绝不是压抑民众的思想和凭借险要的地理优势能够做到的，进而提出问题：究竟什么才能使帝业永固。其中“祖龙”一词用得很有深意，因为祖龙是始皇的意思，点明了秦始皇的野心，即希望秦朝的天下为“子孙帝王万世之业”，然而事与愿违，秦朝只经过二代就灭亡

了，以至于秦朝宫殿没有得到任何扩建，一直只是“祖龙居”。这里用“祖龙居”来代指秦朝帝业，形象地说明了秦朝的短命。

第三句将拓展开的思路转回到全诗的主题——焚书坑上，并紧跟对秦始皇焚书一事的调笑，进一步强调秦始皇采用焚书的策略试图稳固帝业的举措，实荒唐可笑。“坑灰未冷”紧承首句的“竹帛烟销”而来；焚书之烟已经飞尽，而焚书之灰还未冷却，山东农民起义就爆发了，“烟销”到“未冷”极言发生战乱之快，说明焚书对稳固帝业根本就没有一点作用。

然后诗人紧跟一句反语，他说因为刘邦是市井无赖，项羽则是不好诗书的武士，他们这样的起义者根本就不读书，所以焚书的策略没有任何用处。这是句有趣的戏谑，没有说焚书无用，而是认为焚书没有发生作用的原因是起义者不读书，这看来很可笑，然而诗人正是要读者在这一笑中理解他对焚书策略的批判。末句以揶揄嘲讽的手法，紧扣焚书坑的主题，再一次确认秦始皇焚书的荒谬，也再一次否认焚书这样压抑民众思想的方式能阻止亡国命运的到来，再一次唤起读者对亡国原因的思考。

这首诗否定秦始皇焚书策略，认为这一举措对稳固帝业毫无用处，但是诗人没有提出切实的措施能帮助秦始皇稳固基业，也没有探讨秦代灭亡的真正原因，而是将这种思考留给了读者。这种方式既可以说是对艺术手法的巧妙运用，也在另一方面透露出诗人见识的不足，难以给读者一种思想上的警醒。

殿前欢[1]·楚怀王

【元】贯云石

楚怀王[2]，忠臣跳入汨罗江[3]。《离骚》[4]读罢空惆怅，日月同光[5]。伤心来笑一场，笑你个三闾[6]强，为甚不身心放[7]？沧浪污你[8]，你污沧浪[9]。

注释

①殿前欢：双调中的一个常用曲调，又名凤将雏，小妇孩儿。句式一般为三三七、四五三五、四四共九句八韵。第八句不用韵，末二句一般要对，有的在第六句增加衬字，使五、六、七句成为五言鼎足对。
②楚怀王：战国时楚国的国君。
③汨（mì）罗江：发源于江西省修水县，于龙门流入湖南省平江县境内，向西流经平江城区，于汨罗江口汇入洞庭湖。
④离骚：屈原代表作品，是中国文学史上第一首长篇抒情诗。
⑤日月同光：指屈原的思想和精神将和日月一样永放光彩。
⑥三闾（lǘ）：屈原曾任三闾大夫。
⑦身心放：把身体和心理都放下，超凡脱俗。
⑧沧浪污你：是沧浪水玷污了你的清白。
⑨你污沧浪：你投江而死也使沧浪水污浊。

作者名片

贯云石（1286—1324），本名小云石海涯，父名贯只哥，因以贯为姓。号酸斋，又号芦花道人。曾学武后接受汉文化。后人辑有《酸甜乐府》。

译文

楚怀王啊，楚怀王，是你使忠臣跳入了汨罗江。我读完《离骚》空自惆怅，真的太瑰丽太深刻太有激情，必将与天地同在与日月同光。伤心之后我大笑一场，笑你屈原太固执太倔强，为什么不能把身心都放一放？沧浪之水淹死你玷污了你，你也冤枉并污浊了沧浪。

赏析

首二句点出楚怀王昏庸不察，逼得忠心耿耿的屈原自沉汨罗。出笔便劈题，凭空起势，写出了屈子一跃冲向波涛的悲壮气势。“《离骚》读罢空惆怅”一句，方揭出作者是在作历史的沉思，那久远的、深邃的思索，

尽在“空惆怅”三字中了。作者惆怅之余，幡然醒悟：古往今来，凡有作为的积极进取者，皆屡遭磨难，命运多舛，不如放达超脱，尽山水之乐。“伤心来笑一场”乃充满苦涩之反语，先贤的命运如此凄惨，就里分明蕴含着《天问》式的无尽诘难。“笑”与“伤心”搭配，似有些荒诞，实质上这是一种极为复杂的情绪，即是一种愤极的苦笑。贯云石仕途多蹇后借病弃官归隐，虽为贵族功臣之后，却向往“一笑白云外”的隐逸生活。旷达超然的背后，明明潜藏着对黑暗社会现实的牢骚和愤慨。“笑你个三闾强”以下，是解释前文“笑一场”的缘由，倔强的屈原，你为什么不放达超脱一点。笑屈原之非，乃“不达时”之辈；骨鲠正直者都是崇敬屈原的。这里分明是以反言正，其实作者对屈原也是钦佩之至的。故可认为元散曲中非屈原之语，皆是愤极之反语。结二句以沧浪水清衬托屈原之高洁，同样是正语反说。文面的意思是：沧浪清澈之水玷污了你，而你的自沉也使沧浪之水污浊了。无非是对屈原投江持非议的态度。承上文，仍是说屈原不够旷达。这恰恰透露出所谓旷达和超脱原是出于无可奈何，痛苦和矛盾，复杂和微妙，是正可玩味处。

这首小令最突出的特点是苦语乐道，糊涂中反更清楚，诙谐中藏着苦涩，其韵味是耐反复咀嚼的。其中时出反语，间或流露出辛酸和愤懑。

咏苎萝山①

【唐】李白

西施②越溪女，

出自苎萝山。

秀色掩今古，

荷花羞玉颜。

浣纱③弄碧水，

注释

①苎萝山：位于临浦镇东北，海拔127米，历史上曾属苎萝乡。

②西施庙：位于浣纱溪西岸施家渡村，坐西朝东，面对苎萝山。

③浣纱溪：傍依苎萝山，属西小江古道。

自与清波闲。
皓齿[4]信难开，
沉吟[5]碧云间。
勾践徵绝艳，
扬蛾入吴关[6]。
提携馆娃宫，
杳渺[7]讵可攀。
一破夫差国，
千秋竟不还。

④皓齿：雪白的牙齿。
⑤沉吟：低声吟咏（文辞、诗句）等
⑥吴关：吴地的关隘。
⑦杳渺（yǎo miǎo）：悠远，渺茫。

译文

西施是越国溪边的一个女子，出身自苎萝山。

她的魅力过去今天都在流传，荷花见了她也会害羞。

她在溪边浣纱的时候拨动绿水，自在的像清波一样悠闲。

确实很少能见她笑起来露出洁白的牙齿，一直像在碧云间沉吟。

越王勾践征集全国绝色，西施扬起娥眉就到吴国去了。

她深受吴王宠爱，被安置在馆娃宫里，渺茫不可觐见。

等到吴国被打败之后，竟然千年也没有回来。

赏析

李白的《咏苎萝山》，带领大家穿越两千年的时空，来到远古的春秋战国时期。那是一个春光明媚的艳阳天，越国大夫范蠡出访民

间，来到苎萝山下的若耶溪，邂逅溪边浣纱的西施。只见佳人顾盼生姿、超凡脱俗、天生丽质、娇媚动人。两人一见钟情，遂以一缕浣纱，相订白首之约。不久，吴王夫差为报杀父之仇，领兵打进了越国。越军被打败，越王勾践做了俘虏。范蠡作为人质，跟随越王夫妇，到了吴国做奴隶。于是，他和西施的姻缘就被耽搁下来。三年以后，吴王夫差放回了勾践夫妇和范蠡。勾践回国，卧薪尝胆，准备十年生聚，力图报仇雪耻。他采用范蠡所提出的美人计，准备用女色击垮夫差。西施也被范蠡的爱国热情感动了，挺身而出，勇赴吴国，成为吴王最宠爱的妃子，把吴王迷惑得众叛亲离、无心国事，终被勾践所灭。传说吴被灭后，西施遂与范蠡，一叶扁舟，隐遁于太湖烟波之中，不知所终，留给后人无限的遐想与怀念。

渡易水①

【明】陈子龙

并刀②昨夜匣中鸣③，
燕赵悲歌最不平。
易水潺④湲云草碧，
可怜无处送荆卿⑤！

注释

①易水：源出河北省易县西，东流至定兴县西南与拒马河汇合。
②并刀：并州（今山西省太原市一带）产的刀，以锋利著名，后常以之指快刀。指宝刀、宝剑。
③匣中鸣：古人形容壮士复仇心切。
④潺潺：河水缓缓流动的样子。
⑤荆卿：即荆轲，战国时卫国人。

作者名片

陈子龙（1608—1647）明末官员、文学家。初名介，字卧子、懋中、人中，号大樽、海士、轶符等。汉族，南直隶松江华亭（今上海松江）人。崇祯十年进士，曾任绍兴推官，论功擢兵科给事中，命甫下而明亡。清兵陷南京，他和太湖民众武装组织联络，开展抗清活动，事败后被捕，投水殉国。

他是明末重要作家，诗歌成就较高，诗风或悲壮苍凉，充满民族气节；或典雅华丽；或合二种风格于一体。擅长七律、七言歌行、七绝，被公认为“明诗殿军”。陈子龙亦工词，为婉约词名家、云间词派盟主，被后代众多著名词评家誉为“明代第一词人”。

译文

昨天夜里，并刀在匣子发出愤懑、郁结的声音，燕赵这一带自古多义士，慷慨悲歌，意气难平。

易水慢慢地流着，天青草绿，河山依旧，可惜到哪里再去找荆轲那样的壮士，来为他送行呢？

赏析

明末的诗人，生逢异族入侵之时，面临国破家亡的严重威胁，凡有点民族感情的，都该有志可抒、有情可表。然而，怎样下笔成诗，如何抒情达意，却也有高下之分。

怀古诗不同于咏史诗那样歌咏史实或以诗论史，而是重在抒写诗人由古人古事所触发的思想感情，即所谓“言近旨远”。此诗前二句托物言志，以并刀夜鸣写出报国的志向，后二句即景抒情，从眼中所见易水实景，引出对国事的无限隐忧。全诗运思深沉、情怀激荡、苍凉悲壮，可入司空图《诗品》所言“悲概”一类。

诗的前两句写出了豪迈之士为国尽忠的壮怀激烈的意志；后两句与前两句进行对比，感叹物是人非、山河破碎。全诗悲壮慷慨、苍凉沉痛，表现了作者崇高的民族气节。

诗的前两句写出了豪迈之士为国尽忠的壮怀激烈的意志。言志二句：“并刀昨夜匣中鸣，燕赵悲歌最不平”，志由物显，报国的急切愿望由并刀夜鸣来展现，虽壮怀激烈，但不是架空高论，粗犷叫嚣。将怀古咏史紧密结合时事与胸中报国热忱，是此诗最大的特色。诗人由易水想到古代的英雄荆轲，想到他慷慨赴死的壮举，油然激起自己奋发向上的豪情斗志。

后两句与前两句进行对比，感叹物是人非，山河破碎。抒情二句：“易水潺潺云草碧，可怜无处送荆卿。”情因景生，忧世忧时之情由所见易水景象引出。诗人借易水兴感，显然是为了说明那些统治者醉生梦死，意志消沉，一味宴安享乐，早就置国家安危于不顾。“可怜”一词，仿佛是为荆卿惋惜，其实，是为了抒发那种知音难觅、报国无门的愤懑。在荆轲活着的年代，对强敌的怒火，可以“指冠”，可以“瞋目”；诗人却只能用“可怜”来表达英雄失路的悲哀，这是一个时代的悲哀。由易水故事，想到目前女真入侵，国家危机四伏，却无英雄挺身救国，触动胸中浓郁的懊丧与失望，从而产生报国无门、英雄无用武之地的愤慨。

全诗悲壮慷慨、苍凉沉痛，表现了作者崇高的民族气节。这首诗怀古感今、明朗显豁、语言流畅，把对现实政治的强烈抒情融于深沉的咏史之中，洋溢着磊落不平之气。这种忧国忧民、悲壮忧郁的诗格，正是晚明爱国诗作的主旋律。

三闾祠[1]

【清】查慎行

平远江山极目[2]回，
古祠漠漠[3]背城开。
莫嫌举世无知己，
未有庸人不忌才。
放逐[4]肯消亡国恨[5]？
岁时犹动楚人[6]哀！
湘兰沅芷年年绿，
想见吟魂[7]自往来。

注释

①三闾（lǘ）祠：位于湖南汨罗，为纪念屈原而建。屈原曾官三闾大夫，故名。

②极目：纵目远眺，尽目力所及。王粲《登楼赋》：“平原远而极目兮，蔽荆山之高岑。”

③漠漠：这里形容荒凉寂寞。

④放逐：屈原曾经被流放。

⑤亡国恨：楚国灭亡在屈原逝世以后，但在屈原生前，楚国郢（yǐng）都就已经被秦兵攻破，屈原作有《哀郢》。

⑥楚人：即居住在楚地的人。

⑦吟魂：诗人的灵魂。这里指屈原。

作者名片

查慎行（1650—1727）当代著名作家金庸先祖。初名嗣琏，字夏重，号查田；后改名慎行，字悔余，号他山，赐号烟波钓徒，晚年居于初白庵，所以又称查初白。海宁袁花（今属浙江）人。康熙四十二年（1703）进士；特授翰林院编修，入直内廷。五十二年（1713），乞休归里，家居10余年。雍正四年（1726），因弟查嗣庭讪谤案，以家长失教获罪，被逮入京，次年放归，不久去世。查慎行诗学东坡、放翁，尝注苏诗。自朱彝尊去世后，为东南诗坛领袖。著有《他山诗钞》。

译文

纵目远眺，只见江流蜿蜒，远山逶迤，近处古老的三间祠，却萧条冷落，背城而立。

不要埋怨当时无人了解你忠心耿耿，历史上没有庸俗小人不嫉贤妒才。

驱逐流放哪里能消除亡国之恨，直至今日逢年过节也总是激起楚人的悲哀！

蕙兰白芷年年绿遍湘江沅江两岸，料你英灵定会眷怀故地常来常往。

赏析

这首诗首联写景，诗人伫立平旷辽阔的楚国旧地，放眼望去，但见江流蜿蜒，远山逶迤；颔联写对屈原的劝慰之辞，蕴涵了悲愤及同情；颈联正面抒写对诗人的沉痛惋惜之情；尾联仍回到现实的景物中来，并以想象作结。全诗沉郁而清幽，笔力曲折，言议透辟。

此诗首联以写景兴起。“平远江山极目回，古祠漠漠背城开。”

伫立平旷辽阔的楚国旧地，放眼望去，但见江流蜿蜒、远山逶迤；由远及近，渐渐地收回目光，却看到古老的三闾祠，萧条冷落，背城而立。作者面对荒芜寂寥的眼前风物不禁感慨万端，一种故宫黍离之感，油然而生。

触景兴怀，作者自然地联想起诗人的平生遭际，屈原以光明正直存心国家民族的忠贞之士，竟至落入谗言的深海而尽忠无路报国无门，最终走向悲剧的结局，可谓千古奇冤“国无人莫我知兮，又何怀乎故都，既莫足与为美政兮，吾将从彭咸之所居。”（《离骚》）这是诗人泣血的深慨和绝望的浩叹。然而在颔联，作者并未直接抒写对诗人悲剧人生的同情嗟叹，却转而生发出这样的议论：“莫嫌举世无知己，未有庸人不忌才。”意谓用不着嫌怨举国难觅知音。诗句表面上是对屈原的劝慰之辞，实则蕴涵了更为深广的悲愤及对诗人无限的同情。

“放逐肯消亡国恨？岁时犹动楚人哀！”颈联是一个转换，正面抒写对诗人的沉痛惋惜之情。这二句说，即使被放逐，都不能消除亡国之恨。至今逢年过节，楚地的人们仍要崇祀屈原，表达无尽的哀思。史载，屈原在怀王朝和顷襄王朝曾两度被放逐。此联首句用反问语气，十分强烈地表现了屈原深挚的爱国主义感情。然而，其志向理想可“与日月争光”的屈原是不死的。千载而下，诗人屈原的悲剧命运犹自动人哀伤，足见其高洁的志行感人至深。

“湘兰沅芷年年绿，想见吟魂自往来。”尾联仍回到现实的景物中来，并以一个浪漫的美丽想象作结：“湘兰元芷年年绿，想见吟魂自往来。”湘、沅、兰、芷，都是屈原诗篇中经常喟叹的楚地风物。这二句说，兰蕙和白芷年年绿遍沅湘两岸，沁芳吐艳，屈原的灵魂定会眷怀故地常来常往。

这首七律写得沉郁而清幽，既表现了屈原的悲愤，也抒发了作者的深情。通观全篇，开头以写景生发，触起遐思由作者眼中屈原祠的冷落，自然地引入对屈原平生遭际命运的慨叹。中间两联论事，笔力曲折、言议透辟，而不乏情韵。末二句则与首联相呼应，对眼前景物忽发奇思，设想吟魂犹在，徜徉沅湘。由此看出作者情意之真切运思之灵妙。

富平少侯[1]

【唐】李商隐

七国三边未到忧[2]，
十三身袭富平侯。
不收金弹抛林外，
却惜银床[3]在井头。
彩树[4]转灯珠错落[5]，
绣檀[6]回枕玉雕锼[7]。
当关[8]不报侵晨客[9]，
新得佳人字莫愁。

注释

①富平少侯：西汉景帝时张安世被封为富平侯，他的孙子张放年少时即继承爵位，史称“富平少侯”。

②未到忧：即未知忧，不知道忧虑。

③银床：井上的辘轳架，不一定用银做成。

④彩树：华丽的灯柱。

⑤珠错落：环绕在华丽灯柱上的灯烛像明珠一样交相辉映。

⑥绣檀：指精美的檀枕。

⑦玉雕锼（sōu）：形容檀木枕刻镂精巧，像玉一样莹润精美。

⑧当关：守门人。

⑨侵晨客：清早来访的客人。

译文

张放十三岁就世袭得了富平侯的爵位，他年幼无知，根本考虑不到局势不稳、七国叛乱、边患不断、匈奴南犯的事情。

他不识金弹的贵重，把它弹落在林子里不知道收回，倒翩翩中意起井上的辘轳架来了，对它偏有几分爱惜，真无知啊。

华丽的灯柱上转动着明亮的灯烛，灯烛像明珠一样交相辉映、精致美丽。精美的檀木枕刻镂精巧，像玉一样莹润精美。

在侯王府的早晨，守门人不再按照常规给来客通报，因为少侯新得了一名叫莫愁的佳人，值此良辰美景，不敢打扰他。

赏析

此诗首联："七国三边未到忧，十三身袭富平侯。"首句指出其不知国家忧患为何物，次句再点醒"十三"袭位，这就有力地显示出童昏无知与身居尊位的尖锐矛盾。如果先说少年袭位，再说不恤国事，内容虽完全相同，却平直无奇，突现不出上述矛盾。这种着意作势的写法与作者所要突出强调的意旨密切相关。

颔联："不收金弹抛林外，却惜银床在井头。"写少侯的豪侈游乐。上句说他只求玩得尽兴，贵重的金弹可以任其抛于林外，不去拾取。可见他的豪侈。下句则又写他对放在井上未必贵重的辘轳架（即所谓"银床"，其实不一定用银做成）倒颇有几分爱惜。这就从鲜明对照中写出了他的无知。黄彻说："二句曲尽贵公子憨态。"这确是很符合对象特点的传神描写，讽刺中流露出耐人寻味的幽默。

颈联："彩树转灯珠错落，绣檀回枕玉雕锼。"续写其室内陈设的华侈。上一联在"不收""却惜"之中还可以感到作者的讽刺揶揄之意，这一联则纯用客观描写，讽刺之意全寓言外。"灯""枕"暗渡到尾联，针线细密，不着痕迹。

尾联："当关不报侵晨客，新得佳人字莫愁。"这里特借"莫愁"的字面关合首句"未到忧"，以讽刺少侯沉湎女色，不忧国事；言外又暗讽其有愁而不知愁，势必带来更大的忧愁；今日的"莫愁"，即孕育着将来的深愁。诗人的这种思想感情倾向，不直接说出，而是自然融合在貌似不动声色的客观叙述之中，尖刻冷峭、耐人寻味。

此诗塑造了一个荒淫奢侈、醉生梦死的贵族公子形象，把他不知内忧外患，只顾挥霍浪费，荒淫好色的丑恶行径同晚唐危机四伏的社会环境形成鲜明的对照，也暗示了让这种纨绔子弟身居高位，正是当时政治腐败的表现，是国运不振的重要根源。

清代注家徐逢源推断此诗系借讽唐敬宗，其说颇可信。因为所讽对象如为一般贵显少年，则他们所关心的本来就是声色狗马，责备他们不忧"七国三边"之事，未免无的放矢。必须是居其位当忧而不忧的，才以"未到忧"责之。所以首句即已暗露消息，所谓少侯，实即少帝。末句以

“莫愁”暗讽其终将有愁，和《陈后宫》结句“天子正无愁”如出一辙，也暗示所讽者并非无知贵介，而是“无愁天子”一流。不过李商隐托古讽时、有特定讽刺对象的咏史诗，题目与内容往往若即若离，用事也古今驳杂，再说托古讽时之作，所托之“古”与所讽之“今”但求大体相似，不能一一相符。

经下邳[1]圯桥[2]怀张子房[3]

【唐】李 白

子房未虎啸[4]，
破产不为家。
沧海得壮士，
椎秦博浪沙[5]。
报韩虽不成，
天地皆振动。
潜匿游下邳，
岂曰非智勇？
我来圯桥上，
怀古钦英风。
唯见碧流水，
曾无黄石公[6]。
叹息此人去，
萧条徐泗[7]空。

注释

①下邳：古县名，在今江苏省睢宁县西北邳州界。
②圯桥：古桥名，遗址在今睢宁县北古下邳城东南小沂水上。
③张子房：即张良，字子房，是辅佐刘邦打天下的重要谋臣，在帮助刘邦建立汉朝后，被封为留侯。
④虎啸：喻英雄得志。
⑤博浪沙：在今河南省原阳县东南。
⑥黄石公：秦时隐士。相传张良刺秦始皇不中，逃匿下邳圯上遇老人，授以《太公兵法》，曰：“读此则为王者师矣。后十年兴。十三年孺子见我济北，谷城山下黄石即我矣。”后十三年，张良从汉高祖过济北，果见谷城山下黄石，取而祠之，世称此圯上老人为黄石公。
⑦徐泗：徐州与泗州。

译文

张良少年未能得志如虎啸时，为求刺客而不顾破产败家。
从沧海公那里得到一名壮士，用金椎狙击秦始皇在博浪沙。
这次刺秦报仇行动虽未成功，而其名声却因此震动天下。
其逃匿追捕曾经过下邳，怎能说他在智勇双全上稍差?
今天我怀古来到圯桥上，更加钦羡张良的雄姿英发。
圯桥下只有碧绿的流水，而不知道黄石公如今在哪?
我站在桥上叹息张良逝去，徐泗两州从此便变得萧条空乏。

赏析

此诗起句“虎啸”二字，即指张良跟随汉高祖以后，其叱咤风云的业绩。但诗却用“未”字一笔撇开，只从张良发迹前写起。张良的祖父和父亲曾相继为韩国宰相，秦灭韩后，立志报仇，“弟死不葬，悉以家财求客刺秦皇”（《史记·留侯世家》）。“破产不为家”五字，点出了张良素来就是一个豪侠仗义、不同寻常的人物。后两句写其椎击秦始皇的壮举。据《史记》记载，张良后来“东见沧海君，得力士，为铁椎重百二十斤。秦皇帝东游，良与客狙击秦皇帝博浪沙中”。诗人把这一小节熔铸成十个字：“沧海得壮士，椎秦博浪沙。”以上四句直叙之后，第五句一折，“报韩虽不成”，惋惜力士椎击秦始皇时误中副车。秦皇帝为之寒栗，赶紧“大索天下”，而张良的英雄胆略，遂使“天地皆振动”。七、八两句“潜匿游下邳，岂曰非智勇”，写张良“更姓名潜匿下邳”，而把圯桥进履，受黄石公书一段略去不写，只用一个“智”字暗点，暗度到三句以后的“曾无黄石公”。“岂曰非智勇？”不以陈述句法正叙，而改用反问之笔，使文气跌宕，不致于平铺直叙。后人评此诗，说它句句有飞腾之势，说得未免抽象，其实所谓“飞腾之势”，就是第五句的“虽”字一折和第八句的“岂”字一宕所构成。

以上八句夹叙夹议，全都针对张良，李白本人还没有插身其中。九、十两句“我来圯桥上，怀古钦英风”，这才通过长存的圯桥古迹，把今人、古人结合起来了。诗人“怀古钦英风”，其着眼点还是在现实：“唯见碧流水，曾无黄石公。”这两句，句法有似五律中的流水对。上句切合圯桥，桥下流水，清澈碧绿，一如张良当时。岁月无常，回黄转绿，大有孔子在川上“逝者如斯夫，不舍昼夜”的感慨。下句应该说是不见张良了，可是偏偏越过张良，而说不见张良的恩师黄石公。诗人的用意是：他所生活的时代未尝没有如张良一般具有英风的人，只是没有像黄石公那样的人，加以识拔，传以太公兵法，造就“为王者师”的人才罢了。表面上是“叹息此人去，萧条徐泗空”，再也没有这样的人了；实际上，这里是以曲笔自抒抱负。《孟子·尽心下》说：“由孔子而来至于今，百有余岁，去圣人之世，若此其未远也，近圣人之居，若此其甚也，然而无有乎尔，则亦无有乎尔。”表面上孟子是喟叹世无孔子，实质上是隐隐地以孔子的继承人自负。李白在这里用笔正和孟子有异曲同工之处：“谁说‘萧条徐泗空’，继张良而起，当今之世，舍我其谁哉！”诗人在《扶风豪士歌》的结尾说：“张良未逐赤松去，桥边黄石知我心。”可以看作是这首诗末两句的注脚。

西江怀古

【唐】杜牧

上吞巴汉控潇湘，
怒似连山静镜光。
魏帝缝囊[①]真戏剧，
苻坚投棰[②]更荒唐。
千秋钓舸歌明月，

注释

①魏帝缝囊：三国时，魏方以沙囊填塞长江并借以南侵孙吴。魏帝：即曹操。

②苻坚投棰：秦王苻坚企图征服南方的东晋王朝。可是，许多大臣都认为进攻东晋的时机还不成熟。苻坚傲慢地笑道：“以吾之众旅，投鞭于江，足断其流！”苻坚不听劝告，进攻东晋，结果在淝水之战中被晋军彻底打败了。

万里沙鸥弄夕阳。
范蠡清尘何寂寞，
好风唯属往来商。

译文

长江上连巴蜀汉中，下接潇湘吴越，汹涌时惊涛拍岸、叠浪如山，平静时水光接天、明如平镜。

曹操缝囊填江就像一出闹剧，苻坚投鞭断流更是无知与荒唐。

江上渔歌阵阵，沙鸥嬉戏翻飞，夕阳西下，明月东升，又何尝因为这些狂人而改变半分?

范蠡，如今又何在呢?还不是一抔黄土、化为清尘；江上的好风依然在吹，却都付与了往来江上的商人。

赏析

杜牧这首诗是在浩荡的大江面前生出来的无限感慨。有人以为曹操能以布囊盛沙塞断长江，这荒唐的念头真是可笑；苻坚自称投鞭可以断流，这口气也实在狂妄得可以。可是这些荒唐与狂妄的人如今都早已灰飞烟灭，而江上渔歌依然、沙鸥依然，夕阳西下，明月东升，又何尝因为这些狂人而改变半分?就是那位智谋极高、财富极多，进而运筹帷幄、退而泛舟江湖的范蠡，如今又何在呢?还不是一抔黄土、化为清尘了吗?只能让人千载之下感到寂寞而惆怅。江上的好风依然在吹，但曹操享受不上，苻坚享受不上，范蠡享受不上，却都付与了往来江上的商人。唯有长江依然是长江，它千百年来仍是上连巴蜀汉中，下接潇湘吴越，汹涌时惊涛拍岸、叠浪如山，平静时水光接天、明如平镜。

人在宇宙与历史之中永远是一个匆匆过客和一粒小小沙砾，除非缩于蜗角、坐井观天，才能获得夜郎自大的满足，否则就永远会感到存在的悲剧意味。诗人与常人不同之处就在于他总是在思索一些常人不愿意思索的问题或觉得不必思索的问题，所以他们总是比常人更多地品尝到人生的悲哀。正像杜牧另一首咏史怀古诗《江南怀古》所说："车书混一业无穷，井邑山川今古同。"很多人都忽略了这两句的潜含意义。其实，诗人是在叹息，纵然像秦始皇那样使"车同轨，书同文"，一统帝国的伟人，如今又安在呢？井邑山川却仍然是老样子，并不因为一两个伟人而改变。杜牧另一首《题敬爱寺楼》里说："独登还独下，谁会我悠悠。"这"悠悠"就是陈子昂"前不见古人，后不见来者，念天地之悠悠，独怆然而涕下"的"悠悠"，并不是《诗经》中"悠悠我心，青青子衿"的"悠悠"。冯集梧注引《淮南子》："吾日悠悠惭于影"，也是对的；日影是时间的标志，在时间的无情流逝之前，有谁能不惭愧自己的短暂生涯？在高楼远眺，又有谁能不怅叹自己的渺小？

《三国演义》开篇的一首《临江仙》，有几句是"是非成败转头空，青山依旧在，几度夕阳红"，其中的苍凉正是"人"对生存意义的困惑。同样，当读杜牧《西江怀古》时，便不由感到这个诗人当时眺望长江、缅怀古人，心里一定也在想人在无垠的空间与无际的时间里那尴尬的处境。

所以，当杜牧的《西江怀古》以浩瀚宏大、亘古不变的长江及江上古今咏唱的渔歌、江面飞去飞回的沙鸥、永远东升西落的日月反衬人类英雄智者的渺小时，人们就不由自主地感到了一阵"人"的哀伤。尤其是当想到曹操、苻坚、范蠡虽是英雄豪杰。却不过是匆匆过客徒留笑柄，因而反观更加渺小的"我"时，这心中的怅惘便更加上了一重愁思。

题武关[1]

【唐】杜牧

碧溪留我武关东，
一笑怀王迹自穷。
郑袖[2]娇娆[3]酣[4]似醉，
屈原憔悴去如蓬[5]。
山樯谷堑[6]依然在，
弱吐强吞[7]尽已空。
今日圣神[8]家四海[9]，
戍旗[10]长卷夕阳中。

注释

①武关：战国时秦国设置的关隘，故址在今陕西商洛市东。
②郑袖：楚怀王宠妃。
③娇娆（ráo）：娇艳美好，妩媚多姿。
④酣（hān）：畅快喝酒。
⑤蓬（péng）：蓬草。蓬草随风飘转，常用来比喻人的身世飘零或行踪不定。
⑥谷堑：深长的峡谷。
⑦弱吐强吞：形容战国时强国侵吞弱国的形势。
⑧圣神：对皇帝的敬称。
⑨家四海：四海一家，天下统一。
⑩戍（shù）旗：守卫边防的战旗。

译文

清澈的溪水汩汩地流过，要留我在武关之东，可笑当年的楚怀王入关投秦却是到了穷尽之地。

郑袖得宠的娇艳妩媚之态就好像喝醉似的，屈原遭放逐到处流落，身世飘零。

如桅杆耸立的峰峦似壕沟深长的山谷还在，而弱肉强食七国争雄却像过眼烟云已成空。

当今天子如此神圣，四海为一家、天下为统一，而如今武关上长风浩荡戍旗翻卷于夕阳中。

赏析

作为千古形胜之地的武关，诗人跋涉至此，不能不驻足凭吊一番。所以首联开门见山，用拟人的艺术手法，把自己在武关的盘桓说成是“碧溪”的相留，这就将诗情十分自然地转到对这一历史陈迹的联想上来。

“一笑怀王迹自穷”，是诗人对楚怀王的悲剧结局的嘲弄，其中更有对怀王其人其事的感叹、痛恨和反思。因此，颔联紧承这一脉络，以历史家的严峻和哲学家的深邃具体地分析了“怀王迹自穷”的根源。楚怀王原任命屈原为左徒，内政外交均很信任他。后来由于上官大夫的诬陷，怀王渐渐疏离了屈原。秦国见有隙可乘，就派张仪至楚，以重金收买了上官大夫靳尚之流，并贿赂了怀王稚子子兰和宠姬郑袖，谗害屈原。怀王在郑袖、靳尚等一群佞臣小人的包围下，终于走上绝齐亲秦的道路，放逐了屈原。最后怀王为秦伏兵所执而客死秦国，此后楚国国运日益衰败、一蹶不振。从这段历史可以看到，怀王的悲剧结局完全是由于他亲小人、疏贤臣的糊涂昏庸所致，是咎由自取、罪有应得。因此，诗人在颔联中以形象化的语言，极为深刻地揭示了这一内在的根源。这两句诗对比强烈，内涵丰富。郑袖“娇娆”，可见其娇妒、得宠之态，而“酣似醉”，足见怀王对他的宠幸和放纵；屈原“憔悴”，可见其形容枯槁、失意之色，而“去如蓬”，足见屈原遭放逐后到处流落，无所依归的漂泊生涯。诗人正是通过小人得势、贤臣见弃这一形象的对比，婉转而深刻地指责了怀王的昏聩，鞭挞了郑袖的惑主，以及痛惜屈原的被逐。由此思之，诗人在瞻眺武关时，面对“怀王迹自穷”的现实，不能不付之一笑。

颈联在构思上是个转折，从对历史的沉思、叙述过渡到抒发眼前的感喟。诗人通过对江山依旧、人事全非的慨叹，说明“兴废由人事，山川空地形”（刘禹锡《金陵怀古》）的历史教训。楚怀王正是因为在人事上的昏庸才导致了丧师失地、身死异国的悲剧。从这一意义来说，这一联的感慨实际上是对上联所叙述史事的寓意的进一步延伸。

最后，诗人的眼光再次落到武关上。如今天子神圣，四海一家，天下统一；武关上长风浩荡，戍旗翻卷，残阳如血。这一联是全诗的出发点。杜牧不但才华横溢，而且具有远大的政治抱负，他的理想社会就是盛唐时期统一、繁荣的社会。但是晚唐时期，尽管形式上维持着统一的局面，实际上，中央王朝在宦官专权、朋党交争的局面下势力日益衰败，地方藩镇势力日益强大，几乎形成了“无地不藩，无藩不叛”的局面。这不能不使怀有经邦济世之志和忧国忧民之心的诗人忧心忡忡。面对唐王朝渐趋没落的国运，诗人站在武关前，思绪万千。于是对历史的反思、对现实的忧思，一齐涌上心头，形于笔底。他希望唐王朝统治者吸取楚怀王的历史教训，任人唯贤，励精图治，振兴国运。同时也向那些拥兵割据的藩镇提出了警戒，不要凭恃山川地形的险峻，破坏国家统一的局面；否则，不管弱吐强吞，其结局必将皆成空。

题木兰庙①

【唐】杜牧

弯弓征战②作男儿，
梦里曾经与画眉。
几度思归还把酒，
拂云堆上祝明妃③。

注释

①木兰庙：《太平广记》云，黄州黄岗县（今属湖北武汉市黄陂区）木兰山，在县西一百五十里，今有木兰乡。

②弯弓征战：言木兰代父征戎，勇敢善战。

③明妃：指王昭君。

译文

花木兰女扮男装去参军打仗，一去就是十二年。她在梦乡里，也会和女伴们一起对镜梳妆。

只是为了替爷从军、保家卫国，多次想回家时竭力克制着自己，与边关将士大碗喝酒。想想木兰为了安靖边烽，万里从戎，她也将会像王昭君和亲、死留青冢一样，永远博得后世敬爱！

赏析

这首咏史诗，是杜牧会昌年间任黄州刺史时，为木兰庙题的。庙在湖北黄冈西一百五十里处的木兰山。木兰是一个民间传说人物，据说是北魏时期的谯郡人（有的说是黄州或宋州人）。黄州人为木兰立庙，可见是认木兰为同乡的。

诗人一开头就用一个“作”字把北朝民歌《木兰诗》的诗意高度概括出来。这个“作”字很传神，它既突出地显示了木兰的特殊身份，又生动地描绘出这位女英雄女扮男装“弯弓征战”的非凡本领。要不，“同行十二年”，伙伴们怎么竟“不知木兰是女郎”呢？

接着诗人又借取《木兰诗》“当窗理云鬓”的意境。把“理云鬓”换成“画眉”，把木兰终究是女孩儿的本色完整地表现了出来：“梦里曾经与画眉”，“与”相当于“和”。它启发人们去想象木兰“梦里”的情思。她只是在梦乡里，才会和女伴们一起对镜梳妆；只是为了“从此替爷征”才竭力克制着自己，并非不爱“画眉”。诗人运用一真一梦、一主一辅的衬托手法，借助梦境，让木兰脱下战袍，换上红妆，运笔尤为巧妙。这固然有“古辞”作依据，却表现出诗人的创新。

第三句诗人进而发挥想象，精心刻画了木兰矛盾的内心世界：木兰在战斗中固然很有英雄气概，但在日常生活中却不免“几度思归还把酒”，“几度”二字，恰如其分地表现出这种内心矛盾的深刻性。作为一个封建时代的少女，木兰有这样一些感情，一点也不奇怪。难得的倒是诗人善于揭示其心灵深处的思归之情，更增强了真实感。

最后问题落在“还把酒”上。是对景排愁？还是对月把酒？都不是，而是到“拂云堆”上“把酒祝明妃”。拂云堆，在今内蒙古自治区的乌拉特西北。堆上有神祠。明妃，即自请和番的王昭君。木兰和

昭君都是女性。她们来到塞上，一个从军，一个“和戎”，处境和动机固然有别，但同样都是为了纾国家之急。

而这等大事却竟然由女儿家来承担，自不能不令人感慨系之。“社稷依明主，安危托妇人”，这是唐代诗人戎昱《咏史》中的名句，和杜牧这首诗是比较合拍的。

王昭君和亲，死留青冢，永远博得后世的同情。木兰为了安靖边烽，万里从戎，一直受到人们赞美。诗人通过“把酒”“祝明妃”，把木兰对明妃的敬慕之情暗暗地透露出来，把木兰内心的矛盾统一起来，运用烘托手法，使木兰和昭君灵犀一点，神交千载，倍觉委婉动人。这无疑也正是本诗值得特别称许之处。

金陵①怀古

【唐】司空曙

辇路②江枫暗③，
宫庭野草春。
伤心庾开府④，
老作北朝臣。

注释

①金陵：今江苏省南京市，南朝四代（宋、齐、梁、陈）都城。
②辇路：帝王车驾所经之路。
③江枫暗：谓枫树茂密。
④庾开府：即庾信，初仕梁为太子中庶子，梁元帝时以右卫将军出使西魏，被留长安。

作者名片

司空曙（720—790），字文明，一作文初，广平（治今河北省永年县东南）人。曾举进士，入剑南节度使韦皋幕中任职，历任洛阳主簿、水部郎中、虞部郎中等职。为“大历十才子”之一。其诗多写自然景色和乡情旅思，或表现幽寂的境

界，或直抒哀愁，较长于五言律诗。有《司空文明诗集》，《全唐诗》录其诗二卷。

译文

江边前朝天子车驾经过的道路，如今枫树参天、树色暗淡。前朝宫廷殿院，如今已是荒丘残垒、野草丛生。

伤心那前朝庾开府庾信，可怜那南朝的庾开府，到老来却做了北朝的大臣。

赏析

金陵（今江苏南京）从三国吴起，先后为六朝国都，是历代诗人咏史的重要题材。司空曙的这首《金陵怀古》，选材典型、用事精工、别具匠心。

前两句写实。作者就眼前所见，选择两件典型的景物加以描绘，着墨不多，而能把古都金陵衰败荒凉的景象，表现得很具体、很鲜明。辇路即皇帝乘车经过的道路。想当年，皇帝出游，旌旗如林，鼓乐喧天，前呼后拥，应是无比威风。此时这景象已不复存在，只有道旁那饱览人世沧桑的江枫，长得又高又大、遮天蔽日，投下浓密的阴影，使荒芜的辇路更显得幽暗阴森。"江枫暗"的"暗"字，既是写实，又透露出此刻作者心情的沉重。沿着这条路走去，就可看到残存的一些六朝宫苑建筑了。"台城六代竞豪华"，昔日的宫廷，珠光宝气，金碧辉煌，一派显赫繁华，更不用说到了飞红点翠、莺歌燕舞的春天。现在这里却一片凄清冷落，只有那野草到处滋生，长得蓬蓬勃勃，好像整个宫廷都成了它们的世界。"野草春"，这"春"字既点时令，又着意表示，点缀春光的唯有这萋萋野草而已。这两句对偶整齐，辇路、宫廷与江枫、野草形成强烈对照，这将它的现状与历史作比较，其盛衰兴亡之感自然寄寓于其中。

接下去，笔锋一转，运实入虚，别出心裁地用典故抒发情怀。典故用得自然、恰当，蕴含丰富，耐人寻味。

先说自然。庾开府即庾信，因曾官开府仪同三司，故称。庾信是梁朝著名诗人，早年在金陵做官，和父亲庾肩吾一起，深受梁武帝赏识，所谓“父子东宫，出入禁闼，恩礼莫与比隆”。诗人从辇路、宫廷着笔来怀古，当然很容易联想到庾信，它与作者的眼前情景相接相合，所以是自然的。

再说恰当。庾信出使北朝西魏期间，梁为西魏所亡，遂被强留长安。北周代魏后，他又被迫仕于周，一直留在北朝，最后死于隋文帝开皇元年。他经历了北朝几次政权的交替，又目睹南朝最后两个王朝的覆灭，其身世是最能反映那个时代的动乱变化的。再说他长期羁旅北地，常常想念故国和家乡，其诗赋多有“乡关之思”，著名的《哀江南赋》就是这方面的代表作。诗人的身世和庾信有某些相似之处。他经历过“安史之乱”，亲眼看到大唐帝国从繁荣的顶峰上跌落下来。安史乱时，他曾远离家乡，避难南方，乱平后一时还未能回到长安，思乡之情甚切。所以，诗人用庾信的典故，既感伤历史上六朝的兴亡变化，又借以寄寓对唐朝衰微的感叹，更包含有他自己的故园之思、身世之感在内，确是贴切工稳，含蕴丰富。“伤心”二字，下得沉重，值得玩味。庾信曾作《伤心赋》一篇，伤子死，悼国亡，哀婉动人，自云：“既伤即事，追悼前亡，惟觉伤心……”以“伤心”冠其名上，自然贴切，而这不仅概括了庾信的生平遭际，也寄托了作者对这位前辈诗人的深厚同情，更是他此时此地悲凉心情的自白。

这首诗寥寥二十字，包蕴丰富，感慨深沉，情与景、古与今、物与我浑然一体，不失为咏史诗的佳作。

楚　宫

【唐】李商隐

湘波如泪色漻漻[①]，
楚厉[②]迷魂逐恨遥。
枫树夜猿愁自断，

注释

①漻漻：水清澈貌。

②楚厉：指屈原，他投汨罗江而死，无后人、无归处，古称“鬼无所归则为厉”（《左传》昭公七年），亦可称“迷魂”，即冤魂。

女萝山鬼[3]语相邀。
空归腐败犹难复，
更困腥臊[4]岂易招？
但使故乡三户[5]在，
彩丝[6]谁惜惧长蛟。

③女萝山鬼：女萝，菟丝，一种缘物而生之藤蔓。山鬼：山中之神，或言以其非正神，故称“鬼”。

④困腥臊：屈原自沉，葬身鱼腹，故曰“困腥臊”。

⑤三户：指楚人。

⑥彩丝：指五彩丝线扎成的粽子。

译文

湘江如泪色一般又清又深，屈原的冤魂随浪而去，他的怨恨永无绝期。

夜晚的枫树林中猿啼使人愁断肠，唯有穿着萝带的山鬼相邀。

埋在土里，身形腐败，魂魄难以招回，更不用说是葬身鱼腹了。

只要楚地后人还在，谁会可惜那喂食蛟龙彩丝包的食物？

赏析

这首诗不同于其他凭吊屈原的诗文，它并未从屈原的人品才能和政治上的不幸遭遇着笔，通篇自始至终紧紧围绕住屈原的“迷魂”来写：首联写迷魂逐波而去、含恨无穷；颔联写迷魂长夜无依、凄凉无限；颈联叹迷魂之不易招；末联赞迷魂终有慰藉。这样围绕迷魂来构思，内容集中，从各个方面、各个角度，反复书写，从而使诗具有回环唱叹之致。

诗的前四句是以景写情。屈原忠而见疑，沉湘殉国，此诗亦即从眼前所见之湘江落笔。“湘波如泪色漻漻，楚厉迷魂逐恨遥。”对着湘江，想起屈原的不幸遭遇，诗人悼念不已。在诗人的眼中，清深的湘波，全都是泪水汇成。这“泪”有屈原的忧国忧民之泪，有后人悼念屈原之泪，也有诗人此时的伤心之泪。湘江流淌着不尽的泪水，也在哀悼屈原。而在这如泪的湘波之中，诗人仿佛看到了屈原的迷魂。“逐恨遥”写迷魂含着满腔悲愤，随波远去，湘江流水无穷尽之时，屈原迷魂亦终古追逐不已，其恨亦千秋万代永无绝期。“恨”字和“泪”字，融入诗人的强烈感情，既是对屈原的悲痛哀悼，也是对造成屈原悲剧的楚国统治者的强烈谴责。

颔联又从湘江岸上的景物再加烘托。这联化用《楚辞·招魂》、屈原《九歌·山鬼》语句。“枫树夜猿”，是说经霜的枫树和哀鸣的愁猿，构成一幅凄楚的秋夜图。“愁”既是猿愁，也是迷魂之愁，而猿愁又更加重迷魂之愁。下句的“女萝山鬼”即以女萝为带的山鬼。“语相邀”既指山鬼间互相呼唤，同时也指山鬼们呼唤屈原的迷魂，境界阴森。长夜漫漫，枫影阴森，迷魂无依，唯夜猿山鬼为伴。此联景象凄迷，悲情如海，读之使人哀怨欲绝。

下面四句似议似叹、亦议亦叹，抒发诗人内心的慨叹。五、六两句是说：即使屈原死后埋在地下，其尸也会归于腐败，魂也难以招回；何况是沉江而死，葬身于腥臊的鱼虾龟鳖之中，他的迷魂就更难招回了。以上三联，都是感伤悲叹，末联情调一变，由凄楚婉转变为激越高昂，以热情歌颂屈原的忠魂作结。这一联糅合了《史记·项羽本纪》“楚虽三户，亡秦必楚”的典故和《续齐谐记》楚人祭祀屈原的传说。意思是说：只要楚人不灭绝，他们就一定会用彩丝棕箬包扎食物来祭祀屈原，人民永远怀念这位伟大诗人。

这首诗化用《楚辞》和屈原作品中的词语和意境入诗，而不着痕迹，读来语如己出，别具风采；全诗以景托情，以感叹为议论，使全诗始终充满了浓郁的抒情气氛；内容上反复咏叹使此诗“微婉顿挫，使人荡气回肠”（清翁方纲《石洲诗话》评李商隐诗语），感人至深。

咏　史

【唐】李商隐

历览[①]前贤国与家，
成由勤俭破由奢[②]。
何须琥珀[③]方为枕，
岂得真珠[④]始是车。
运去[⑤]不逢青海马[⑥]，
力穷难拔蜀山蛇。
几人曾预[⑦]南薰曲[⑧]，
终古苍梧哭翠华。

注释

①历览：遍览，逐一地看。
②奢：享受。
③琥珀：松柏树脂之化石，有淡黄、褐、红褐诸种颜色，透明，质优者可作饰物。这里的“琥珀”，与下句中的“真珠”皆喻示唐文宗父兄穆宗、敬宗之奢侈。
④真珠车：以真珠照乘之车。真珠，即珍珠。
⑤运去：指唐朝国运衰微。
⑥青海马：龙马，以喻贤臣。
⑦预：与，意指听到。
⑧南薰曲：即《南风》。

译文

纵览历史，凡是贤明的国家，成功源于勤俭，衰败起于奢华。

为什么非要琥珀才能作枕头，为什么镶有珍珠才是好座驾？

想要远行，却没遇见千里马，力单势孤，难以拔动蜀山猛蛇。

有几人曾听过舜帝的南风歌？只有苍梧对翠华盖哭泣。

赏析

诗的首联，是从总结历朝历代统治经验出发，得出成功大都由于勤俭，破败大都因为奢侈的经验教训。开头两句好像是抽象的议论，不像诗。实际上它不是在发议论，是说：像文宗那样勤俭，应该使国家兴盛的，怎么反而破败呢？这里充满着惋惜和同情，是抒情而不是议论。这样通过表面上的议论来抒情的写法是很特别的。

颔联是对这一结论的具体印证。这种议论，有道理但并不全面，因为勤俭只是治国成功的一条重要经验，但不是唯一的经验；奢侈是使国家破败的一个重要原因，但也不是唯一的原因。一个王朝的兴衰，自有其更复杂、更本质的原因所在。然而，事实上，非但没有因此能使已成定局的唐王朝的颓败之势有所好转，反而越搞越糟。这中间的道理，或者说最本质的原因，当然是诗人所无法理解的，所以，他只好以宿命论的观点来解释这一反常现象，归之于运命。

颈联推进一步，但也可以说是转折，认为比勤俭更为重要的，其实是国运和国力，一旦运去，就是虞舜那样的贤君也无回天之力，而只能遗恨终生。这才是这首诗的主旨。诗人虽然说不清“运”究竟是什么，但他确实感到仅靠勤俭（包括皇帝个人的其他努力），不足以挽救一个时代的衰颓之势，而且在他看来，唐朝的国运似乎已去，难以挽回了。这种认识不免模糊含混，却是敏感的、深刻的，不但可以说明唐代，还能用于观照许多末代帝王。很多注家的思路则是一定要为此诗找一个咏叹对象，找的结果是唐文宗李昂。李昂节俭，史有明文；李昂清除宦官的失败，也载于史册。他可算自身勤俭而无力挽救国势的典型。继续引申，则“青海马”是喻贤才，“蜀山蛇”是喻宦官，也表现出来了，而尾联就成了对文宗的哀悼。

尾联承上而下，由理而情、由情造境，进而转换为纯然的抒怀了。文宗好诗，夏日念柳公权诗“薰风自南来，殿阁生微凉”，称为“辞清意足，不可多得”。张采田《会笺》称文宗：“诏太常卿冯定采开元雅乐，制《云韶法曲》《霓裳羽衣曲》。义山开成二年登第，恩赐诗题《霓裳羽衣曲》。故结语假事寓悲，沉痛异常。”几人曾经听过文宗所颁布的雅乐，参与过文宗赐题的考试，“终古”哀悼文宗在太监扼制下恨郁死去。这里，所表现的诗人对于文宗治国的悲剧，不是讥讽、挖苦，而是感慨、叹息，诗人所抒发的正是对国家命运关注的深情。奢侈是使国家破败的一个重要原因，但也不是唯一的原因，一个王朝的兴衰，有其更复杂、更本质的原因所在。

俭成奢败本是历代兴衰的常规，但文宗在位期间，作风勤俭，政治上也多次作过重振朝纲的努力，却一事无成，最终在“受制于家奴”的哀叹声中死去。面对这种无法解释的反常现象，诗人已隐约感觉到“运去”“力穷”，唐王朝崩颓之势已成，即使出现一两位明君贤臣，也难以挽回了。文宗在位时，李商隐对于他的闇弱，颇多讥评；而于其身后，则又加以哀婉。无论讥评还是哀婉，均出自对国家命运的深切关注。

正由于这种深切的关注，国运难以逆挽的崩颓之势，成为诗人心头难以解脱的宿命般的悲凉。如果说李商隐感伤诗风的发展成熟，就个体来说是性格、遭遇使然；那么就时代因素来说，实是对衰飒大环境的呼吸领会。“运逢末世”，就是促成李商隐感伤诗风的内外两层背景，身世之感与末世情怀交相促发激荡，将诗人内心的感伤越酿越浓。

茂　陵①

【唐】李商隐

汉家天马②出蒲梢，

苜蓿榴花③遍近郊。

内苑④只知含凤嘴，

属车⑤无复插鸡翘⑥。

玉桃⑦偷得怜方朔，

注释

①茂陵：陵墓名。汉武帝陵墓，在今陕西兴平市东北。

②天马：骏马。

③榴花：石榴花。

④内苑：内官，诗里指宫中侍从。

⑤属车：皇帝侍从的座车。

⑥鸡翘：皇帝出巡时，属车上插有用羽毛装饰的旗，百姓称之为“鸡翘”。

⑦玉桃：传说人吃了可长生不老的仙桃。

金屋修成贮阿娇[⑧]。
谁料苏卿[⑨]老归国，
茂陵松柏雨萧萧。

⑧阿娇：汉武帝陈皇后的小名。传武帝年幼时曾说，如得阿娇为妻，将筑金屋以藏之。
⑨苏卿：苏武，字子卿。

译文

汉家王室培育出的良马出自蒲梢，一片片苜蓿石榴，遍布在长安近郊。

内苑整日里只知道游猎，帝车为掩人耳目，出行方便，不再插鸡翘旗。

怜爱偷得玉桃的东方朔，修造金屋，用来贮藏心爱的阿娇。

谁料滞留匈奴十九年后方得返国的苏武，奉旨拜茂陵时只见茂陵松柏，细雨潇潇。

赏析

这首诗首联以骏马赞扬汉武帝之武功，中间两联写汉武帝好声色、求神仙、恋女色，以体现其欲望颇多，尾联谓苏武年老归国，武帝已逝，拜谒陵寝，风雨凄凄。这首诗综合使用了传统的赋、比、兴手法，借咏汉武帝的功过，在象征和隐喻中抒发了作者对唐武宗的影射式的批评，句句用事，事有出处，字斟句酌，个个到位，达到了典丽、凝练、形象、隽永的艺术高度。

"汉家天马出蒲梢，苜蓿榴花遍近郊。"咏汉武征讨大宛，出使西域，不仅获取了"蒲梢"千里马，在长安郊外到处都种上了从西域进贡来的石榴、苜蓿——这好比武宗皇帝抗击回鹘，迎接太和公主归国，又诛杀了昭义叛将刘稹等，均可算得上是名动朝野，"武功"堪夸。

"内苑只知含凤嘴，属车无复插鸡翘。"说汉武一味地爱打猎，弓弦断了，就将西海国献来的用麟角和凤喙煮成的“续弦胶”拿来，用嘴濡湿粘好再射；经常微服私游，不用插。“鸡翘”标志的随从车队陪驾，而屡冒风险——这又和武宗迷恋游猎、荒废政事，如出一辙。

“玉桃偷得怜方朔，金屋修成贮阿娇。”感叹汉武空好神仙、重色轻才，不爱惜东方朔般的贤士，却只知宠爱陈阿娇之类的后妃，发展到了“金屋贮美女，窥桃饿贤才”的不公地步；这和武宗不认真求贤致治，崇信道士赵归真，宠嬖王才人等宫嫔非常相似。

“谁料苏卿老归国，茂陵松柏雨萧萧。”总承上意作结：等到在匈奴持节牧羊十九载的忠臣苏武回到长安，奉旨哭祭长眠茂陵的汉武帝时，一切都成过去，连武帝陵冢上的松柏也在秋雨萧萧声中，散发出无尽的惋惜和哀愁；从李商隐的角度看问题，同样是想说：我丁母忧刚回京不久，武宗皇帝就大驾归天！从此国家和个人的前途都令人怅望洒泪，忧心忡忡了。

这首七言律诗综合使用了传统的赋、比、兴手法，借咏汉武帝的功过，在象征和隐寓中抒发了作者对唐武宗的影射式的批评。句句用事，事有出处，字斟句酌，个个到位，确实达到了典丽、凝练、形象、隽永的艺术高度。加之作者采用了“六二格”结构：即前六句分别叙说汉武帝的生平盛事，一气敷陈、不着议论，后二句掉笔收结，惋叹不尽而议论自出。

这种用七言律诗叙述评论人物事件而不显呆板的主要原因是作者对所咏和所影射的历史人物认识深刻，了解透彻，加之有用典妥帖笔力扛鼎之功，所以第七句“谁料苏卿老归国”，从“实”事转笔，转得平地波澜，起伏有力，真正起到了一笔抹倒英雄，顿使江河绕道的作用，再用“茂陵松柏雨萧萧”一句景句虚结，这种高妙的“转合”手法，自然给读者留下了无穷的回味和联想。至于一、二句用“三肴”韵部的“梢”“郊”，而四、六、八句用“二萧”韵部的“翘”“娇”“萧”等韵字，应当看作是晚唐语音变化，李商隐等名家有意扩大律诗理论上的“首句邻韵可通”的范围，为合韵写诗作词创造先例的一种贡献，不必认为是“出韵”。

过[1]五丈原

【唐】温庭筠

铁马[2]云雕久绝尘，
柳营[3]高压汉营春。
天清杀气[4]屯关右，
夜半妖星[5]照渭滨。
下国卧龙[6]空寤主，
中原逐鹿[7]不由人。
象床锦帐[8]无言语，
从此谯周是老臣。

注释

①过：一本作“经”。五丈原：三国时期诸葛亮屯兵用武、劳竭命殒的古战场，遗址在今陕西省岐山县南斜谷口西侧。
②铁马：铁骑，指强大的军队。
③柳营：细柳营，西汉周亚夫屯兵之地，这里比喻诸葛亮的军营。
④杀气：战争氛围。
⑤妖星：古人认为天上若有彗星或流星一类的东西出现，就预示着灾难的降临。
⑥卧龙：指诸葛亮。
⑦中原逐鹿：争夺政权，典出《史记·淮阴侯列传》。
⑧象床锦帐：五丈原诸葛亮祠庙中神龛里的摆设。

译文

云旗飘战马嘶尘头滚滚，大军浩荡直奔长安古城。
函谷关西战鼓号角正响，一颗将星坠落渭水之滨。
蜀国卧龙空自忠心耿耿，统一大业终究难以完成。
神龛里的遗像默默无语，只好让那谯周随意而行。

赏析

此诗开头气势凌厉。蜀汉雄壮的铁骑，高举着绘有熊虎和鸷鸟的战旗，以排山倒海之势，飞速北进，威震中原。“高压”一词本很抽象，但由于前有铁马、云雕、柳营等形象作铺垫，便使人产生一种大军压境恰似泰山压顶般的真实感。“柳营”这个典故，把诸葛亮比作西汉初年治军有方的周亚夫，表现出敬慕之情。三、四两句笔挟风云，气势悲怆。“天晴杀气”，既点明秋高气爽的季节，又暗示战云密布，军情十分紧急。在这样关键的时刻，灾难却降临到诸葛亮头上。相传诸葛亮死时，其夜有大星“赤而芒角”，坠落在渭水之南。“妖星”一词具有鲜明的感情色彩，表达了诗人对诸葛亮赍志以殁的无比痛惜。

前四句全是写景，诗行与诗行之间跳跃、飞动。首联写春，颔联便跳写秋。第三句写白昼，第四句又转写夜间。仅用几组典型画面，便概括了诸葛亮最后一百多天里运筹帷幄、未捷身死的情形，慷慨悲壮，深沉动人，跌宕起伏，摇曳多姿。温庭筠诗本以侧艳为工，而此篇能以风骨遒劲见长，确是难得。后四句纯是议论，以历史事实为据，悲切而中肯。

诸葛亮竭智尽忠，却无法使后主刘禅从昏庸中醒悟过来，他对刘禅的开导、规劝没有起什么用。一个“空”字包蕴着无穷感慨。“不由人”正照应“空寤主”。作为辅弼，诸葛亮鞠躬尽瘁，然而时势如此，他实在难以北取中原，统一中国。诗人对此深为叹惋。诸葛亮一死，蜀汉国势便江河日下。可是供奉在祠庙中的诸葛亮像已无言可说，无计可施了。这是诗人从面前五丈原的诸葛亮庙生发开去的。谯周是诸葛亮死后蜀后主的宠臣，在他的怂恿下，后主降魏。“老臣”两字，本是杜甫对诸葛亮的赞誉：“两朝开济老臣心”（《蜀相》）。用在这里，讽刺性很强。诗人暗暗地把谯周误国降魏和诸葛亮匡世扶主作了对比，读者自然可以想象到后主的昏庸和谯周的卑劣了。诗人用“含而不露”的手法，反而收到了比痛骂更强烈的效果。

整首诗内容深厚，感情沉郁。前半以虚写实，从虚拟的景象中再现出真实的历史画面；后半夹叙夹议，却又和一般抽象的议论不同。它用历史事实说明了褒贬之意。末尾用谯周和诸葛亮作对比，进一步显示了诸葛亮系蜀国安危于一身的独特地位，也加深了读者对诸葛亮的敬仰。

汴河怀古二首

【唐】皮日休

一

万艘龙舸[①]绿丝间，
载到扬州尽不还[②]。
应是天教开汴水[③]，
一千余里[④]地无山。

二

尽道隋亡为此河[⑤]，
至今千里赖[⑥]通波。
若无水殿龙舟事[⑦]，
共禹论功[⑧]不较多。

注释

①舸（gě）：大船。
②载到扬州尽不还：隋炀帝杨广游览扬州时被部将宇文化及杀死。
③汴水：汴河，即通济渠。
④一千余里：通济渠长一千三百余里。
⑤此河：即汴河。
⑥赖：依赖。
⑦若无水殿龙舟事：隋炀帝下扬州乘龙舟的风景的事。
⑧共禹论功：作者在这里肯定了隋朝大运河的积极意义，是可以和大禹治水的功绩相比的。

作者名片

皮日休（838—883），唐代文学家。字逸少，后改袭美。襄阳人（今属湖北）人。早年居鹿门山，自号鹿门子、间气布衣等。唐懿宗咸通八年（867）进士，曾任太常博士。后参加黄巢起义军，任翰林学士。旧史说他因故为黄巢所杀。一说黄巢兵败后为唐室所害。或谓黄巢败后流落江南病死。诗文与陆龟蒙齐名，人称“皮陆”。部分诗篇，暴露统治阶级的腐朽，反映人民所受的压迫和剥削，继承了白居易新乐府的传统。有《皮子文薮》。

译文

一

成千上万的彩船行驶在运河两岸的翠柳中间，但这支船队载到扬州后再也没有回还。

应该是上天教人们开通汴河，这里一千余里的地面上看不到一座山峦。

二

人人都说修造汴河导致隋朝灭亡，可是至今南北通行还要依赖此河。

如果没有打造龙舟纵情享乐之事，炀帝赫赫功绩几乎可比治水的大禹。

赏析

第一首诗的“万艘龙舸”代指隋炀帝的船队。全诗描述了隋炀帝游览扬州的豪华船队以及大运河的地理环境，诗中隐含了隋炀帝被部将宇文化及杀死的历史事实。诗说当年的浩然盛大的场面如今已经不复存在，实质是说当时的唐帝国早已是连隋炀帝时也比不得了。这是对当政者的警训，意味深长。

第二首诗第一句从隋亡于大运河这种论调说起，而以第二句反面设难，予以批驳。诗中说：很多研究隋朝灭亡原因的人都归咎于开通运河，视其为一大祸根，然而大运河的开凿使南北交通显著改善，对经济联系与政治统一有莫大好处，历史作用深远。用“至今”二字，以表其造福后世时间之长；说“千里”，以见因之得益的地域之辽阔；“赖”字则表明其为国计民生之不可缺少，更带赞许的意味。此句强调大运河的百年大利，一反众口一词的论调，使人耳目一新。这就是唐人咏史怀古诗常用的“翻案法”。翻案法可以使议论新颖，发人所未发，但要做到不悖情理，却是不易的。大运河固然有利于后

世，但隋炀帝的暴行还是暴行，皮日休是从两个不同角度来看开河这件事的。当年运河竣工后，隋炀帝率众二十万出游，自己乘坐高达四层的“龙舟”，还有高三层、称为浮景的“水殿”九艘，此外杂船无数。船只相衔长达三百余里，仅挽大船的人几近万数，均着彩服，水陆照亮，所谓“春风举国裁宫锦，半作障泥半作帆”（李商隐《隋宫》），其奢侈靡费实为史所罕闻。第三句“水殿龙舟事”即指此而言。

作者对隋炀帝的批斥是十分明显的。然而他并不直说。第四句忽然举出大禹治水的业绩来相比，甚至用反诘句式来强调：“共禹论功不较多？”意思就是：论起功绩来，炀帝开河不比大禹治水更多些吗？这简直荒谬离奇，但由于诗人的评论，是以“若无水殿龙舟事”为前提的。仅就水利工程造福后世而言，两者确有可比之处。然而“若无”云云这个假设条件事实上是不存在的，极尽“水殿龙舟”之侈的炀帝终究不能同躬身治水、“三过家门而不入”的大禹相与论功、流芳千古。故作者虽用了翻案法，实际上为大运河洗刷不实的罪名，而炀帝的罪反倒更加实际了。这种把历史上暴虐无道的昏君与传说中受人景仰的圣人并提，是欲夺故予之法。说炀帝“共禹论功不较多”，似乎是最大恭维奖许，但有“若无水殿龙舟事”一句的限制，又是彻底的剥夺。“共禹论功”一抬，“不较多”再抬，高高抬起，把分量重重地反压在“水殿龙舟事”上面，对炀帝的批判就更为严厉，谴责更为强烈。这种手法的使用，比一般正面抒发效果更好。

此诗以议论为主，在形象思维、情韵等方面较李商隐《隋宫》一类作品不免略逊一筹；但在立意的新奇、议论的精辟和“翻案法”的妙用方面，自有其独到处，仍不失为晚唐咏史怀古诗中的佳品。

当然，皮日休在诗中批判隋炀帝的同时，也不抹杀隋朝大运河在客观上所起的积极作用。他在《汴河铭》中曾说：“隋之疏淇、汴，凿太行，在隋之民不胜其害也，在唐之民不胜其利也。今自九河外，复有淇、汴，北通涿郡之渔商，南运江都之转输，其为利也博哉！”“至今千里赖通波”“共禹论功不较多”等诗句所表达的也有这样的意思。

吴宫怀古

【唐】陆龟蒙

香径[①]长洲尽棘丛，
奢云艳雨[②]只悲风。
吴王[③]事事须亡国，
未必西施胜六宫[④]。

注释

①香径：指春秋时吴国馆娃宫美人采香处。故址在今苏州西南香山旁。
②奢云艳雨：指当年吴王奢华绮丽、迷恋女色的生活。
③吴王：指吴王夫差。
④六宫：古代帝王后妃居住的地方，共六宫。这里指后妃。

作者名片

陆龟蒙（？—约881），字鲁望，自号天随子、江湖散人、甫里先生，长洲（今江苏省苏州）人，唐代诗人、农学家。

陆龟蒙举进士不第，曾做湖、苏二州刺史幕僚。后隐居松江甫里（今江苏吴县角直）。与皮日休齐名，人称“皮陆”，实逊于皮。其诗求博奥险怪，七绝较爽利。写景咏物为多，亦有愤慨世事、忧念生民之作，如《杂讽九首》《村夜二篇》等。文胜于诗，《四舍赋》《登高文》等均为忧时愤世之作。小品文写闲情别致，自成一家。主要收在《笠泽丛书》中，现实针对性强，议论也颇精切，如《野庙碑》《记稻鼠》等。著有《耒耜经》《吴兴实录》《小名录》等，收入《唐甫里先生文集》。

陆龟蒙写的《耒耜经》是一部描写中国唐朝末期江南地区农具的专著。

译文

通往长洲的香径已经长满了荆棘，当年吴王射猎的地方到处是

荒丘蔓草。当年奢云艳雨、纸醉金迷的吴宫如今已不再繁华，只有阵阵悲风在这废墟故址徘徊。

吴王夫差在位期间所采取的一切倒行逆施的举措都足以使国家灭亡，这和西施并无关系，后宫佳丽如云，一个西施又怎么能取代所有的后宫佳丽呢？

赏析

《吴宫怀古》是一首七绝。前两句诗言穷奢极欲必然导致覆灭——吴国的馆娃宫和长洲苑，如今都是荆棘丛生；吴王宫中当日穷奢极欲、花天酒地的荒淫生活，现在只留下一股悲风在吹拂。意在说荒淫腐化生活是吴王亡国的根本原因。前车之覆，后车之鉴，怀古喻今，蕴含深远。

后两句与罗隐的诗句“西施若解倾吴国，越国亡来又是谁”旨意相近。意思是，吴王夫差亡国是因为他做的每件事都埋下了亡国的祸根。是他无道，并非因为西施生得格外美丽，比六宫后妃更能蛊惑夫差而导致亡国。亡国的罪魁祸首是帝王，后妃仅推波助澜而已。这两句诗讲清了吴国亡国的因果关系，抨击了“女祸亡国”的论调。

金陵[①]驿[②]二首

【宋】文天祥

一

草合[③]离宫[④]转夕晖，
孤云飘泊复何依？
山河风景元无异，

注释

①金陵：今南京。
②驿：古代官办的交通站，供传递公文的人和来往官吏休憩的地方。这里指文天祥抗元兵败被俘，由广州押往元大都路过金陵。
③草合：草已长满。
④离宫：即行宫，皇帝出巡时临时居住的地方。金陵是宋朝的陪都，所以有离宫。

城郭人民半已非。
满地芦花和我老，
旧家燕子⑤傍谁飞？
从今别却⑥江南路，
化作啼鹃带血⑦归。

二

万里金瓯⑧失壮图，
衮衣⑨颠倒落泥涂。
空流杜宇声中血，
半脱骊龙颔下须。
老去秋风吹我恶⑩，
梦回寒月照人孤⑪。
千年成败俱尘土，
消得人间说丈夫。

⑤旧家燕子：化用刘禹锡《乌衣巷》“旧时王谢堂前燕，飞入寻常百姓家”诗意。
⑥别却：离开。
⑦啼鹃带血：用蜀王死后化为杜鹃鸟啼鹃带血的典故，暗喻北行以死殉国，只有魂魄归来。
⑧金瓯：金属制成的盛酒器，后借喻疆土的完整坚固。
⑨衮衣：衮服，古代帝王及上公绣龙的礼服。
⑩恶：病，情绪不佳。
⑪孤：孤寂。

作者名片

文天祥（1236—1283），字宋瑞，一字履善，号文山，吉州庐陵（今江西吉安）人。宝祐四年（1256）进士第一。历知瑞、赣等州。德祐元年（1275），元兵东下，他在赣州组义军，入卫临安（今浙江杭州）。次年任右丞相，出使元军议和，被扣留。后脱逃到温州。端宗景炎二年（1277）进兵江西，收复州县多处。不久败退广东。次年在五坡岭（在今广东海丰北）被俘。拒绝元将诱降，于次年送至大都（今北京），囚禁三年，屡经威逼利诱，誓死不屈。编《指南录》，作《正气歌》，大义凛然，终在柴市被害。有《文山先生全集》。

译文

一

夕阳下那被野草覆盖的行宫，自己的归宿在哪里啊？

祖国的大好河山和原来没有什么不同，而人民已成了异族统治的臣民。

满地的芦苇花和我一样老去，人民流离失所，国亡无归。

现在要离开这个熟悉的老地方了，从此以后南归无望，等我死后让魂魄归来吧！

二

江山沦丧在于没有宏伟的谋划，连德祐皇帝也向异族下拜称臣，就像从天上落入泥涂。

德祐已是亡国之君，即使杜鹃啼到嘴角流血也是无家可归了，小皇帝也死于非命。

人已老去，秋风吹得我心情不佳，梦中醒来，寒月照着孤寂的人。

在历史长河中，暂时的成败不算什么，最值得关注的是为人称道是一个大丈夫。

赏析

一

“草合离宫转夕晖，孤云飘泊复何依？”夕阳落照之下，当年金碧辉煌的皇帝行宫已被荒草重重遮掩，惨状不忍目睹。不忍目睹却又不忍离去，因为它是百年故国的遗迹，大宋政权的象征，看到它，就好像看到了为之效命的亲人，看到了为之奔走的君王。“草合离宫”与“孤云漂泊”相对，则道出国家与个人的双重不幸，染下国家存亡与个人命运密切相关的情理基调。“转夕晖”之“转”字用得更是精妙到位，尽显状元宰相的艺术风采：先是用夕阳渐渐西斜、渐渐下落之“动”反衬诗人久久凝望、久久沉思之“静”，进而与“孤云飘泊复何依”相照应，引发出诗人万里长江般的无限悲恨、无限怅惘。一个处境悲凉、空怀“恨东风不借、世间英物”复国壮志的爱国者的形象随之跃然纸上。

“山河风景元无异，城郭人民半已非。”山河依旧，可短短的四年间，城郭面目全非，人民多已不见。“元无异”“半已非”巨大反差的设置，揭露出战乱给人民群众带来的深重灾难，反映出诗人心系天下兴亡、情关百姓疾苦的赤子胸怀，将诗作的基调进一步渲染，使诗作的主题更加突出鲜明。

“满地芦花和我老，旧家燕子傍谁飞？”“满地芦花”犹如遍地哀鸿，他们之所以和我一样苍老，是因为他们心中都深深埋着说不尽的国破恨、家亡仇、飘离苦。原来王谢豪门世家风光不再，燕子尚可“飞入寻常百姓家”，现在老百姓亡的亡、逃的逃，燕子们也是巢毁窝坏，到哪里去安身呢？拟人化的传神描写，给人以身临其境的感觉：诗人在哭，整个金陵也在哭，亦使悲凉凄惨的诗人自身形象更加饱满。

“从今别却江南路，化作啼鹃带血归！”尽管整个金陵城都笼罩在悲凉的氛围中，我也不愿离她而去，因为她是我的母亲、我的挚爱。但元军不让我在此久留，肉体留不下，就让我的忠魂化作啼血不止、怀乡不已的杜鹃鸟归来陪伴你吧。此联与诗人《过零丁洋》里的“人生自古谁无死，留取丹心照汗青。”可谓是异曲同工，旗帜鲜明地表达出诗人视死如归、以死报国的坚强决心。

二

“万里金瓯失壮图，衮衣颠倒落泥涂。”头两句从宋高宗当年的行宫，写到此时亡国的现实，连德祐皇帝（即宋端宗）也向元朝下拜称臣了。

“空流杜宇声中血，半脱骊龙颔下须。”从德祐皇帝写到小皇帝

昺，两句分写皇帝的一降一死，概括地反映了南宋亡国的悲惨。

“老去秋风吹我恶，梦回寒月照人孤。”两句化用杜甫“老去悲秋强自宽”诗意，进一步写出了自己国亡家破的孤寂危苦的心情。

“千年成败俱尘土，消得人间说丈夫。”最后，作者告诫自己，要为后世做出榜样。的确，四年后，诗人受尽种种折磨和苦难，战胜种种诱惑和威胁，从容就义，用生命和鲜血践行了自己的誓言，在中华民族的爱国主义精神宝库中谱写了一曲永远鼓舞中华儿女的悲壮之歌、正气之歌。

秣　陵[1]

【清】屈大均

牛首[2]开天阙，
龙岗[3]抱帝宫。
六朝[4]春草里，
万井落花中。
访旧乌衣[5]少，
听歌玉树空。
如何亡国恨，
尽在大江[6]东？

注释

①秣陵：即今之南京市。秦始皇及东晋时称秣陵。

②牛首：即牛首山。在南京南，山有二峰，东西对峙，似皇宫前两侧的阙楼，名双阙，又称天阙。

③龙岗：龙冈，即钟山。

④六朝：孙吴、东晋、宋、齐、梁、陈六代均建都于南京，后人统称之为“六朝”。

⑤乌衣：东晋以及南朝时聚居于南京乌衣巷的王谢诸名门大族。

⑥大江：长江。

作者名片

屈大均（1630—1696），初名邵龙，又名邵隆，号非池，字骚余，又字翁山、介子，号菜圃，广东番禺人。明末清初学者、诗人，与陈恭尹、梁佩兰并称“岭

南三大家”，有“广东徐霞客”的美称。曾与魏耕等进行反清活动。后避祸为僧，中年仍改儒服。诗有李白、屈原的遗风，著作多毁于雍正、乾隆两朝，后人辑有《翁山诗外》《翁山文外》《翁山易外》《广东新语》及《四朝成仁录》，合称“屈沱五书”。

译文

牛头山双峰对峙，犹如皇宫前两旁的天阙。钟山龙盘虎踞，环抱着帝王之宅。

六朝的短暂繁华，如今已化为一片片春草、一堆堆落花。

这里已很少能找到往日显赫的豪门大族，而《玉树后庭花》也早已曲终人杳。

为什么亡国之恨，全让这大江东边的秣陵占尽了呢？

赏析

首联运用“工对”之“地名对”起，既点出怀古之地，又写出南京形胜：“牛首开天阙，龙岗抱地宫。”十个字对偶工稳精整，而景象又雄奇壮阔。一“开”一“抱”两个动词，用得也十分形象有力，极见炼字之功。两句诗把南京为帝王之都的山形地势，突兀地展现在读者面前，从而为下面进入怀古预先作了有力的铺垫。

“六朝春草里，万井落花中。”颔联两句运用当句对比手法，把往昔“六朝”“万井”同今日“春草”“落花”加以对照，从而用往昔之繁华，来突出今日之荒凉残败，以见人世沧桑巨变，语极沉郁。“春草”“落花”，形容现在城市之衰败残破，好像现在整个南京到处都是杂草丛生、野花飘零。过去作为六朝古都的南京不胜繁华，而今日却残破不全，一种“过春风十里，尽荠麦青青”（《扬州慢·淮左名都》）的黍离之悲便油然而生。诗人写这种内心悲痛的感受，却又显得毫不粘滞，似乎是随意地把当时城市人口情况，同现在的春草、落花并列在一起，而让对比鲜明的形象来透露朝代兴废的瞬息万变。“六朝”“万井”又有双重意义，暗中亦指南明，南明小朝廷亦建都南京。南京经清

兵的掳掠烧杀后，已是满目疮痍，一派凋敝景象。十几年后，诗人到此，断垣残壁犹在，不禁悲慨万分，因而借用怀古之情以喻伤今之意。所以，这两句诗言虽少而意却多。

“访旧乌衣少，听歌玉树空。”颈联两句推进一步，由写景物转入写人事。乌衣巷是六朝繁华之象征，《玉树后庭花》曲是六朝亡国之象征。这里，乌衣用以代指南明时朝中之显贵，玉树则用以暗指南明福王朱由崧荒淫误国的丑行。福王朱由崧在清兵大军压境的情况下，不思进取，纵情声色，选优排戏，完全置国家社稷于不顾，最后落得国破身亡，“临去秋波泪数行”（孔尚任《桃花扇·余韵》）的下场。两句诗均有话外暗示之音：拜访旧时之显贵，现在人已无多；而过去笙歌迭唱的舞榭歌台，现已人去楼空，微微透露了南明小朝廷之覆亡。这一联中，诗人以“少”和“空”来概括“访旧”和“听歌”的结果，可见现在人事已非，用得十分准确贴切。尤其是“空”字，更显现出一种空虚渺茫之感。

古之六朝，今之南明，均遭到社稷倾覆、江山易主的惩罚，这使诗人不能不对这种历史悲剧疾首蹙额，怅恨不已，故诗人在尾联里，发出似乎不可理解的慨叹。“尽”字表示有亡国恨者不仅仅是六朝，也包含了南明。这两句既反映了诗人内心深沉的悲痛，也表现了作者对明王朝的眷恋之情。

历朝历代都不乏咏秣陵之作，但大都以历史的旁观者身份进行创作。有的是总结教训，指出险不足恃，如刘禹锡《金陵怀古》诗：“兴废由人事，山川空地形。”有的是叹息世事如梦，如韦庄《台城》诗：“江雨霏霏江草齐，六朝如梦鸟空啼。”此诗则不然。作为明室遗民，屈大均直接目睹和经历了改朝换代的历史变迁。这种天翻地覆的变化，对一位有爱国思想的诗人来说，是不堪忍受的。因此，诗人不是把自己作为历史的旁观者，而是以历史变迁中的受屈辱者的身份，写个人切肤之痛，故情真意切、感人良深。

此诗以写南京为帝王之都始，而以哀叹一个朝代接一个朝代的帝王覆亡终。其写法上最大的特点，是把写景、怀古和抒情融为一体，而于怀古之中又暗藏伤今之绪，亦怀古亦伤今。无论是写景、叙事、抒情，均寓有深层的意蕴，却又浑然无迹，藏而不露，使诗增添了无限的情韵。

登太白楼[1]

【明】王世贞

昔闻李供奉，
长啸[2]独登楼。
此地一垂顾，
高名百代留。
白云海色曙，
明月天门秋。
欲觅重来者，
潺湲[3]济水[4]流。

注释

①太白楼：在今山东济宁唐为任城。李白曾客居其地，有《任城县厅壁记》《赠任城卢主簿》诗。相传李白曾饮于楼上。唐咸通中，沈光作《李白酒楼记》，遂名于世。后世增修，历代名流过此，多有题咏。

②啸：撮口发出悠长清越的声音。这里指吟咏。

③潺湲（chán yuán）：水缓缓流动貌。

④济水：古水名，源出河南王屋山，东北流经曹卫齐鲁之地入海，下游后为黄河所占，今不存。济宁为古济水流经地域，金代为济州治所，故由此得名。

作者名片

王世贞（1526—1590），明代文学家。字元美，号凤州，又号弇州山人。江苏太仓人。王世贞以文学、藏书而知名，其诗歌，才力雄，学殖富，在“后七子”中成就最高。他的诗歌现实感较强，对封建官僚制度和时弊多所揭露和抨击。著有《弇州山人四部稿》《弇州山人续稿》。

译文

我听说从前李白曾独自登上这楼台，吟咏诗作。

他一来到这里，此地和他的大名就一起百代流传。

白云悠悠，海上霞光映照，明月皎洁升起，秋色宜人。

潺湲的济水流淌，尽阅古今，却是再找不到那曾来过的人了。

赏析

此时王世贞与李攀龙主盟文坛，名重天下。登太白楼，追寻前朝天才诗人的足迹，心中有很多感想。所以，诗的一开头就写当年李白登楼情景："昔闻李供奉，长啸独登楼。"不称"李太白"而称"李供奉"，称李白刚刚去职的官衔，这就巧妙地交代了李白登楼的时间和背景，李白到山东任城，是在任翰林供奉之后，并说明他虽然被"赐金放还"，却满不在乎，照样地纵情诗酒，放浪山水之间。"长啸独登楼"，"长啸"是魏晋时代阮籍嵇康的名士风度，撮口发出悠长清越的声音。这个细节描写，突出了李白的潇洒风神。一个"独"字，更写出其超逸不群和"眼高四海空无人"的气概。

"此地一垂顾，高名百代留。"山不在高，有仙则名，水不在深，有龙则灵。这座本来不为人注意的济宁南城小楼，一经大诗人"垂顾"，从此百代留名了。这里流露了王世贞景慕、缅怀李白之情，在无限景慕中，也隐隐蕴蓄着作者追踪比附之意。王世贞此时想的是：当年李太白垂顾此地，百代留名，我王世贞如今也来步他的后尘了。明里是颂扬前贤，暗里寄寓着个人的抱负。

"白云海色曙，明月天门秋。"王世贞写自己登楼望断天涯的情景。可是诗人笔下之景，并非全是济宁城楼即目所见，而更多的是作者心中想象的一种海阔天高的境界。此时登上太白楼的王世贞思接千载，多么想与才华盖世的李太白精神上千古相接。于是，他也像李白那样，运用充满神奇幻想的浪漫主义笔法表现自己对这位天才诗人的神往。李白《登太白峰》："太白与我语，为我开天关。愿乘泠风去，直出浮云间。"王也贞在登临凭吊之际，也进入李白写的那种幻觉境界：仰望海天，明月当空，曙光朦胧，仿佛自己也听到诗仙李白的召唤，即将凌虚乘风而去，进入天界之门，去与他"相期邈云汉"了。

当他猛然从幻境中清醒过来时，又从天上跌落尘寰，不禁产生一种失落感。他感叹：像李白这样的天才多少年才出一个，酒楼啊酒楼，自李白光临之后，还会有像他这样的人再来登临，使酒楼重新蓬荜生辉么？“欲觅重来者，潺湲济水流。”他心潮澎湃，望着东流入海的济水出神：那滔滔江水啊，洪波涌起，后浪逐前浪，一浪高一浪。“逝者如斯夫，不舍昼夜”，人类发展史、文学发展史，也是这样。他感咽的神情中，大有“江山代有才人出，各领风骚几百年”之慨。

这首《登太白楼》写作上一个显著的特色，把李白当年登楼和自己今日登楼捏合到一起写，明写太白，暗写自己，写得极有才情，极富个性，表现了王世贞敢于与李白攀比的雄心、气魄，李贽称王世贞“少年跌宕……气笼百代，愈不可一世”（《藏书》卷二十六）。王世贞这种个性，在这首诗中表现得很突出。这首诗写得也像李白，海阔天空，颇得李白诗歌之韵。

岳鄂王墓[1]

【元】赵孟頫

鄂王坟上草离离[2]，
秋日荒凉石兽危[3]。
南渡君臣轻社稷[4]，
中原父老望旌旗[5]。
英雄已死嗟何及[6]，
天下中分遂不支[7]。
莫向西湖歌此曲，
水光山色不胜悲。

注释

①岳鄂王墓：即岳飞墓。在杭州西湖边栖霞岭下，岳飞于绍兴十一年（1142）被权奸秦桧等阴谋杀害。宋宁宗嘉泰四年（1204），追封为鄂王。
②离离：野草茂盛的样子。
③石兽危：石兽庄严屹立。石兽：指墓前的石马之类。危：高耸屹立的样子。
④社稷：指国家。
⑤望旌旗：意为盼望南宋大军到来。旌旗：代指军队。
⑥嗟何及：后悔叹息已来不及。
⑦天下中分遂不支：意为从此国家被分割为南北两半，而南宋的半壁江山也不能支撑，终于灭亡。

作者名片

赵孟頫（1254—1322），字子昂，号松雪，松雪道人，又号水晶宫道人、鸥波，中年曾作孟俯，湖州（今浙江吴兴）人。元代著名画家，楷书四大家（欧阳询、颜真卿、柳公权、赵孟頫）之一。赵孟頫博学多才，能诗善文，懂经济，工书法，精绘艺，擅金石，通律吕，解鉴赏。特别是书法和绘画成就最高，开创元代新画风，被称为“元人冠冕”。他也善篆、隶、真、行、草书，尤以楷、行书著称于世。存诗较少，著有《松雪斋集》。

译文

岳飞墓上荒草离离，一片荒凉，只有秋草、石兽而已。

南渡君臣轻视社稷，可中原父老还在盼望着王师的旌旗。

英雄被害，后悔晚矣，天下灭亡已成定局。

不要向西湖吟唱此诗，面对这样的景致无从吟起。

赏析

这是一首怀古七律。此诗以岳坟的荒凉景象起兴，表达了对岳飞不幸遭遇的深切同情。并由此而联想到南宋君臣不顾国家社稷与中原父老，偏安东南一隅，以致最终酿成亡国惨剧。作为宋宗室，赵孟頫于亡国之际，面对岳坟追寻南宋衰亡之因，就不仅仅是客观的理性认识了。此诗结尾两句，即蕴涵着诗人无尽的家国之思、亡国之恨。

这是一支悲愤的悼歌。岳飞的惨死是中国历史上的一大悲剧。岳飞虽然冤死，但他的英名却永远留在历代人民的心中。宋宁宗嘉泰四年（1204），追封岳飞为鄂王，旷世冤案得以昭雪，离岳飞被害已62年。岳墓建在风景秀丽的西湖岸边，岳飞虽封王建墓，但由于连年战乱，陵园荒芜，景象凄凉。这首诗以反映这样的现实入笔。

首联以离离墓草渲染岳墓秋日的荒凉，冷硬屹立的石兽，更增添了几分悲思。写岳飞墓前荒凉之景，暗寓作者伤痛之情。接下来用南北君民作对比，写南宋君臣的倒行逆施及由此产生的恶果，一个“轻”字，谴责了南宋当局苟安享乐、不思北进，显示了作者的谴责、愤恨之情；一个“望”字，同情中原父老忍受煎熬、遥望南师。一“轻”一“望”，对比鲜明。颈联哀叹有望承担中兴重任的英雄岳飞悲惨死去，使天下南北中分以至南宋最终被蒙古人灭亡。作者在尾联悲痛地吟道：“莫向西湖歌此曲，水光山色不胜悲。”满含湖光依旧、河山易主的深沉的感慨。末二句收结全篇，在气氛上是承应首二句，在感情上是绾合中四句。

语言特色方面来看，全诗即景生情、咏史抒怀、议论感慨、一气呵成，语言不事雕饰、通俗自然、哀婉深沉、感情强烈，颇具感染力。咏怀古人的诗作，一般都喜欢用典，但这首诗语言平易，基本上没有用典，真实地表达了作者的思想感情。作者以赵宋后裔的身份为冤死于赵宋王朝的岳飞，由衷地唱出这支哀痛伤惋的悼歌，分外感人。

虢国夫人夜游图

【宋】苏轼

佳人自鞚①玉花骢，
翩如惊燕蹋②飞龙③。
金鞭争道④宝钗落，
何人先入明光宫⑤。
宫中羯鼓催花柳，
玉奴弦索花奴⑥手。
坐中八姨⑦真贵人，

注释

①鞚（kòng）：勒马的绳。
②蹋（tà）：踏。
③飞龙：特指唐代御厩中右膊印飞字、左项印龙形的马。
④金鞭争道：指杨家与广平公主争道西市门，杨家豪奴竟然挥鞭惊吓公主落马。
⑤明光宫：汉代有明光殿，此处借指唐代宫殿。
⑥玉奴：杨贵妃的小名。弦索：原指乐器上的弦，此指弦乐器。花奴：汝阳王李琎的小名。李琎擅长演奏羯鼓，杨贵妃工弦索。
⑦八姨：即杨贵妃的八姐秦国夫人。

走马来看不动尘。
明眸皓齿谁复见，
只有丹青[8]余泪痕。
人间俯仰成今古，
吴公台下雷塘[9]路。
当时亦笑张丽华，
不知门外韩擒虎[10]。

⑧丹青：丹和青是中国古代绘画常用的两种颜色，借指绘画、图画。

⑨吴公台、雷塘：都在扬州。吴公台因陈将吴明彻得名。隋炀帝死后，初葬吴公台下，后来迁葬雷塘。

⑩门外韩擒虎：韩擒虎是隋初开国功臣，灭陈时领军为先锋。这里用杜牧《台城曲二首》“门外韩擒虎，楼头张丽华”诗意。

译文

这位佳人驾驭玉花骢马，淡妆多态。她骑在骏马上，身段轻盈，恍如惊飞的春燕。飞龙骏马骄驰在进宫的大道上，宛若游龙。

为了抢先进入明光宫，杨家豪奴，挥动金鞭与公主争道，致使公主惊下马来，宝钗堕地。

此时宫中正在演奏曾被附会为能催发杏柳开花的乐曲，贵妃亲自弹拨琵琶，汝阳王李琎在敲击羯鼓。在羯鼓争催的情况下，弦歌并起，舞姿柔曼，柳宠花娇。

秦国夫人已经先上艳妆就座，打扮得非常娇贵。虢国夫人素妆淡雅，乘车缓缓而行，入宫以后马的步子放慢，惊尘不动。

这绝代的佳人，如今又在何处呢？她那明眸皓齿，除了画图之外，谁又曾见到过呢？当年的欢笑，似乎今天在丹青上只留下点点惨痛的泪痕了。

人在世上，繁花如梦，俯仰之间，重蹈覆辙者比比皆是。隋炀帝与陈叔宝一样国破家亡，身死人手，埋葬于吴公台下、雷塘路边。

可是当年他却曾嘲笑过陈叔宝、张丽华一味享乐、不恤国事，不知道韩擒虎已经带领隋兵迫近宫门。

赏析

苏轼这首《虢国夫人夜游图》和杜甫的《丽人行》在题材和主旨上一脉相承，含有一定的讽喻意义。

诗的起四句为第一段，渲染虢国夫人恃宠骄肆。前两句所描绘的形象，正是图中虢国夫人形象的再现。这美人名马，相互辉映；神采飞动，容光艳丽。《明皇杂录》记载：虢国夫人出入宫廷，常乘紫骢，使小黄门为御者。画和诗所绘写的都有所据。“金鞭争道”两句，写虢国夫人的骄纵，和杨家炙手可热的气焰。作者用“金鞭争道宝钗落”这句，再现了图中的情景。据史载，某年正月十五日，杨家五宅夜游，与广平公主争道西市门，结果公主受惊落马。诗所写的，正是画意所在。

诗的第二段是“宫中羯鼓催花柳”以下六句，写虢国夫人入宫和宫中的情事。宫内珠光宝气，人影衣香，花团锦簇，在不夜的宫廷里，一派欢乐情景，纷呈纸上。诗中叙玉奴和八姨作为衬映，而“自鞚玉花骢”的佳人，才是主体。画图是入神之画，诗是传神之诗，诗情画意，融为一体。作者写诗至此，于欢情笑意中，陡作警醒之笔：“明眸皓齿谁复见，只有丹青余泪痕。”陡转两句，笔力千钧。

第三段是最后四句，紧承前文，作者在观图感叹之后，更对历史上一些回环往复的旧事，致以深沉的感慨。诗说：“人间俯仰成今古，吴公台下雷塘路。当时亦笑张丽华，不知门外韩擒虎。”历史上的隋炀帝，当年也曾嘲笑过陈叔宝，可是俯仰之间，他自己也步陈叔宝的后尘，身死人手，国破家亡，繁华成为尘土。言外之意，是说唐明皇、杨玉环、虢国夫人等，又重蹈了隋炀帝的覆辙。“吴公台下雷塘路”，葬埋了隋朝风流天子；“马嵬坡下泥土中”，也不仅仅只是留下杨玉环的血污，她的三姐虢国夫人也在那里被杀掉了。荒淫享乐者的下场，千古以来，如出一辙。昙花一现的恩宠，换来的仅仅是一幅供人凭吊的图画。

全诗着意鲜明，前两段十句，全以画意为诗，笔墨酣畅。“明眸皓

齿”两句转入主题，作轻微的感叹。末段四句，揭示意图，语意新警，亦讽亦慨，而千古恨事亦在其中，如此题图，大笔淋漓，有如史论，引人深思。

题滕王阁

【宋】王安国

滕王平昔好追游①，
高阁②依然枕碧流。
胜地③几经兴废④事，
夕阳偏照⑤古今愁。
城中树密千家市⑥，
天际⑦人归一叶舟。
极目⑧沧波⑨吟不尽，
西山重叠乱云浮⑩。

注释

①平昔：往日。好（hào）：爱，喜欢。追游：追寻游乐。
②高阁：指滕王阁。
③胜地：名胜之地，风景优美的地方。
④兴废：兴盛与衰败，指历史变迁。
⑤偏照：斜照。因太阳已偏西，故云。
⑥千家市；指城中人烟稠密，市场繁华。
⑦天际：天边；远处。
⑧极目：放眼远望，尽目力之所及。
⑨沧波：青绿色的水波。
⑩浮：漂动，浮动。

作者名片

王安国（1028—1074），字平甫，抚州临川（今江西抚州临川区）人。王安石四弟，幼敏悟，神宗熙宁元年（1068）进士。历官著作佐郎、秘阁校理。与兄王安石政见不合，屡非新法。后被吕惠卿夺官。以文章著称。有《王校理集》。

译文

滕王往日喜欢到处追寻风景，他所建的高阁依然枕着碧流。
风景胜地多次经历沧桑巨变，那夕阳斜照着古今多少忧愁。
城池之中树荫密布市场繁华，从遥远的天边归来一叶扁舟。
远望茫茫水波愁绪吟咏不尽，就像那西山上层层乱云飘浮。

赏析

这首诗是王安国十三岁时作。诗中感叹高阁几度兴废，人间几经沧桑，世事的变化犹如西山飘浮的乱云，时时在变幻之中。此诗主要是承初唐诗人王勃的《滕王阁诗》而来。首联即“阁中帝子今何在，槛外长江空自流”之意，颔联即“闲云潭影日悠悠，物换星移几度秋”之意，尾联略有“画栋朝飞南浦云，珠帘暮卷西山雨”之意，更主要的是两诗的意境很相似：怀古伤今，寄托沧桑之感。

首联开门见山，用平叙笔墨写滕王阁的来历和现状。滕王李元婴喜好游赏歌舞，因此兴建此阁。虽物换星移，历经沧桑，高阁依然完好地保存下来。滕王“好追游”，并非凭空而发，王勃当年也有“佩玉鸣鸾罢歌舞”之句。“依然”，强调这一游览胜地历久不废。“枕碧流”，点出高阁的所在，它安然高卧于一派深碧的滚滚江流之上。这一联对滕王阁虽有空间形势的交代，但主要是从时间角度叙写。

颔联紧承首联，着重从时间着眼，写滕王阁这块胜地在历史长河中所经历的沧桑之变。从唐高宗显庆四年（659）建阁，到王安国十三岁游览此地，纵观这三四百年的历史，风云变幻，几度沧桑。“兴废事”“古今愁”，含蕴丰富，引起人们的种种遐想。“几经”和“偏照”，强调变迁的匆忙和兴废的无常。在自然和人事的隐隐对比中，包含着无限的吊古之思，今昔之感。

颈联以下转为从空间着眼，写高阁所在的地理形胜和周围风光。颈联上句写城市，南昌向来为名都，人烟稠密、市街繁荣，是商贾荟萃之

所。下句写江水，赣江由赣州曲折北流，经吉安、清江，流经南昌，纵贯今江西全省，是江西境内最大的河流。登阁俯瞰，城中绿树浓荫，千家栉比，市井兴旺；凭栏远眺，赣江遥接云天，江面上一叶扁舟，摇曳而过，如同游人从天边归来。上句是近景，下句是远景，“树密”“千家”，给人以繁荣之感；“天际”“一叶”，具有淡远闲静之趣。两句有远、有近，疏密衬映，一静一喧，相互对照，写出了滕王阁背城面江的独特风光。

尾联宕开视野，继续写景，而于写景中收煞全诗。“极目”在意念上与前句“天际人归”紧密相关，“沧波”与首联“碧流”遥相呼应。放眼江流，气象万千，非诗句所能写尽，这就将无限风光囊括其中。客观景物吟咏不尽，正是暗示诗篇将尽。正在吟咏不尽之时，西山之上乱云重叠，晚烟出岫，又展现出一幅新的图景。“珠帘暮卷西山雨”（王勃《滕王阁诗》），西山的晚云将要带来一番风雨，凭阁四望，胜地的晦明变化无人能预测其妙。“西山重叠乱云浮”，意象苍茫缥缈，虽以景结，而含蕴浑厚，言尽而意不尽，极有韵味。

石头城①

【唐】刘禹锡

山围②故国周遭在，

潮打空城③寂寞回。

淮水④东边旧时月，

夜深还过女墙⑤来。

注释

①石头城：故址在今南京西清凉山一带，三国时期孙吴曾依石壁筑城。

②山围：四周环山。

③空城：指荒凉空寂的残破城垣。

④淮水：流经金陵城内的秦淮河，为六朝时期游乐的繁华场所。

⑤女墙：城上的矮墙，即城垛。

译文

群山环绕那旧都的城墙四围还在，江潮拍击这空城又寂寞地退回。

淮水东边升起的依旧是当年明月，夜深时分还一样穿过女墙照来。

赏析

这是组诗的第一首。此诗写石头城故址和旧景犹存，但人事已非，六代的豪华已不复存在，为此引发无限的感慨。诗中句句写景，作者的主观思想在字面上不着痕迹，而身临其境，则各有会心。白居易读后，曾“掉头苦吟，叹赏良久”，赞曰：“我知后之诗人不复措辞矣。”

诗一开始，就置读者于苍莽悲凉的氛围之中。围绕着这座故都的群山依然在围绕着它。这里，曾经是战国时代楚国的金陵城，三国时孙权改名为石头城，并在此修筑宫殿。经过六代豪奢，至唐初废弃，二百年来久已成为一座“空城”。潮水拍打着城郭，仿佛也觉到它的荒凉，碰到冰冷的石壁，又带着寒心的叹息默默退去。山城依然，石头城的旧日繁华已空无所有。

对着这冷落荒凉的景象，诗人不禁要问：为何一点痕迹不曾留下，没有人回答他的问题，只见那当年从秦淮河东边升起的明月，如今仍旧多情地从城垛后面升起，照见这久已残破的古城。月标“旧时”，也就是“今月曾经照古人”的意思，耐人寻味。秦淮河曾经是六朝王公贵族们醉生梦死的游乐场，曾经是彻夜笙歌、春风吹送、欢乐无时的地方，“旧时月”是它的见证。然而繁华易逝，而今月下只剩一片凄凉了。末句的“还”字，意味着月虽还来，然而有许多东西已经一去不返了。

诗人把石头城放到沉寂的群山中写，放在带凉意的潮声中写，放到朦胧的月夜中写，这样尤能显示出故国的没落荒凉。只写山水明月，而六代繁荣富贵，俱归乌有。诗中句句是景，然而无景不融合着诗人故国萧条、人生凄凉的深沉感伤。

此诗寄托诗人昔日繁华无处寻觅的感慨，江城涛声依旧在，繁华世事不复再。诗人怀古抒情，希望君主能以前车之覆为鉴。

京口[1]怀古二首·其二

【宋】释仲殊

一昨[2]丹阳王气销，
尽将豪侈谢尘嚣。
衣冠不复宗唐代，
父老犹能道晋朝。
万岁楼[3]边谁唱月，
千秋桥[4]上自吹箫。
青山不与兴亡事，
只共垂杨伴海潮。

注释

①京口：是江苏镇江的古称，是一座具有悠久历史的文化古城，是吴文化的发源地之一。
②一昨：前些日子。
③万岁楼：相传秦始皇在月华山（镇江三山五岭八大寺中的三山之一）下开凿过放生池，叫绿水潭。晋刺史王恭在山上建了一座万岁楼。此楼很出名，引来无数骚人墨客，成为感怀时事、去国怀乡的极佳去处。
④千秋桥：东晋平北将军王恭镇守京口，在城楼上建造万岁楼，下有千秋桥，寓意“千秋万岁”，并建有楼阁式石牌坊，石拱桥横跨漕河之上。

作者名片

释仲殊（生卒年不详），字师利，安州（今湖北安陆）人。俗姓张，名挥，仲殊其法号。尝应进士试，不中，弃家为僧，曾住苏州承天寺、杭州宝月寺。崇宁间自缢，事迹见《吴郡志》卷四二、《吴中人物志》卷一二、《栖真志》卷四。

译文

丹阳郡的王气黯然消沉，以往的豪华奢侈、兴盛之地，如今都已凋谢化为尘。

当地的衣冠服饰已经不再是唐朝的式样，然而父老乡亲，依然可以津津乐道东晋时期的典故事迹。

历尽沧桑的万岁楼边谁在伴月吟唱，千秋桥上有人自在地吹箫。

世间兴衰，沧海桑田，唯一不变的是，青山依然巍峨耸立，垂杨花开叶落，江水潮起潮落。

赏析

诗人登临京口，追思以前京口为战略要地，王气非凡，孙权在此建立霸业，刘裕北伐气吞胡虏，如今已经物是人非。睹物思人，感慨万千。开篇直抒，丹阳郡的王气黯然消沉，以往的豪华奢侈，兴盛之地，如今都已凋谢，变成荒丘，成为尘埃。

当地的衣冠服饰已经不再是追寻唐朝的式样，然而父老乡亲们，依然可以津津乐道东晋时期的典故事迹。

历尽沧桑的万岁楼边谁在伴月吟唱，千秋桥上有人自在地吹箫。无数骚人墨客在此感怀时事。

世间兴衰，物是人非，然而青山不改、绿水长流，唯一不变的是，青山依然巍峨耸立，垂杨花开叶落，江水潮起潮落，静静注视着人间的兴衰变迁。

诗人登临京口，登高望远、抚今追昔、感慨良多。忆昔过往，孙吴开国建都、安邦定国，王恭建楼修桥、兵强将勇，一派鼎盛繁华奢华；如今却繁华不再英雄作古，一切豪华奢侈都化为尘埃，唯余残垣断壁，父老乡亲们提起往事，记忆犹新，然而服饰连相近的唐代都不一样，桥上楼边有人吟唱吹箫，似乎在诉说着无奈，世间的沧桑变幻，令人惆怅，而只有青山绿树和潮水，不管人间兴衰，日复一日，相伴与共。

《京口怀古》叙述了历史变迁，抒发诗人的人生感慨，豪放雄浑，含蓄深沉，空明洒脱，凝练隽永，意蕴深远，回味无穷。古今对比，艺术感染力极其强烈，颇有唐诗遗风，堪称怀古佳作。

人月圆①·山中书事

【元】张可久

兴亡千古繁华梦，诗眼②倦天涯。孔林③乔木，吴宫④蔓草，楚庙⑤寒鸦。

数间茅舍，藏书万卷，投老⑥村家。山中何事？松花酿酒，春水煎茶。

注释

①人月圆：曲牌名。此词调始于王诜，因其词中“人月圆时”句，取以为名。《中原音韵》入“黄钟宫”。曲者，小令用。有幺篇换头，须连用。

②诗眼：诗人的洞察力。

③孔林：指孔丘的墓地，在今山东曲阜。

④吴宫：指吴国的王宫。也可指三国东吴建业（今南京）故宫。

⑤楚庙：指楚国的宗庙。

⑥投老：临老，到老。

作者名片

张可久（1280-1348？），字小山，庆元（今浙江鄞州区）人。元散曲家。有《功堤渔唱》、《小山北曲联乐府》等散曲集。今存小令八百多首，内容以表现闲逸情怀为主。

译文

千古岁月，兴亡更替就像一场幻梦。诗人用疲倦的眼睛远望着天边。孔子家族墓地中长满乔木，吴国的宫殿如今荒草萋萋，楚庙中只有乌鸦飞来飞去。

临到老回到了村中生活，几间茅屋里，珍藏着万卷诗书。山中有什么事呢？用松花酿酒，用春天的河水煮茶。

赏析

这首曲借感叹古今的兴亡盛衰表达自己看破世情、隐居山野的生活态度。全曲上片咏史，下片抒怀。开头两句，总写历来兴亡盛衰，都如幻梦，自己早已参破世情，厌倦尘世。接下来三句，以孔林、吴宫与楚庙为例，说明往昔繁华，如今只剩下凄凉一片。下片转入对眼前山中生活的叙写，虽然这里仅有简陋的茅舍，但有诗书万卷。喝着自酿的松花酒，品着自煎的春水茶，幽娴宁静，诗酒自娱，自由自在。

“兴亡千古繁华梦，诗眼倦天涯。”二句总写兴亡盛衰的虚幻，气势阔大。“千古”是“思接千载”，纵观古今；“天涯”，是“视通万里”，阅历四方。诗人从历史的盛衰兴亡和现实的切身体验，即时间与空间、纵向与横向这样两个角度，似乎悟出了社会人生的哲理：一切朝代的兴亡盛衰，英雄的得失荣辱，都不过像一场梦幻，转瞬即逝。正如他在（《普天乐·道情》中）所云：“北邙烟，西州泪，先朝故家，破冢残碑。”

“诗眼”，即诗人的观察力。作者平生足迹曾遍及湘、鄂、皖、苏、浙等江南各省，可谓浪迹天涯了。然而终其碌碌一生，仅做过路吏、扬州民务官、桐庐典史、昆山幕僚等卑微杂职而已。一个“倦”字，包含了多少风尘奔波之苦，落拓不遇之怨，世态炎凉之酸！难怪他常为此喟叹：“为谁忙，莫非命？西风驿马，落月书灯。青天蜀道难，红叶吴江冷！”（《普天乐·秋怀》）难怪他常为此愤激不平：“人生底事辛苦，枉被儒冠误”；“半纸虚名，十载功夫。人传梁甫吟，自献长门赋，谁三顾茅庐？”（齐天乐过红衫儿）如此坎坷悲辛、书剑飘

零，怎能不令人厌倦思归呢？“倦”字，已遥为后文写隐居伏根；“天涯”又先替“孔林”三句张本。

“孔林”三句具体铺叙千古繁华如梦的事实，同时也是“诗眼”阅历“天涯”所得。“孔林”：是孔子及其后裔的墓地，在今山东曲阜城北，密植树木花草。“吴宫”：指吴王夫差为西施扩建的宫殿，名馆娃宫（包括响屧廊、琴台等），后被越国焚烧，故址在苏州灵岩山上。也可指三国东吴建业（今南京）故宫。李白诗：吴宫花草埋幽径，晋代衣冠成古丘。（《登金陵凤凰台》）可证。三句用鼎足对，具体印证世事沧桑、繁华如梦的哲理：即使像孔子那样的儒家圣贤、吴王那样的称霸雄杰、楚庙那样的江山社稷，而今安在哉？唯余苍翠的乔木、荒芜的蔓草、栖息的寒鸦而已。

“数间”以后诸句写归隐山中的淡泊生活和诗酒自娱的乐趣。“投老”：即到老、临老。“松花”：即松木花，可以酿酒。“茅舍”“村家”“山中”，既缴足题面《山中书事》，又突出隐居环境的幽静古朴、恬淡安宁：这里没有车马红尘的喧扰，而有青山白云、沟壑林泉的景致，正是“倦天涯”之后的宜人归宿。

“藏书”“酿酒”“煎茶”，则写其诗酒自娱，旷放自由的生活乐趣。“万卷”书读之不尽，“松花”“春水”取之不竭；饮酒作诗，读书品茶，足慰晚年。联系作者“英雄不把穷通较”（《庆东原·次马致远先辈韵》）；“名不上琼林殿，梦不到金谷园”；“风月无边，海上神仙”（《水仙子·次韵》）；“欠伊周济世才，犯刘阮贪杯戒，还李杜吟诗债”（《殿前欢·次酸斋韵》等多次自白，则不难窥见此篇那表面恬静的诗酒自娱中，隐藏着一股愤世嫉俗、傲杀王侯的潜流。

此曲风格豪放、直抒胸臆，不作含蓄语，感情由浓到淡，由愤激趋于平静，语言较浅近朴实。

乌衣巷

【唐】刘禹锡

朱雀桥边野草花，
乌衣巷口夕阳斜。
旧时[①]王谢[②]堂前燕，
飞入寻常[③]百姓家。

注释

①旧时：晋代。
②王谢：王导、谢安，晋相，世家大族，贤才众多，皆居巷中，冠盖簪缨，为六朝（吴、东晋、宋齐、梁、陈先后建都于建康，即今之南京）巨室。至唐时，则皆衰落不知其处。
③寻常：平常。

译文

朱雀桥边冷落荒凉，长满野草野花，乌衣巷口断壁残垣，正是夕阳斜挂。

当年王导、谢安檐下的燕子，如今已飞进寻常百姓家中。

赏析

《乌衣巷》这是唐朝诗人刘禹锡寄物咏怀的名篇，是组诗《金陵五题》中的一篇。诗人此前尚未到过金陵，始终对这个六朝古都怀着憧憬，正好有友人将自己写的五首咏金陵古迹诗给他看，他便乘兴和了五首。乌衣巷原是六朝贵族居住的地方，最为繁华，如今有名的朱雀桥边竟长满野草，乌衣巷口也不见车马出入，只有夕阳斜照在昔日的深墙上。

首句“朱雀桥边野草花”，朱雀桥横跨南京秦淮河上，是由市中心通往乌衣巷的必经之路。桥同河南岸的乌衣巷，不仅地点相邻，历史上也有瓜葛。东晋时，乌衣巷是高门士族的聚居区，开国元勋王导和指挥淝水之战的谢安都住在这里。旧日桥上装饰着两只铜雀的重楼，就是谢安所建。在字面上，朱雀桥又同乌衣巷偶对天成。用朱雀桥来勾画乌衣巷的环境，既符合地理的真实，又能造成对仗的美感，还可以唤起有关的历史联想，是“一石三鸟”的选择。句中引人注目的是桥边丛生的野草和野花。草长花开，表明时当春季。“草花”前面按上一个“野”字，这就给景色增添了荒僻的气象。再加上这些野草野花是滋蔓在一向行旅繁忙的朱雀桥畔，这就使我们想到其中可能包含深意。

记得作者在“万户千门成野草”（《台城》）的诗句中，就曾用“野草”象征衰败。现在，在这首诗中，这样突出“野草花”，不正是表明，昔日车水马龙的朱雀桥，今天已经荒凉冷落了吗！

第二句“乌衣巷口夕阳斜”，表现出乌衣巷不仅是映衬在败落凄凉的古桥的背景之下，而且还呈现在斜阳的残照之中。句中作“斜照”解的“斜”字，同上句中作“开花”解的“花”字相对应，全用作动词，它们都写出了景物的动态。“夕阳”，这西下的落日，再点上一个“斜”字，便突出了日薄西山的惨淡情景。本来，鼎盛时代的乌衣巷口，应该是衣冠来往、车马喧阗的。而现在，作者却用一抹斜晖，使乌衣巷完全笼罩在寂寥、惨淡的氛围之中。

经过环境的烘托、气氛的渲染之后，按说，似乎该转入正面描写乌衣巷的变化、抒发作者的感慨了。但作者没有采用过于浅露的写法，诸如，“乌衣巷在何人住，回首令人忆谢家”（孙元宴《咏乌衣巷》）、“无处可寻王谢宅，落花啼鸟秣陵春”之类；而是继续借助对景物的描绘，写出了脍炙人口的名句：“旧时王谢堂前燕，飞入寻常百姓家。”他出人意料地忽然把笔触转向了乌衣巷上空正在筑巢的飞燕，让人们沿着燕子飞行的去向去辨认，如今的乌衣巷里已经居住着普通的百姓人家了。

为了使读者明白无误地领会诗人的意图，作者特地指出，而今这些飞入普通老百姓家筑巢的燕子，以往却是栖息在王导、谢安两家权门高大厅堂的檐檩之上的旧燕。“旧时”两个字，赋予燕子以历史见证人的身份。“寻常”两个字，又特别强调了今日的老百姓是多么不同于往昔。从中，我们可以清晰地听到作者对这一变化发出的沧海桑田的无限感慨。飞燕形象的设计，好像信手拈来，实际上凝聚着作者的艺术匠心和丰富的想象力。晋傅咸《燕赋序》说："有言燕今年巢在此，明年故复来者。其将逝，剪爪识之。其后果至焉。"当然生活中，即使是寿命极长的燕子也不可能是四百年前"王谢堂前"的老燕。但是作者抓住了燕子作为候鸟有栖息旧巢的特点，这就足以唤起读者的想象，暗示出乌衣巷昔日的繁荣，起到了突出今昔对比的作用。《乌衣巷》在艺术表现上集中描绘乌衣巷的现况；对它的过去，仅仅巧妙地略加暗示。诗人的感慨更是藏而不露，寄寓在景物描写之中。因此它虽然景物寻常、语言浅显，却有一种蕴藉含蓄之美，使人读起来余味无穷。

这首诗写诗人对盛衰兴败的深沉感慨。朱雀桥和乌衣巷依然如故，但野草丛生，夕阳已斜。荒凉的景象，已经暗含了诗人对荣枯兴衰的敏感体验。后二句借燕子的栖巢，表达作者对世事沧桑、盛衰变化的慨叹，用笔尤为曲折。此诗为刘禹锡著名的咏史诗《金陵五题》中的第二首。

八阵图①

【唐】杜甫

功盖②三分国③，
名成八阵图。
江流石不转④，
遗恨失吞吴⑤。

注释

①八阵图：由八种阵势组成的图形，用来操练军队或作战。
②盖：超过。
③三分国：指三国时魏、蜀、吴三国。
④石不转：指涨水时，八阵图的石块仍然不动。
⑤失吞吴：是吞吴失策的意思。

译文

你因三国鼎立而成就盖世功绩，创八阵图而成就永久声名。

任凭江流冲击，石头却依然如故，千年遗恨，在于刘备失策想吞吴。

赏析

这是作者初到夔州（今重庆奉节）时的一首咏怀诸葛亮的诗，写于大历元年（766）。“八阵图”，指由天、地、风、云、龙、虎、鸟、蛇八种阵势所组成的军事操练和作战的阵图，反映了他卓越的军事才能。

“功盖三分国，名成八阵图。”这首小诗的前两句是说，三国鼎立你建立了盖世功绩，创八阵图你成就了永久声名。

这两句赞颂了诸葛亮的丰功伟绩。第一句是从总的方面来写，说诸葛亮在确立魏蜀吴三分天下、鼎足而立的局势的过程中，功绩最为卓绝。三国并存局面的形成，固然有许多因素，而诸葛亮辅助刘备从无到有的创建蜀国基业，应该说是重要原因之一。杜甫这一高度概括的赞语，客观地反映了三国时代的历史真实。第二句是从具体的方面来说，诸葛亮创制的八阵图使他声名卓著。对这一点古人曾屡加称颂，而杜甫的这句诗则是更集中、更凝练地赞颂了诸葛亮的军事业绩。

这两句诗在写法上用的是对仗句，“三分国”对“八阵图”，以全局性的业绩对军事上的贡献，显得精巧工整、自然妥帖。在结构上，前句劈头提起，开门见山；后句点出诗题，进一步赞颂功绩，同时又为下面凭吊遗迹做了铺垫。

“江流石不转，遗恨失吞吴。”这两句就“八阵图”的遗址抒发感慨。“八阵图”遗址在夔州西南永安宫前平沙上。据《荆州图副》和刘禹锡《嘉话录》记载，这里的八阵图聚细石成堆，高五尺，六十围，纵横棋布，排列为六十四堆，始终保持原来的样子不变，即使被夏天大水冲击淹没，等到冬季水落平川，万物都失故态，唯独八阵图的石堆却依然如旧，六百年来岿然不动。前一句极精炼地写出了遗迹这一富有神奇色彩的特征。“石不转”，化用了《诗经·国风·邶风·柏舟》中的诗句“我心匪石，不可转也”。在作者看来，这种神奇色彩和诸葛亮的精神心志有内在的联系：他对蜀汉政权和统一大业忠贞不贰，矢志不移，如磐石之不可动摇。同时，这散而复聚、长年不变的八阵图石堆的存在，似乎又是诸葛亮对自己赍志以殁表示惋惜、遗憾的象征，所以杜甫紧接着写的最后一句是“遗恨失吞吴”，说刘备吞吴失计，破坏了诸葛亮联吴抗曹的根本策略，以致统一大业中途夭折，而成了千古遗恨。

当然，这首诗与其说是在写诸葛亮的“遗恨”，毋宁说是杜甫在为诸葛亮惋惜，并在这种惋惜之中渗透了杜甫“伤己垂暮无成”（黄生语）的抑郁情怀。

这首怀古绝句，具有融议论入诗的特点。但这种议论并不空洞抽象，而是语言生动形象，抒情色彩浓郁。诗人把怀古和述怀融为一体，浑然不分，给人一种此恨绵绵、余意不尽的感觉。

蝶恋花·出塞

【清】纳兰性德

今古河山无定据①。画角②声中，牧马③频来去。满目荒凉谁可语④？西风吹老丹枫树。

从前幽怨⑤应无数。铁马金戈⑥，青冢⑦黄昏路。一往情深深几许⑧？深山夕照深秋雨。

作者名片

纳兰性德（1655—1685），叶赫那拉氏，字容若，号楞伽山人，纳兰性德，清代著名词人。著有《通志堂集》《侧帽集》《饮水词》等。

注释

①无定据：没有一定。宋代毛开《渔家傲·次丹阳忆故人》词：“可忍归期无定据，天涯已听边鸿度。”

②画角：古管乐器，传自西羌。因表面有彩绘，故称。发声哀厉高亢，形如竹筒，本细末大，以竹木或皮革等制成，古时军中多用以警昏晓，振士气，肃军容。帝

王出巡，亦用以报警戒严。

③牧马：指古代作战用的战马.

④谁可语：有谁来和我一起谈谈。

⑤从前幽怨：过去各民族、各部族间的战事。

⑥铁马金戈：形容威武雄壮的士兵和战马。代指战事．兵事。

⑦青冢：长遍荒草的坟墓。这里指王昭君墓，相传冢上草色常青，故名。杜甫《咏怀古迹》诗：“一去紫台连朔漠，独留青冢向黄昏。”

⑧几许：多少。

译文

从古至今江山兴亡都无定数，眼前仿佛战角吹响烽烟滚滚战马驰骋来来去去，黄沙遮日满目荒凉又能与谁说？只有萧瑟的秋风吹拂着枯老鲜红的枫树。

从前愁苦凄滚的往事无穷无尽，金戈铁马之地，却是当年昭君舍身求和的路。曾经的一往情深有多深呢？犹如夕阳余晖照射下，深山之中的绵绵秋雨。

赏析

词中有“牧马频来去”“西风”及“青冢黄昏路”之语，青冢离龙泉关较近，因此可能创作于康熙二十二年九月扈驾至五台山、龙泉关时。

词的上片写眼前之景，景象广袤空阔，荒凉凄冷，情感凄婉哀怨。

词人一开篇就感慨古往今来的兴亡盛衰，从古到今，山河是没有定数的，此时姓爱新觉罗氏，彼时有可能姓叶赫那拉氏，江山的轮回是不以人的意愿而发生逆转的。这句写意气势博大，字里行间流露出一种无法言语的无奈。从纳兰性德的身世来看，他虽然贵为皇族，但也没有主宰江山的机会，然而跟从皇帝出行的经历，使他对国家的理解更为深刻，使他对时局的变迁更为敏感。作者并没有沉溺于伤感，而是把思绪从对历史拉回到了现实，在眼前，他看到了塞外营训的场景。

“画角声中，牧马频来去”，此句看似平淡，却让人浮想联翩。军营中，号角声起，只见战士们横刀立马，神情严峻，将帅一声令下，他们便在马背上来来回回地操练，拼杀，好一幅壮观的场面。

虽然塞外的景象广袤壮美，作者并没有因此而心情愉悦，在他眼中，弥望的仍是一片荒凉，这满目的荒凉又能给谁诉说呢？“荒凉”一词，既是自然景象的真实写照，又是作者心绪的如实昭示。秋天，万物凋零、落叶满地，一派衰败之象，可谁又能说这不是作者心境凄凉的抒写呢？作者贵为皇族，虽然没有出生入死的经历，但仍然心存忧患，多少王朝就是在这起起落落中淹没于历史的长河中，清王朝也不例外。西风，即秋风。枫叶经霜会更红艳，越红离凋谢就越近。季节的逝去，风干了自然界的一切，但却风干不了作者满腹的忧愁。在此，作者借景烘托，把幽深的情愫收藏在深秋的枫叶里。

词的上片，无论写景抒情，都没有雕琢的痕迹，以复杂的思绪引出眼前的景象。片末看似以景收束，却景中带情，景中情感的流露，水到渠成、不事雕饰。

词的下片抒发自己的报国志向无法实现的幽怨，景象气势磅礴、纵横驰骋，情感婉约深沉。

“幽怨从前何处诉”，应为从前幽怨何处诉，古人作词，为了韵律的需要，往往在词序上作以调整。“从前幽怨”到底指的是什么幽怨呢？就下文“铁马金戈”而言，应该指的是不能报效国家，纵横沙场的幽怨。纳兰性德是康熙帝的御前侍卫，按理说，他有条件也有能力领兵打仗，但作为一个封建帝王的臣子，做事是不能随心所欲的，其所作所为还得服从皇帝的安排。“何处诉”一语，就道出了他内心深深的孤独，也许是英才盖世，也许是位高权重，才使他的周围变得冷清。

作者心情沉重，他自我叩问：如果有人问我对理想的情意有多深？那就去看看深山中的夕阳与深秋中的细雨。“深山”“夕阳”“深秋”“雨”这几个意象悲凉凄冷，让人生发出一种挥之不去又无法形容的伤感。从这些诗句中可以看出，作者对理想的追求是

很执着的，但却没有一个实现的途径，所以他的心头淤积着太多的郁闷。但这种情感的表达不是直接的，而是通过对景象的具体描绘展现出来的，婉约深沉、耐人寻味。

这首词从整体上来说，景象博大磅礴，情感凄婉幽怨，自然流畅。面对塞外景象，作者以景写情，又以情带景，使情与景、形与意融为一体。而上篇写眼前之景，下篇写从前之志，虚实形成对比。就整首词来看，手法娴熟而精到。

行　宫

【唐】元稹

寥落①古行宫②，
宫花③寂寞红。
白头宫女在，
闲坐说④玄宗⑤。

注释

①寥（liáo）落：寂寞冷落。
②行宫：皇帝在京城之外的宫殿。这里指当时东都洛阳的皇帝行宫上阳宫。
③宫花：行宫里的花。
④说：谈论。
⑤玄宗：指唐玄宗。

作者名片

元稹（779—831），字微之，别字威明，洛阳人（今河南洛阳）。父元宽，母郑氏。为北魏宗室鲜卑族拓跋部后裔，是什翼犍之十四世孙。早年和白居易共同提倡“新乐府”。世人常把他和白居易并称“元白”。

译文

曾经富丽堂皇的古行宫已是一片荒凉冷落，宫中艳丽的花儿在寂寞寥落中开放。

幸存的几个满头白发的宫女，闲坐无事只能谈论着玄宗轶事。

赏析

元稹的这首《行宫》是一首抒发盛衰之感的诗，这首短小精悍的五绝具有深邃的意境，富有隽永的诗味，倾诉了宫女无穷的哀怨之情，寄托了诗人深沉的盛衰之感。

诗人先写环境。首句中“寥落”已点出行宫的空虚冷落，又着一“古”字，更显其破旧之象。这样的环境本身就暗示着昔盛今衰的变迁。而后以“宫花寂寞红”续接，此处可见运思缜密。娇艳红花与古旧行宫相映衬，更见行宫“寥落”，加强了时移世迁的盛衰之感。两句景语，令人心无旁骛，只有沉沉的感伤。

后两句由景及人，写宫女，“白头”与第二句中的红花相映衬。宫中花开如旧，而当年花容月貌的宫女已变成了白发老妇。物是人非，此间包含着多少哀怨、多少凄凉便不言而喻了。末句“闲”字与上文“寂寞”相照应，写出宫女们长年受冷落的孤寂与无奈。过去她们的一颦一笑、盛装丽服只为取悦君王，而今再无缘见龙颜，她们还能做什么呢？只能无聊地闲在冷宫。而这些宫女们所谈的仍旧是玄宗盛世。这一方面表现了她们对往昔生活的追忆，另方面也证明了如今无可言说的空虚。比较之下，那种深沉的盛衰之感越发鲜明突出而具体了。

白居易在《长恨歌》里曾深致感慨说：“缓歌慢舞凝丝竹，尽日君王看不足。渔阳鼙鼓动地来，惊破霓裳羽衣曲。”四句诗，已形象地概括出玄宗昏愦好色与亡国致乱的历史因由，其讽刺与揭露是十分深刻的。元稹这首短诗当然不可能像白诗那样铺张扬厉，极尽渲染之能事，他只能采取对照、暗示点染等方法，把这一段轰轰烈烈的历史高度浓缩，加以典型化的处理，从而让人回味咀嚼。寥落的古行宫，那在寂寞之中随岁月更替而自生自落的宫花，那红颜的少女变为白发老人，都深深地带有时代盛衰迁移的痕迹。白头宫女亲历开元、天宝之世，本身就是历史的见证人，“闲坐说玄宗”的由治而乱。这本是诗篇主旨所在，也是诗人认为应引以为戒的地方，却以貌似悠闲实则深沉的笔调加以表现，语少意多，有无穷之味。

二十个字，地点、时间、人物、动作，全都表现出来了，构成了一幅非常生动的画面。这个画面触发读者联翩的浮想：宫女们年轻时都是花容月貌，娇姿艳质，这些美丽的宫女被禁闭在这冷落的古行宫中，成日寂寞无聊，看着宫花，花开花落，年复一年，青春消逝，红颜憔悴，白发频添，如此被摧残，往事岂堪重新回顾！然而，她们被幽闭冷宫，与世隔绝，别无话题，却只能回顾天宝时代玄宗遗事，此景此情，令人凄绝。“寥落”“寂寞”“闲坐”，既描绘当时的情景，也反映诗人的倾向。凄凉的身世，哀怨的情怀，盛衰的感慨，二十个字描绘出那样生动的画面，表现出那样深刻的思想。这首诗正是运用以少总多的表现手法，语少意足，有无穷味。

另一个表现手法是以乐景写哀情。我国古典诗歌，其所写景物，有时从对立面的角度反衬心理，利用忧思愁苦的心情同良辰美景气氛之间的矛盾，以乐景写哀情，却能收到很好的艺术效果。这首诗也运用了这一手法。诗所要表现的是凄凉哀怨的心境，但却着意描绘红艳的宫花。红花一般是表现热闹场面，烘托欢乐情绪的，但在这里却起了很重要的反衬作用：盛开的红花和寥落的行宫相映衬，加强了时移世迁的盛衰之感；春天的红花和宫女的白发相映衬，表现了红颜易老的人生感慨；红花美景与凄寂心境相映衬，突出了宫女被禁闭的哀怨情绪。红花，在这里起了很大的作用。这都是利用好景致与恶心情的矛盾，来突出中心思想，即王夫之《姜斋诗话》所谓“以乐景写哀”，一倍增其哀。白居易《上阳白发人》“宫莺百啭愁厌闻，梁燕双栖老休妒”，也可以说是以乐写哀。不过白居易的写法直接揭示了乐景写哀情的矛盾，而元稹《行宫》则是以乐景作比较含蓄的反衬，显得更有余味。

这首绝句语言平实，但很有概括力，精警动人，也很含蓄，给人以想象的天地，历史沧桑之感尽在不言之中，寓意深刻，自来评价很高。王建的《宫词》、白居易的《长恨歌》、元稹的《连昌宫词》，都是长达千字左右的鸿篇巨制，详尽地描述了唐玄宗时代治乱兴衰的历史过程，感叹兴亡。总结教训，内容广博而深刻。元稹这首小诗总共不过二十个字，能入选《唐诗三百首》，与这些长篇巨作比美，可谓短小精悍，字字珠玑。

浣溪沙·红桥[1]怀古和王阮亭韵

【清】纳兰性德

无恙[2]年年汴水[3]流。一声水调[4]短亭[5]秋。旧时明月照扬州。

曾是长堤牵锦缆，绿杨清瘦至今愁。玉钩斜[6]路近[7]迷楼[8]。

注释

①红桥：桥名。在江苏扬州市。明崇祯时期建造，为扬州游览胜地之一。
②无恙：安好。
③汴水：古河名，原河在今河南荥阳附近受黄河之水，流经开封，东至江苏徐州转入泗水。隋炀帝巡幸江都即由此道。今水已湮废，仅泗县尚有汴水断渠。
④水调：曲调名，传为隋炀帝时，开汴渠成，遂作此。杜牧《扬州》："谁家唱水调，明月满扬州。"此曲为商调曲，唐曲凡十一叠。
⑤短亭：旧时城外大道旁，五里设短亭，十里设长亭，为行人休憩或送行饯别之所。
⑥牵锦缆：长堤上牵锦色缆绳，比喻当时的繁华。
⑦玉钩斜：隋代葬埋宫女的墓地。
⑧近：靠近。
⑨迷楼：楼名。故址在今扬州西北。隋炀帝时，浙人项升进新宫图。帝令依图起造于扬州，经年始成。回环四合，上下金碧，工巧弘丽，自古无有，费用金玉，帑库为之一空。《古今诗话》云："帝幸之，曰：'使真仙游此，亦当自迷。'乃名迷楼。"

译文

汴水依旧如隋时的样子，年年东流。秋日的短亭传来一首《水调》的歌声。明月仿佛也是旧时的，静静地照耀着扬州城。

想隋朝的时候这里曾是何等繁华侈靡，如今河岸杨柳像人一般

清瘦多愁，隋代葬埋宫女的墓地还是靠近了歌舞之楼。

赏析

纳兰此篇则明示“怀古”，“怀古”之作是诗人咏怀的一种手法，无非是借用古人古事以抒情达意而已，可以说举凡诗词中的怀古之作都是诗人的咏怀之作。该篇亦是如此，作者借咏隋炀帝穷奢极欲、腐败昏聩之故实，抒写了自己的不胜今昔之慨。

其一为王世禛首倡，描摹红桥风物。谓其坐落于绿杨城郭，登桥四望，徘徊感叹，亦当自迷。容若和之，曰为怀古。除了“旧时明月”，其所怀者，应当还包括长堤锦缆。前者乃自然物象，指明月照耀下的扬州；后者社会事相，指隋炀帝至汴京，锦帆过处，香闻十里场景。“天下三分明月夜，二分无赖是扬州”（徐凝《忆扬州》）。汴水年年，水调声声。眼前物景似乎并无变化。上片布景，以“无恙”二字，说明一切。那么，当年经过汴水，巡幸江都的帝御龙舟及萧妃凤舸，至今又如何呢？

长堤上，清瘦绿杨，不是曾为牵系过锦帆的彩缆吗？眼下所能见到的，尽为愁思笼罩。隋帝建造迷楼，已与宫女的玉钩，一起埋葬。下片说情，以长堤锦缆与清瘦杨柳对举，说明江上景物依旧，眼下人事全非，并以玉钩、迷楼，对于当年的人和事，表示哀悼，为寄吊古之情。辞章因红桥之名，哀乐交乘，与原作之徘徊感叹，同一怀抱，可谓合作。

公安县①怀古

【唐】杜甫

野旷吕蒙营②，

江深刘备城。

注释

①公安县：地名，属于湖北省。

②吕蒙营：东吴大将军吕蒙曾驻军公安一带，与蜀军对峙。吴大帝封吕蒙为孱陵侯，吕蒙营即蒙所屯兵处，在公安县北二十五里。

寒天催日短，

风浪与云平③。

洒落④君臣契，

飞腾战伐名。

维舟⑤倚前浦，

长啸一含情。

③与云平：风浪高与云齐。

④洒落：不受拘束。这句说刘备待关羽、张飞谊同兄弟，得孔明欢如鱼水，君臣契合，臣在君前不感到拘束。飞腾战伐名：说吕蒙是当时声播四方的良将。

⑤维舟：系舟。是说在江边系舟嘹望，即景生情，忆古抚今，只有含情长叹。

译文

此地空旷，原是吕蒙的营地；江深流急，刘备又在此筑过坚城。

天寒而时日渐短，风起则浪与云平。

刘备和孙权的君臣们都潇洒磊落、互相契合，终于战功显赫、飞黄腾达、天下闻名。

我系船在这前面的水边，凭吊往事，不禁一声长啸，发出思古之幽情。

赏析

诗为怀古而作，所以首先提出与公安县有历史关系的两个古人——吕蒙和刘备。赤壁之战，孙权、刘备联合攻破曹操。战争结束，“周瑜为南郡（汉置，郡治江陵，吴移治公安）太守，分南岸地以给备。备别立营于油江口，改名为公安。备以瑜所给地少，不足以安民，复从权满刺州数郡。”（《三国志·蜀书·先主传》注引《江表传》）刘备“借荆州”不还，孙权便要用武力夺取，任其事者为吕蒙。吕蒙趁蜀将关羽伐魏之机，奇袭南郡。事后，孙权以吕蒙为南郡太守，封“孱陵侯”，也治公安。这是几百年前的历史人物和历史事

件，早就过去了。如今只剩得“野旷吕蒙营，江深刘备城”。营已不在，只有遗址，所以说是“野旷”；城在江边，所以说是“江深”。这是首联，是写“古”。

下面接着写景：“寒天催日短，风浪与云平。”这副颔联，上句写时，下句写地。这时正是冬天，夜长昼短，才见旭日东升，忽又夕阳西下，好像有人催着似的。“催”字用得好，极见作者炼字功夫。诗人这时正坐在江边的小船上，面对风急天高、波涛汹涌的景色，不禁感慨系之。“与云平”，极言浪高。杜诗《秋兴八首》之一有句云：“江间波浪兼天涌”。清人钱谦益笺注：“江间汹涌，则上接风云。”这也可以作为“波浪与云平”的注脚。颈联“洒落君臣契，飞腾战伐名”是承首联的：上句指刘备与诸葛亮的关系，下句指吕蒙擒关羽的战功。首联说的是“古”，此联说的是“怀”，说古处接“景”（寒天、风浪），说怀处接“情”：所以尾联写出了“维舟倚前浦，长啸一含情”两句。

“维舟倚前浦，长啸一含情”中的情包含了两层意思。首先是“思古之幽情”。刘备与诸葛亮的君臣关系，非同等闲。刘备三顾茅庐，孔明隆中决策。刘备临终时，托诸葛亮以后事。其次是“讽今之隐情”。唐代的李光弼、郭子仪就是像吕蒙那样的名将，可惜他们不遇明主。唐代宗宠信鱼朝恩、程元振，李、郭同受其害。所以他们虽然都有“飞腾战伐”之名，仍然不能取得全国安定团结的局面，这是诗人引以为恨的。由吊古伤今而托古讽今，这首诗的弦外之音是可以想见的。

少年游[1]·参差烟树灞陵桥

【宋】柳永

参差烟树灞陵桥[2]，风物[3]尽前朝。衰杨古柳，几经攀折，憔悴楚宫腰[4]。

夕阳闲淡秋光老，离思满蘅皋⑤。一曲阳关⑥，断肠声尽，独自凭兰桡⑦。

注释

①少年游：词牌名。《乐章集》《张子野词》入“林钟商”，《清真集》分入“黄钟”“商调”。各家句读亦多出入，兹以柳词为定格。五十字，前片三平韵，后片两平韵。苏轼、周邦彦、姜夔三家同为别格，五十一字，前后片各两平韵。
②灞陵桥：在长安东（今陕西西安）。古人送客至此，折杨柳枝赠别。
③风物：风俗。
④楚宫腰：以楚腰喻柳。楚灵王好细腰，后人故谓细腰为楚腰。
⑤蘅皋（héng gāo）：长满杜蘅的水边陆地。蘅即杜蘅。
⑥阳关：王维之诗《渭城曲》翻入乐内《阳关三曲》，为古人送别之曲。
⑦兰桡（ráo）：桡即船桨，兰桡指代船。

作者名片

柳永（984—1053），原名三变，字景庄，后改名柳永，字耆卿，因排行第七，又称柳七，福建崇安人，北宋著名词人，婉约派代表人物。柳永是第一位对宋词进行全面革新的词人， 也是两宋词坛上创用词调最多的词人。柳永大力创作慢词，将敷陈其事的赋法移植于词，同时充分运用俚词俗语，以适俗的意象、淋漓尽致的铺叙、平淡无华的白描等独特的艺术个性，对宋词的发展产生了深远影响。

译文

高低不一好像烟一样的柳树掩映着灞陵桥。此处风俗依旧和往朝一样，送别的人们，折柳送亲人。衰败古杨柳，攀折已憔悴，如同楚宫中女人，腰如柳细。

夕阳悠闲照大地，秋光渐消去，离别的忧思如蘅草铺满江岸

望不尽。一首送别《阳关》曲，曲尽人肠断，独自倚靠着船栏杆久久行。

赏析

这首词抒发了作者在长安东灞桥这一传统离别场所与友人别时的离愁别恨和怀古伤今之情。全词通过描写富有寓意和韵味的景物来表达悲愁与离愁、羁旅与感昔的双重惆怅，使人触景生情、见微知著。

开篇总揽灞桥全景“参差烟树灞陵桥”一句，直接点明所咏对象，暮色苍茫中，杨柳如烟；柳色明暗处，灞桥横卧。灞桥是别离的象征，眼前凄迷的灞桥暮景，更易牵动羁泊异乡的情怀。灞桥不仅目睹人世间的离鸾别鹤之苦，而且也是人世沧桑、升沉变替的见证。“风物尽前朝”一句，紧承首句又拓展词意，使现实的旅思羁愁与历史的兴亡之感交织，把空间的迷茫感与时间的悠远感融为一体，貌似冷静的描述中，透露出作者沉思的神情与沉郁的情怀。“衰杨古柳”三句从折柳送别着想，专写离愁。作者想象年去岁来，多少离人折柳赠别，杨柳屡经攀折，纤细轻柔的柳条竟至“憔悴”。此词写衰杨古柳，憔悴衰败，已不胜攀折。以哀景映衬哀情，借伤柳以伤别，加倍突出人间别离之频繁，别恨之深重。

自“夕阳闲淡秋光老”一句始，词境愈加凄清又无限延伸。面对灞桥，已令人顿生离思，偏又时当秋日黄昏，日色晚，秋光老，夕阳残照，给本已萧瑟的秋色又抹上一层惨淡的色彩，也给作者本已凄楚的心灵再笼罩一层黯淡的阴影。想到光阴易逝，游子飘零，离思愁绪绵延不尽，终于溢满蘅皋了。“离思满蘅皋”，是用夸张的比喻形容离愁之多，无所不在。

“一曲《阳关》”两句，转而从听觉角度写离愁。作者目瞻神驰，正离思索怀，身边忽又响起《阳关》曲，将作者思绪带回别前的离席。眼前又进行一场深情的饯别，而行者正是自己。客中再尝别离之苦，旧恨加上新愁，已极可悲，而此次分袂，偏偏又在传统的离别之地，情形加倍难堪，耳闻《阳关》促别，自然使人肝肠寸断了。至此，目之所遇，耳之所闻，无不关合离情纷至沓来。词末以“独自凭兰桡”陡然收煞。“独自”二字，下得沉重，依依难舍的别衷、孤身飘零的苦况，尽含其中。

这首词运用了回环断续的艺术手法，借助灞桥、古柳、夕阳、阳关等寓意深远的意象，不加丝毫议论，只通过凭吊前朝风物，就抒发无限的感慨。

金谷园

【唐】杜牧

繁华事散逐香尘[①]，
流水无情草自春。
日暮东风怨啼鸟，
落花犹似坠楼人[②]。

注释

①香尘：石崇为教练家中舞伎步法，以沉香屑铺象牙床上，使她们践踏，无迹者赐以珍珠。
②坠楼人：指石崇爱妾绿珠，曾为石崇坠楼而死。

译文

金谷园里的繁华奢靡早已随着芳香的尘屑烟消云散了，园中溪水无情的流淌，如茵的春草年年自绿。

日暮时分，啼鸟在东风里叹怨，落花纷纷，恰似那为石崇坠楼的绿珠美人。

赏析

杜牧过金谷园，即景生情，写下了这首咏春吊古之作。面对荒园，首先浮现在诗人脑海的是金谷园繁华的往事，随着芳香的尘屑消散无踪。“繁华事散逐香尘”这一句蕴藏了多少感慨。王嘉《拾遗记》谓：“石季伦（崇）屑沉水之香如尘末，布象床上，使所爱者践之，无迹者赐以真珠。”此即石崇当年奢靡生活之一斑。“香尘”细微飘忽，去之迅速而无影无踪。金谷园的繁华、石崇的豪富、绿珠的香消玉殒，亦

如香尘飘去，云烟过眼，不过一时而已。正如苏东坡诗云：“事如春梦了无痕”。可叹，亦可悲，还是观赏废园中的景色吧，“流水无情草自春”。水，指东南流经金谷园的金水。不管人世间的沧桑，流水照样潺湲，春草依然碧绿，它们对人事的种种变迁，似乎毫无感触。这是写景，更是写情，尤其是“草自春”的“自”字，与杜甫《蜀相》中“映阶碧草自春色”的“自”字用法相似。

傍晚，正当诗人对着流水和春草遐想的时候，忽然东风送来鸟儿的叫声。春日鸟鸣，本是令人心旷神怡的赏心乐事。但是此时红日西斜，夜色将临；此地是荒芜的名园，再加上傍晚时分略带凉意的春风，在沉溺于吊古之情的诗人耳中，鸟鸣就显得凄哀悲切，如怨如慕，仿佛在表露今昔之感。日暮、东风、啼鸟，本是春天的一般景象，着一“怨”字，就蒙上了一层凄凉感伤的色彩。此时此刻，一片片惹人感伤的落花又映入诗人的眼帘。诗人把特定地点（金谷园）落花飘然下坠的形象，与曾在此处发生过的绿珠坠楼而死联想到一起，寄寓了无限情思。一个“犹”字渗透着诗人很多追念、怜惜之情。绿珠，作为权贵们的玩物，她为石崇而死是毫无价值的，但她的不能自主的命运正是同落花一样令人可怜。诗人的这一联想，不仅是“坠楼”与“落花”外观上有可比之处，而且揭示了绿珠这个人和“花”在命运上有相通之处。比喻贴切自然，意味隽永。

一般怀古抒情的绝句，都是前两句写景，后两句抒情。这首诗则是句句写景，景中寓情，四句蝉联而下，浑然一体。

夜泊牛渚[1]怀古

【唐】李白

牛渚西江[2]夜，
青天无片云。
登舟望秋月，
空忆谢将军。

注释

①牛渚：山名，在今安徽当涂县西北。诗题下有注：此地即谢尚闻袁宏咏史处。

②西江：从南京以西到江西境内的一段长江，古代称西江。牛渚也在西江这一段中。

余亦能高咏[3]，
斯人[4]不可闻。
明朝挂帆席[5]，
枫叶落[6]纷纷。

③高咏：谢尚赏月时，曾闻诗人袁宏在船中高咏，大加赞赏。
④斯人：指谢尚。
⑤挂帆席：一作“洞庭去”。挂帆：扬帆。
⑥落：一作“正”。珠。

译文

秋夜行舟停泊在西江牛渚山，蔚蓝的天空中没有一丝游云。
我登上小船仰望明朗的秋月，徒然地怀想起东晋谢尚将军。
我也能够吟漏袁宏的咏史诗，可惜没有那识贤的将军倾听。
明早我将挂起船帆离开牛渚，这里只有漫天枫叶飘落纷纷。

赏析

首句开门见山，点明“牛渚夜泊”。次句写牛渚夜景，大处落墨，展现出一片碧海青天、万里无云的境界。寥廓空明的天宇，和苍茫浩渺的西江，在夜色中融为一体，越显出境界的空阔邈远，而诗人置身其间时那种悠然神远的感受也就自然融合在里面了。

三、四句由牛渚“望月”过渡到“怀古”。谢尚牛渚乘月泛江遇见袁宏月下朗吟这一富于诗意的故事，和诗人眼前所在之地（牛渚西江）、所接之景（青天朗月）的巧合，固然是使诗人由“望月”而“怀古”的主要凭藉，但之所以如此，还由于这种空阔渺远的境界本身就很容易触发对于古今的联想。空间的无垠和时间的永恒之间，在人们的意念活动中往往可以相互引发和转化，陈子昂登幽州台，面对北国苍莽辽阔的大地而涌起“前不见古人，后不见来者”之感，便是显例。而今古长存的明月，更常常成为由今溯古的桥梁，“月下沉吟久不归，古来相接眼中稀”（《金陵城西月下吟》），正可说明这一点。因此，“望”“忆”之间，虽有很大跳跃，读来却感到非常自然合理。“望”字当中就含有诗人由今及古的联想和没有明言的意念活动。“空忆”的

“空”字，表现了诗人对过去的回忆，也暗示了这份回忆注定没有回应。暗逗下文。

如果所谓“怀古”，只是对几百年前发生在此地的“谢尚闻袁宏咏史”情事的泛泛追忆，诗意便不免平庸而落套。诗人别有会心，从这桩历史陈迹中发现了一种令人向往追慕的美好关系——贵贱的悬隔，丝毫没有妨碍心灵的相通；对文学的爱好和对才能的尊重，可以打破身份地位的壁障。而这，正是诗人在当时现实中求之而不可得的。诗人的思绪，由眼前的牛渚秋夜景色联想到往古，又由往古回到现实，情不自禁地发出“余亦能高咏，斯人不可闻”的感慨。尽管自己也像当年的袁宏那样，富于文学才华，而像谢尚那样的人物却不可复遇了。“不可闻”回应“空忆”，寓含着世无知音的深沉感喟。

“明朝挂帆席，枫叶落纷纷。”末联宕开写景，想象明朝挂帆离去的情景。在飒飒秋风中，片帆高挂，客舟即将离开江渚；枫叶纷纷飘落，像是无言地送着寂寞离去的行舟。秋色秋声，进一步烘托出因不遇知音而引起的寂寞凄清情怀。

诗意明朗而单纯，并没有什么深刻复杂的内容，但却具有一种令人神远的韵味。这种神韵的形成，离不开具体的文字语言和特定的表现手法。这首诗，写景的疏朗有致，不主刻画，迹近写意；写情的含蓄不露，不道破说尽；用语的自然清新，虚涵概括，力避雕琢；以及寓情于景，以景结情的手法等等，都有助于造成一种悠然不尽的神韵。李白的五律，不以锤炼凝重见长，而以自然明丽为主要特色。此篇行云流水，纯任天然。这本身就构成一种萧散自然、风流自赏的意趣，适合表现抒情主人公那种飘逸不群的性格。诗的富于情韵，与这一点也不无关系。

点绛唇[1]·丁未[2]冬过吴松[3]作

【宋】姜夔

燕雁[4]无心[5]，太湖西畔随云去。数峰清苦。商略[6]黄昏雨。

第四桥[7]边，拟共天随[8]住。今何许[9]？凭阑怀古，残柳参差[10]舞。

注释

①点绛唇：词牌名。四十一字，前片三仄韵，后片四仄韵。《清真集》入“仙吕调”，元北曲同，但平仄句式略异，今京剧中犹常用之。
②丁未：即南宋淳熙十四年（1187）。
③吴松：一作“吴淞”，即今苏州市吴江区。
④燕（yān）雁：指北方幽燕一带的鸿雁。燕：北地也。
⑤无心：即无机心，犹言纯任天然。太湖：江苏南境的大湖泊。
⑥商略：商量，酝酿，准备。
⑦第四桥：即“吴江城外之甘泉桥”（郑文焯《绝妙好词校录》），“以泉品居第四”故名（乾隆《苏州府志》）。
⑧天随：晚唐文学家陆龟蒙，自号天随子。
⑨何许：何处，何时。
⑩参差：不齐貌。

作者名片

姜夔（1154—1221），字尧章，号白石道人，汉族，饶州鄱阳（今江西省鄱阳县）人。南宋文学家、音乐家。其作品素以空灵含蓄著称，姜夔对诗词、散文、书法、音乐，无不精善，是继苏轼之后又一难得的艺术全才。有《白石道人诗集》《白石道人歌曲》《续书谱》《绛帖平》等书传世。

译文

北方的鸿雁羡慕飞鸟的自由自在，从太湖西畔随着白云翻飞。几座孤峰萧瑟愁苦，好像在商量黄昏是否下雨。

我真想在甘泉桥边，与天随子一起隐居。可他如今在何处？我独倚栏杆怀古，只见残败的柳枝杂乱地在风中飞舞。

此词通篇写景，极淡远之致，而胸襟之洒落方可概见。上片写景，写燕雁随云，南北无定，实以自况，一种潇洒自在之情，写来飘然若仙；下片因地怀古，使无情物，着有情色，道出了无限沧桑之感。全词虽只四十一字，却深刻地传出了姜夔“过吴松”时“凭栏怀古”的心情，委婉含蓄，引人遐想。

上片之境，乃词人俯仰天地之境。“燕雁无心”。燕念平声（yān烟），北地也。燕雁即北来之雁。时值冬天，正是燕雁南飞的时节。陆龟蒙咏北雁之诗甚多，如《孤雁》：“我生天地间，独作南宾雁。”《归雁》：“北走南征象我曹，天涯迢递翼应劳。”《京口》：“雁频辞蓟北。”《金陵道》：“北雁行行直。”《雁》：“南北路何长。”白石诗词亦多咏雁，诗如《雁图》《除夜》，词如《浣溪沙》及此词。可能与他多年居无定所，浪迹江湖的感受及对龟蒙的万分心仪有关。劈头写入空中之燕雁，正是暗喻漂泊之人生。无心即无心机，犹言纯真天然。点出燕雁随季节而飞之无心，则又喻示自己性情之纯真天然。此亦化用龟蒙诗意。陆龟蒙《秋赋有期因寄袭美》：“云似无心水似闲。”《和袭美新秋即事》：“心似孤云任所之，世尘中更有谁知。”下句紧接无心写出：“太湖西畔随云去。”燕雁随着淡淡白云，沿着太湖西畔悠悠飞去。燕雁之远去，暗喻自己漂泊江湖之感。随云而无心，则喻示自己纯真天然之意，宋陈郁《藏一话腴》云：白石“襟期洒落，如晋宋间人。语到意工，不期于高远而自高远”。范成大称其“翰墨人品，皆似晋宋之雅士。”张羽《白石道人传》亦曰其“体貌轻盈，望之若神仙中人。”但白石与晋宋名士实有不同，晋宋所谓名士实为优游卒岁的贵族，而白石一生布衣，又值南宋衰微之际，家国恨、身世愁实非晋宋名士可比。故下文写出忧国伤时之念。太湖西畔一语，意境阔大遥远。太湖包孕吴越，“天水合为一”（陆龟蒙《初入太湖》）。此词意境实与天地同大也。

“数峰清苦。商略黄昏雨。”商略一语，本有商量之义，又有酝酿义。湖上数峰清寂愁苦，黄昏时分，正酝酿着一番雨意。此句的数峰之清苦无可奈何反衬人亡万千愁苦。从来拟人写山，鲜此奇绝之笔。比之辛稼轩之“我见青山多妩媚，料青山，见我应如是”（《虞美人》），又是不同的况境。

“第四桥边，拟共天随住。”第四桥即“吴江城外之甘泉桥”（郑文焯《绝妙好词校录》），“以泉品居第四”故名（乾隆《苏州府志》）。这是陆龟蒙的故乡。《吴郡图经续志》云：“陆龟蒙宅在松江上甫里。”松江即吴江。天随者，天随子也，龟蒙之自号。“天随”语出《庄子·在宥》“神动而天随”，意即精神之动静皆随顺天然。龟蒙本有胸怀济世之志，其《村夜二首》云：“岂无致君术，尧舜不上下。岂无活国力，颇牧齐教化。”可是他身处晚唐末世，举进士又不第，只好隐逸江湖。白石平生亦非无壮志，《昔游》诗云：“徘徊望神州，沉叹英雄寡。”《永遇乐》：“中原生聚，神京耆老，南望长淮金鼓。”但他亦举进士而不第，漂泊江湖一生。此陆、姜二人相似之一也。龟蒙精于《春秋》，其《甫里先生传》自述：“性野逸无羁检，好读古圣人书，探大籍识大义”，“贞元中，韩晋公尝著《春秋通例》，刻之于石”，“而颠倒漫漶翳塞，无一通者，殆将百年，人不敢指斥疵颣，先生恐疑误后学，乃著书摭而辨之”。白石则精于礼乐，曾于南宋庆元三年“进《大乐议》于朝”，时南渡已六七十载，乐典久已亡灭，白石对当时乐制包括乐器乐曲歌辞，提出全面批评与建树之构想，“书奏，诏付太常。”（《宋史·乐志六》）以布衣而对传统文化负有高度责任感，此二人又一相同也。正是这种精神气质上的认同感，使白石有了“沉思只羡天随子，蓑笠寒江过一生”（《三高祠》诗），及“三生定是陆天随”（《除夜》诗）之语。第四桥边，拟共天随住，即是这种认同感的体现。

善于提空描写，从虚处着笔，是白石词的一大特点。此词将身世之感、家国之恨融为一片，乃南宋爱国词中无价瑰宝。而身世家国皆以自然意象出之，自然意象在词中占优势，又将自然、人生、历史（尚友天随与怀古）、时代打成一片，融为一体。

尤其“今何许”之一大反诘，其意义虽着重于今，但其意味实远远超越之，乃是词人面对自然、人生、历史、时代所提出之一哲学反思。全词意境遂亦提升至于哲理高度。“今何许”，真可媲美于《桃花源记》“问今是何世”，《登幽州台歌》“前不见古人，后不见来者”。这首词无限感慨，全在虚处，正是“意愈切而词愈微”，这种写法，易形成自我抒写之形象与所写之意象间开距离，造成朦胧之美感。此词声

情之配合亦极精妙。上片首句首二字燕雁为叠韵，末句三、四字黄昏为双声，下片同位句同位字第四又为叠韵，参差又为双声。分毫不爽，自然天成。双声叠韵之回环，妙用在于为此一尺幅短章增添了声情绵绵无尽之致。

浪淘沙·山寺夜半闻钟

【宋】辛弃疾

身世①酒杯中，万事皆空。古来三五个英雄。雨打风吹何处是，汉殿秦宫②。

梦入③少年丛，歌舞④匆匆。老僧夜半误⑤鸣钟。惊起西窗⑥眠不得，卷地⑦西风。

注释

①身世：平生。酒杯：借酒浇愁。
②汉殿：刘邦，代指汉代宫阙。秦宫：秦始皇，代指秦朝宫阙。
③梦入：梦境。少年丛，当谓英雄年少种种。
④歌舞：身世。
⑤误：没有。
⑥西窗：思念，代指抱负。
⑦卷地：谓贴着地面迅猛向前推进。多指风。代指身世悲凉。

译文

整日在借酒浇愁的状态中度过，一生的努力因没能改变国家的败局而全部成空。古往今来的英雄们本就不多，却因时间的流逝而淹没，再也难找到像刘邦、秦始皇那样的英雄。

少年繁华如梦，如今一一破灭，让人直欲遁入空门，做隐逸之士，可真正要去寻觅夜半禅钟的时候，却只有卷地的西风，严酷的现实，叫人无梦可做、无处可托。

赏析

辛词以其内容上的爱国思想、艺术上有创新精神，在文学史上产生了巨大影响。《浪淘沙·山寺夜半闻钟》当是作者后期的作品，词虽以“万事皆空”总摄全篇，实充盈家国身世之感，风格沉郁悲凉。上片怀古，实叹喟今无英雄，秦汉盛世难再。下片歌舞匆匆者，亦少年盛事惟梦境再现。《浪淘沙·山寺夜半闻钟》描写的是人到中年，有些栖栖惶惶心态，但又不趋炎附势的低姿态。此词当是作者后期的作品。

辛弃疾也信奉老庄，在《浪淘沙·山寺夜半闻钟》这首词中作旷达语，但他并不能把冲动的感情由此化为平静，而是从低沉甚至绝望的方向上宣泄内心的悲愤，这些表面看来似旷达又似颓废的句子，却更使人感受到他心中极高期望破灭成为绝望时无法消磨的痛苦。

上阕：“身世酒杯中，万事皆空。古来三五个英雄，雨打风吹何处是，汉殿秦宫” ，英雄惜英雄的怅然，刘邦和秦始皇的时代，是他认为两个英雄豪杰辈出又命运起伏的时代。古今往来的英雄们，为时间的流逝而淹没，但是心中的宏大梦想却不曾忘却，字里行间中作者为国家舍身立命而不达的情怀更加让人感慨。

上阕首句“身世酒杯中，万事皆空”，有充盈家国身世之感，风格悲凉、沉郁。“雨打风吹”原指花木遭受风雨摧残。比喻恶势力对弱小者的迫害。也比喻严峻的考验。此处表达出作者舍身报国决心的坚持。

下阕：“梦入少年丛，歌舞匆匆。老僧夜半误鸣钟，惊起西窗眠不得，卷地西风”，后阕是写少年梦被山僧撞破，惊醒后难眠，却连钟声也听不得，只有西风呜咽。虽然表面上看是想逃避现实，实际上作者丝毫没有忘记国家大事，时刻想着的还是报效国家。“梦入少年丛，歌舞匆匆。”表达了他慷慨激昂的爱国感情，反映出忧国忧民“道男儿到死心如铁，看试手，补天裂”的壮志豪情和以身报国的高尚理想。“卷地西风”更是突出当时严酷的现实。

这首词在艺术手法上的高明之处在于联想与造境。丰富的联想与跌宕起伏的笔法相结合，使跳跃性的结构显得整齐严密。由此及彼、由近及远、由反而正，感情亦如江上的波涛大起大落，通篇蕴含着开阖顿挫、腾挪跌宕的气势，与词人沉郁雄放的风格相一致。

题宣州开元寺水阁阁下宛溪夹溪居人

【唐】杜牧

六朝文物草连空，
天淡云闲今古同。
鸟去鸟来山色里，
人歌人哭①水声中。
深秋帘幕千家雨，
落日楼台一笛风。
惆怅无日见范蠡②，
参差烟树五湖③东。

注释

①人歌人哭：指人生之喜庆吊丧，即生死过程。《礼记·檀弓》：“晋献文子成室，张老曰：'美哉轮焉！美哉奂焉！歌于斯，哭于斯，聚国族于斯。”

②范蠡：春秋时辅佐越王勾践打败吴王夫差，功成之后，为了避免越王的猜忌，乘扁舟归隐五湖。

③五湖：旧说太湖有五湖。

译文

六朝的繁华已成陈迹，放眼望去，只见草色连空，那天淡云闲的景象，倒是自古至今，未发生什么变化。

敬亭山像一面巨大的翠色屏风，展开在宣城的近旁，飞鸟来去出没都掩映在山色之中。宛溪两岸，百姓临河而居，掺和着水声，随着岁月一起流逝。

深秋时节的密雨，像给上千户人家挂上了层层的雨帘；落日时分，夕阳掩映着的楼台，在晚风中送出悠扬的笛声。

心头浮动着对范蠡的怀念，无由相会，只能见五湖方向，有一片参差烟树而已。

赏析

诗一开始写登临览景，勾起古今联想，营造全篇的气氛：六朝的繁华已成陈迹，放眼望去，只见草色连空，那天淡云闲的景象，倒是自古至今，未发生什么变化。这种感慨固然由登临引起，但联系诗人的经历看，还有更深刻的内在因素。诗人此次来宣州已经是第二回了。八年前，沈传师任宣歙观察使（治宣州）的时候，他曾在沈的幕下供职。这两次的变化，如他自己所说："我初到此未三十，头脑钐利筋骨轻。""重游鬓白事皆改，唯见东流春水平。"（《自宣州赴官入京路逢裴坦判官归宣州因题赠》）这自然要加深他那种人世变易之感。这种心情渗透在三、四两句的景色描写中：敬亭山像一面巨大的翠色屏风，展开在宣城的近旁，飞鸟来去出没都在山色的掩映之中。宛溪两岸，百姓临河夹居，人歌人哭，掺和着水声，随着岁月一起流逝。这两句似乎是写眼前景象，写"今"，但同时又和"古"相沟通。飞鸟在山色里出没，固然是向来如此，而人歌人哭，也并非某一片刻的景象。"歌哭"言喜庆丧吊，代表了人由生到死的过程。"人歌人哭水声中"，宛溪两岸的人们就是这样世世代代聚居在水边。这些都不是诗人一时所见，而是平时积下的印象，在登览时被触发了。

接下去两句，展现了时间上并不连续却又每每使人难忘的景象：一是深秋时节的密雨，像给上千户人家挂上了层层的雨帘；一是落日时分，夕阳掩映着的楼台，在晚风中送出悠扬的笛声。两种景象：一阴一晴；一朦胧，一明丽。在现实中是难以同时出现的。但当诗人面对着开元寺水阁下这片天地时，这种虽非同时，然而却是属于同一地方获得的印象，汇集复合起来了，从而融合成一个对宣城、对宛溪的综合而长久性的印象。这片天地，在时间的长河里，就是长期保持着这副面貌吧。这样，与“六朝文物草连空”相映照，那种文物不见、风景依旧的感慨，自然就愈来愈强烈了。客观世界是持久的，歌哭相迭的一代代人生却是有限的。这使诗人沉吟和低回不已，于是，诗人的心头浮动着对范蠡的怀念，无由相会，只见五湖方向，有一片参差烟树而已。五湖指太湖及与其相属的四个小湖，因而也可视作太湖的别名。从方位上看，它们是在宣城之东。春秋时范蠡曾辅助越王勾践打败吴王夫差，功成之后，为了避免越王的猜忌，乘扁舟归隐于五湖。他徜徉在大自然的山水中，为后人所艳羡。诗中把宣城风物，描绘得很美，很值得流连，而又慨叹六朝文物已成过眼云烟，大有无法让人生永驻的感慨。这样，游于五湖享受着山水风物之美的范蠡，自然就成了诗人怀恋的对象了。

诗人的情绪并不高，但把客观风物写得很美，并在其中织入“鸟去鸟来山色里”“落日楼台一笛风”这样一些明丽的景象，诗的节奏和语调轻快流走，给人爽利的感觉。明朗、健爽的因素与低回惆怅交互作用，在这首诗里体现出了杜牧诗歌中所谓拗峭的特色。

苏台①览古

【唐】李　白

旧苑②荒台杨柳新，

菱歌③清唱④不胜春。

只今惟有西江月，

曾照吴王宫里人⑤。

注释

①苏台：即姑苏台，故址在今江苏省苏州市西南姑苏山上。

②旧苑：指苏台。

③菱歌：东南水乡老百姓采菱时唱的民歌。

④清唱：形容歌声婉转清亮。

⑤吴王宫里人：指吴王夫差宫廷里的嫔妃。

译文

曾经的歌台，曾经的舞榭，曾经的园林，曾经的宫殿，如今都已经荒废，只有杨柳叶儿青青，还有那湖中的采菱女在清唱着青春永恒的歌谣。

谁还记得吴王夫差的事儿呢？而今只有那城西河中的明月，曾经照耀过吴王宫殿，照耀过在宫中灯红酒绿的人。

赏析

此诗兴由“苏台览古”而起，抒发古今异变，昔非今比的感慨，则今日所见之苑囿台榭，已非昔日之苑囿台榭；今日苑囿台榭的杨柳青青，无边春色，不仅令人想起它曾有过的繁华，更令人想起它曾经历过的落寞。起句的“旧苑荒台”，以极衰飒之景象，引出极感伤的心境；而“杨柳新”，又以极清丽的物色，逗引起极愉悦的兴会。前者包含着属于历史的巨大伤痛，让人不由去作深沉的反省；后者又显示出大自然无私的赐予，召唤着人们去追求、去享受，及时行乐。第二句，继续对这种感受作进一步烘托。由柳岸湖中传来一曲曲悠扬悦耳的江南小调，更为这人世间不尽的春花春月增添了无限的柔情蜜意。不胜，犹不尽。“不胜春”三字，似乎将人们的欢乐推向了极致。但此时此刻，正是这些歌声，勾引起诗人的无限怅惘：昔日的春柳春花、吴王的骄奢、西子的明艳，以及他们花前月下的歌舞追欢、馆娃宫中的长夜之饮，都不断在诗人的脑海中盘旋浮动，使诗人躁动不安。由此，引出了三、四两句。这是经由“旧苑荒台”逗引起的情感体验的进一步升华。人间没有不散的筵席，物是人非、江山依旧，昔日苏台富丽堂皇，歌舞升平，今天只剩下那斜挂在西江之上的一轮明月了。这两句景色凄清，情感古今，以含蓄不尽的言外之意，味外之旨，使读者的情感体验产生了新的飞跃。永恒的西江明月和薄命的宫中美人，作为一组具有特殊象征意义的语境，旨意遥深，感人肺腑。

此诗一上来就写吴苑的残破，苏台的荒凉，而人事的变化，兴废的无常，自在其中。后面紧接以杨柳在春天又发新芽，柳色青青，年年如旧，岁岁常新，以“新”与“旧”不变，不变的景物与变化的人事，做鲜明的对照，更加深了凭吊古迹的感慨。一句之中，以两种不同的事

物来对比，写出古今盛衰之感，用意遣词，精练而自然。次句接写当前景色，而昔日的帝王宫殿中，美女笙歌，却一切都已化为乌有。所以后两句便点出，只有悬挂在从西方流来的大江上的那轮明月，是亘古不变的；只有她，才照见过吴宫的繁华，看见过像夫差、西施这样的人物，可以做历史的见证人罢了。

这首诗所表述的不仅有古今盛衰的历史喟叹，而且有执着强烈的生命意识。因为，作为万物之灵的人，总是在不断追求着自由自在，追求着超越解脱。但是，这种渴望与追求常常难以实现，人就常常难免陷入一种痛苦绝望的境地。古今贤愚，莫不如此，英雄美人，无一例外。

离亭燕①·一带②江山如画

【宋】张昇

一带江山如画，风物③向秋潇洒④。水浸⑤碧天何处断⑥？霁色⑦冷光⑧相射⑨。蓼屿⑩荻花洲⑪，掩映竹篱茅舍⑫。

云际客帆⑬高挂，烟外酒旗低亚⑭。多少六朝⑮兴废事，尽入渔樵⑯闲话。怅望⑰倚层楼，寒日无言西下。

注释

①离亭燕：词牌名。
②一带：指金陵（今南京）一带地区。
③风物：风光景物。
④潇洒：神情举止自然大方。此处是拟人化用法。
⑤浸：液体渗入。此处指水天融为一体。
⑥断：接合部。
⑦霁色：雨后初晴的景色。
⑧冷光：秋水反射出的波光。
⑨相射：互相辉映。

⑩蓼屿：指长满蓼花的高地。
⑪荻花洲：长满荻草的水中沙地。
⑫竹篱茅舍：用竹子做成的篱笆，用茅草搭盖的小房子。
⑬客帆：即客船。
⑭低亚：低垂。
⑮六朝：指东吴、东晋、宋、齐、梁、陈六个朝代，均在南京一带建都。
⑯渔樵：渔翁樵夫。代指普通老百姓。
⑰怅望：怀着怅惘的心情远望。

作者名片

张昇（992—1077），字杲卿，陕西韩城人。北宋大臣、诗人。大中祥符八年（1015）进士，官至御史中丞、参知政事兼枢密使，以太子太师致仕。熙宁十年（1077）卒，年八十六。册赠司徒兼侍中，谥号“康节”。

译文

金陵风光美丽如画，秋色明净清爽。碧天与秋水一色，何处是尽头呢？雨后晴朗的天色与秋水闪烁的冷光相辉映。蓼草荻花丛生的小岛上，隐约可见几间竹篱环绕的草舍。

江水尽头客船上的帆仿佛高挂在云端，烟雾笼罩的岸边有低垂的酒旗。那些六朝兴盛和衰亡的往事，如今已成为渔民、樵夫闲谈的话题。在高楼上独自遥望，倍感苍凉，凄冷的太阳默默地向西落下。

赏析

这是一首写景兼怀古的词，在宋怀古词中是创作时期较早的一首。词的上片描绘金陵一带的山水，雨过天晴的秋色里显得分外明净而爽朗；下片通过怀古，寄托了词人对六朝兴亡盛衰的感慨。这首词语朴而

情厚，有别于婉约派词的深沉感慨。全词层层抒写，勾勒甚密，有别于婉约派的词风。

开头一句“一带江山如画”，先对金陵一带的全景作一番鸟瞰，概括地写出了它的山水之美。秋天草木摇落景色萧索，但这里作者却说“风物向秋潇洒”，一切景物显得萧疏明丽而有脱尘绝俗的风致，这就突出了金陵一带秋日风光的特色。接着“水浸碧天何处断”具体地描绘了这种特色。这个“水”字承首句的“江”而来，词人的视线随着浩瀚的长江向远处看去，天幕低垂，水势浮空，天水相连，浑然一色，看不到尽头。将如此宏阔的景致，用一个“浸”字形象而准确地描绘出来。近处则是“霁色冷光相射”，“霁色”紧承上句“碧天”而来，“冷光”承“水”字而来，万里晴空所展现的澄澈之色，江波潋滟所闪现的凄冷的光，霁色静止，冷光翻动，动景与静景互相映照，构成一幅绮丽的画面。一个“射”字点化了这一画面。接着词人又把视线从江水里移到了江洲上，却只见“蓼屿荻花洲，掩映竹篱茅舍。”洲、屿是蓼荻滋生之地，秋天是它发花的季节，密集的蓼荻丛中，隐约地现出了竹篱茅舍。这样，从自然界写到了人家，暗暗为下片的抒发感慨做了铺垫。

下片先荡开两笔，写词人，再抬头向远处望去。“云际客帆高挂，烟外酒旗低亚”，极目处，客船的帆高挂着，烟外酒家的旗子低垂着，标志着人活动，于是情从景生，金陵的陈迹涌上心头：“多少六朝兴废事”，这里在历史上短短的三百多年里经历了六个朝代的兴盛和衰亡，它们是怎样兴盛起来的，又是怎样的衰亡的，这许许多多的往事，如今却“尽入渔樵闲话”。“渔樵”承上片“竹篱茅舍”而来，到这里猛然一收，透露出词人心里的隐忧。这种隐忧在歇拍两句里，又做了进一步的抒写：“怅望倚层楼”，“怅望”表明了词人瞭望景色时的心情，倚高楼的栏杆上，怀着怅惘的心情，看到眼前景物，想着历史上的往事。最后一句“寒日无言西下”之“寒”字承上片“冷”字而来，凄冷的太阳默默地向西沉下，苍茫的夜幕即将降临，更增加了他的孤寂之感。歇拍的调子是低沉的，他的隐忧没有说明白，只从低沉的调子里现出点端倪，耐人寻味。

在宋代词坛上，张昇与范仲淹一样，创作中透露出词风逐渐由婉约向豪放转变的时代信息，对于词境的开拓做出了自己的贡献。

泪

【唐】李商隐

永巷长年怨绮罗，
离情终日[①]思风波。
湘江竹上痕[②]无限，
岘首碑前洒几多。
人去紫台[③]秋入塞，
兵残楚帐夜闻歌。
朝来灞水桥[④]边问，
未抵青袍[⑤]送玉珂[⑥]。

注释

①终日：整天。
②湘江竹痕：指斑竹故事。
③人去紫台：紫台，即紫宫、宫阙。此用王昭君故事。
④灞水桥：灞水是渭河支流，源出蓝田县东秦岭北麓，流经长安东，入渭河。灞桥在长安市东灞水上，是出入长安的要路之一，唐人常以此为饯行之地。
⑤青袍：青袍寒士。
⑥玉珂：珂是马鞍上的玉石类饰物，此代指达官贵人。

译文

幽闭在永巷中哀怨的宫妃，长年累月地落泪浸湿绮罗衣；闺中独居的思妇思念游子，整日担心江上的风波。

湘江边的竹子上，斑驳的啼痕无数，岘首山的石碑前，感怀的涕泪流下多少？

昭君离开紫台，在秋风中走向荒凉的塞外；项羽兵困于垓下，在营帐里夜闻凄怆的楚歌。

啊，当我在清晨时，来到灞水桥边看到，青袍寒士与达官贵人相送，才知道，这一切都算不了什么。

赏析

此诗以泪为主题，专言人世悲伤洒泪之事，八句言七事，前六句分别言：失宠、忆远、感逝、怀德、悲秋、伤败（朱彝尊批注语）等典故，七、八句写青袍寒士送玉珂贵胄。“未抵”二字乃全诗关键，意谓前六句所述古之伤心泪，皆不及青袍送玉珂之泪感伤深重。

前六句所写之事看似情况都不同，但有一个共同点，就是都含有诗题的一个“泪”字。首句长门宫怨之泪，次句黯然送别之泪，三句自伤孀独之泪，四句有怀睛德之泪，五句身陷异域之泪，六句国破强兵之泪。程梦星说：“泪至于此，可谓尽矣，极矣，无以加矣。然而坎坷失职之伤心，较之更有甚焉。故欲问灞水桥边，凡落拓青袍者饯送显达，其刺心刺骨之泪，竟非以上六等之泪所可抵敌也。”陈永正《李商隐诗选》（三联书店香港分店出版）云：“末两句点出全诗主题。作者把身世之感融进诗中，表现地位低微的读书人的精神痛苦。义山是个卑官，经常要送迎贵客……此外对令狐绹低声下气，恳切陈情，还是被冷遇，被排斥。这种强烈的屈辱感，好比牙齿被打折了，还得和血吞在肚里，不能作声……前六句是正面咏泪，用了六个有关泪的伤心典故，以衬托出末句。而末句所写的却是流不出的泪，那是滴在心灵的创口上的苦涩的泪啊！”此诗可谓是诗人感伤身世的血泪的结晶。

李商隐诗用典较多，此诗可谓代表之一。北宋前期诗坛有“西昆体”，刻意学李商隐，其代表人物杨亿、钱惟演、刘筠曾专效此《泪》诗，各作《泪》二首，句句尽用前代感伤涕泣之典故。

咏怀古迹五首·其一

【唐】杜甫

支离①东北风尘际，

漂泊西南天地间。

注释

①支离：流离。风尘：指安史之乱以来的兵荒马乱。

三峡楼台淹[2]日月，
五溪衣服共云山[3]。
羯胡[4]事主终无赖，
词客哀时且未还[5]。
庾信平生最萧瑟，
暮年诗赋动江关[6]。

②淹：滞留。
③五溪：指雄溪、樠溪、酉溪、潕溪、辰溪，在今湘、黔、川边境。共云山：共居处。
④羯（jié）胡：古代北方少数民族，指安禄山。
⑤未还：未能还朝回乡。
⑥动江关：指庾信晚年诗作影响大。“江关”指荆州江陵，梁元帝都江陵。

译文

关中兵荒马乱，百姓流离失所，他们为躲避战乱，漂泊流浪来到西南。

日月长久地停留在三峡楼台，五溪地区的百姓都住在一片云山。

羯胡人狡诈为主效忠之事终究不可靠，伤时感世的诗人至今未能还朝回乡。

梁代庾信的一生处境最凄凉，到晚年作的诗赋轰动了江陵。

赏析

这是五首中的第一首。组诗开首咏怀的是诗人庾信，这是因为作者对庾信的诗赋推崇备至，极为倾倒。他曾经说：“清新庾开府”，“庾信文章老更成”。另一方面，当时他即将有江陵之行，情况与庾信漂泊有相通之处。

首联是杜甫自安史之乱以来全部生活的概括。安史之乱后，杜甫由长安逃难至鄜州，欲往灵武，又被俘至长安，复由长安窜归凤翔，至鄜州探视家小，长安克复后，贬官华州，旋弃官，客秦州，经同谷入蜀，故曰“支离东北风尘际”。当时战争激烈，故曰风尘际。入蜀后，先后居留成都约五年，流寓梓州阆州一年，严武死后，由成都至云安，今又由云安来夔州，故曰“漂泊西南天地间”。只叙事实，感慨自深。

颔联承上漂流西南，点明所在之地。这里风情殊异，房屋依山而建，层层高耸，似乎把日月都遮蔽了。山区百姓大多是古时五溪蛮的后裔，他们身穿带尾形的五色衣服同云彩和山峦共居同住。

颈联追究支离漂泊的起因。这两句是双管齐下，因为在咏怀之中兼含咏史之意，既是自己咏怀，又是代古人——庾信咏怀。本来，安禄山之叛唐，即有似于侯景之叛梁，杜甫遭安禄山之乱，而庾信亦值侯景之乱；杜甫支离漂泊，感时念乱，而庾信亦被留北朝，作《哀江南赋》，因身份颇相类，故不无“同病相怜”之感。正由于是双管齐下，所以这两句不只是承上文，同时也起下文。

尾联承接上联，说庾信长期羁留北朝，常有萧条凄凉之感，到了暮年一改诗风，由原来的绮靡变为沉郁苍劲，常发乡关之思，其忧愤之情感动“江关”，为人们所称赞。

全诗从安史之乱写起，写自己漂泊入蜀居无定处。接写流落三峡、五溪，与夷人共处。再写安禄山狡猾反复，正如梁朝的侯景；自己漂泊异地，欲归不得，恰似当年的庾信。最后写庾信晚年《哀江南赋》极为凄凉悲壮，暗寓自己的乡国之思。全诗写景写情，均属亲身体验，深切真挚，议论精当，耐人寻味。

咏怀古迹五首·其二

【唐】杜甫

摇落①深知宋玉悲，
风流儒雅②亦吾师。
怅望千秋一洒泪，
萧条异代不同时。
江山故宅③空文藻，
云雨荒台④岂梦思。

注释

①摇落：凋残，零落。
②风流儒雅：指宋玉文采华丽潇洒，学养深厚渊博。
③故宅：江陵和归州（秭归）均有宋玉宅，此指秭归之宅。
④云雨荒台：宋玉在《高唐赋》中述楚之“先王”游高唐，梦一妇人，自称巫山之女，临别时说：“妾在巫山之阳，高丘之岨，旦为行云，暮为行雨，朝朝暮暮，阳台之下。”阳台，山名，在今重庆市巫山县。

最是楚宫[5]俱泯灭，
舟人指点到今疑。

⑤楚宫：楚王宫。

译文

落叶飘零是因其深知宋玉的悲哀，他的风流儒雅堪当我的老师。
我怅望千秋往事洒下同情泪水，身世同样凄凉可惜与他生不同时。
江山依旧故宅犹，在空留文藻，云雨荒台难道真是荒唐梦思。
最可叹楚王宫殿早荡然无存，驾船人还指点遗迹让人生疑。

赏析

第二首是推崇楚国著名辞赋作家宋玉的诗。诗是作者亲临实地凭吊后写成的，因而体会深切、议论精辟、发人深省。诗中的草木摇落、景物萧条、江山云雨、故宅荒台，舟人指点的情景，都是诗人触景生情，所抒发出来的感慨。它把历史陈迹和诗人哀伤交融在一起，深刻地表现了主题。诗人瞻仰宋玉旧宅怀念宋玉，从而联想到自己的身世，诗中表现了诗人对宋玉的崇拜，并为宋玉死后被人曲解而鸣不平。全诗铸词溶典，精警切实。有人认为，杜甫之“怀宋玉，所以悼屈原；悼屈原者，所以自悼也”。这种说法自有见地。

杜甫到江陵的时候是秋天。宋玉名篇《九辩》正以悲秋发端：“悲哉秋之为气也，萧瑟兮草木摇落而变衰。”杜甫当时正是产生悲秋之情，因而便借以兴起本诗，简洁而深切地表示对宋玉的了解、同情和尊敬，同时又点出了时节天气。“风流儒雅”是庾信《枯树赋》中形容东晋名士兼志士殷仲文的成语，这里借以强调宋玉主要是一位政治上有抱负的志士。“亦吾师”用的是王逸的说法：“宋玉者，屈原弟子也。闵惜其师忠而被逐，故作《九辩》以述其志。”这里借以表示杜甫自己也可算作师承宋玉，同时表明这首诗旨意也在闵惜宋玉，“以述其志”。所以次颔接着就说明诗人自己虽与宋玉相距久远，不同朝代，不同时代，但萧条不遇，惆怅失志，其实相同。因而望其遗迹，想其一生，不禁悲慨落泪。

诗的前半感慨宋玉生前怀才不遇，后半则为其身后不平。这片大好江山里，还保存着宋玉故宅，世人总算没有遗忘他。但人们只欣赏他的文采辞藻，并不了解他的志向抱负和创作精神。这不符宋玉本心，也无补于后世，令人惘然，所以用了“空”字。就像眼前这巫山巫峡，使诗人想起宋玉的两篇赋文。赋文的故事题材虽属荒诞梦想，但作家的用意却在讽谏君主淫惑。然而世人只把它看作荒诞梦想，欣赏风流艳事。这更从误解而曲解，使有益作品阉割成荒诞故事，把有志之士歪曲为无谓词人。这一切，使宋玉含屈，令杜甫伤心。而最为叫人痛心的是，随着历史变迁，岁月消逝，楚国早已荡然无存，人们不再关心它的兴亡，也更不了解宋玉的志向抱负和创作精神，以至将曲解当史实，以讹传讹，以讹为是。到如今，江船经过巫山巫峡，船夫们津津有味、指指点点，谈论着哪个山峰荒台是楚王神女欢会处，哪片云雨是神女来临时。词人宋玉不灭，志士宋玉不存，生前不获际遇，身后为人曲解。宋玉悲在此，杜甫悲为此。前人说“言古人不可复作，而文采终能传也”，恰好与杜甫的原意相违背。

体验深切，议论精警，耐人寻味，是这诗的突出特点和成就。但这是一首咏怀古迹诗，诗人亲临实地，亲自凭吊古迹，因而山水风光自然在诗中显露出来。杜甫沿江出蜀，漂泊水上，旅居舟中，年老多病，生计窘迫，境况萧条，情绪悲怆，本来无心欣赏风景，只为宋玉遗迹触发了满怀悲慨，才洒泪赋诗。诗中的草木摇落，景物萧条，江山云雨，故宅荒台，以及舟人指点的情景，都从感慨议论中出来，蒙着历史的迷雾，充满诗人的哀伤，诗人仿佛是泪眼看风景，隐约可见，其实是虚写。从诗歌艺术上看，这样的表现手法富有独创性。它紧密围绕主题，显出古迹特征，却不独立予以描写，而使其溶于议论，化为情境，渲染着这首诗的抒情气氛，增强了咏古的特色。

这是一首七律，要求谐声律，工对仗。但也由于诗人重在议论，深于思，精于义，伤心为宋玉写照，悲慨抒壮志不酬，因而通篇用赋，在用词和用典上精警切实，不被格律所拘束。它的韵律和谐，对仗工整，写的是律诗这种近体诗，却有古体诗的风味，同时又不失清丽。前人认为这首诗“首二句失粘”，只从形式上进行批评，未必中肯。

咏怀古迹五首·其三

【唐】杜甫

群山万壑赴荆门①，
生长明妃②尚有村。
一去③紫台④连⑤朔漠⑥，
独留青冢⑦向黄昏。
画图省识⑧春风面⑨，
环珮空归夜月魂。
千载琵琶作胡⑩语，
分明怨恨曲中论。

注释

①荆门：山名，在今湖北宜都西北。
②明妃：指王昭君。
③去：离开。
④紫台：汉宫，紫宫，宫廷。
⑤连：通，到。
⑥朔漠：北方的沙漠。
⑦青冢：指王昭君的坟墓。
⑧省识：旧识。省：曾经。
⑨春风面：形容王昭君的美貌。
⑩胡：中国古代指北边的或西域的民族：胡人。

译文

成千上万的山峦山谷连绵不断，如向荆门奔去一般，王昭君生长的山村还至今留存。

她从紫台离开直通塞外沙漠，最后只留荒郊上的一座孤坟对着黄昏。

糊涂的君王只依凭画图识别昭君的容颜，月夜里环珮叮当是昭君归魂。

千载流传她作的胡音琵琶曲，曲中分明倾诉的是满腔悲愤。

赏析

这是组诗《咏怀古迹五首》其中的第三首，诗人借咏昭君村、怀念王昭君来抒写自己的怀抱。诗人有感于王昭君的遭遇，寄予了自己深切的同情，同时表现了昭君对故国的思念与怨恨，并赞美了昭君虽死、魂魄还要归来的精神，从中寄托了诗人自己身世及爱国之情。全诗叙事明确，形象突出，寓意深刻。

“群山万壑赴荆门，生长明妃尚有村。”诗的发端两句，首先点出昭君村所在的地方。据《一统志》说：“昭君村，在荆州府归州东北四十里。”其地址，即在今湖北秭归县的香溪。杜甫写这首诗的时候，正住在夔州白帝城。这是三峡西头，地势较高。他站在白帝城高处，东望三峡东口外的荆门山及其附近的昭君村。远隔数百里，本来是望不到的，但他发挥想象力，由近及远，构想出群山万壑随着险急的江流，奔赴荆门山的雄奇壮丽的图景。他就以这个图景作为这首诗的首句，起势很不平凡。杜甫写三峡江流有“众水会涪万，瞿塘争一门”（《长江二首》）的警句，用一个“争”字，突出了三峡水势之惊险。这里则用一个“赴”字突出了三峡山势的雄奇生动。这是一个有趣的对照。

“一去紫台连朔漠，独留青冢向黄昏。”前两句写昭君村，这两句才写到昭君本人。诗人只用这样简短而雄浑有力的两句诗，就写尽了昭君一生的悲剧。从这两句诗的构思和词语说，杜甫大概是借用了南朝江淹《恨赋》里的话：“明妃去时，仰天太息。紫台稍远，关山无极。望君王兮何期，终芜绝兮异域。”但是，仔细地对照，杜甫这两句诗所概括的思想内容的丰富和深刻，大大超过了江淹。清人朱瀚《杜诗解意》说：“‘连’字写出塞之景，‘向’字写思汉之心，笔下有神。”说得很对。但是，有神的并不止这两个字。读者只看上句的紫台和朔漠，自然就会想到离别汉宫、远嫁匈奴的昭君在万里之外，在异国殊俗的环境中，一辈子所过的生活。

“画图省识春风面，环珮空归夜月魂。”这是紧接着前两句，更进一步写昭君的身世家国之情。画图句承前第三句，环珮句承前第四句。画图句是说，由于汉元帝的昏庸，对后妃宫人们，只看图画不看人，把她们的命运完全交给画工们来摆布。省识，是略识之意。说元帝从图画里略识昭君，实际上就是根本不识昭君，所以就造成了昭君葬身塞外的悲剧。环珮句是写她怀念故国之心，永远不变，虽骨留青冢，魂灵还会在月夜回到生长她的父母之邦。南宋词人姜夔在他的咏梅名作《疏影》里曾经把杜甫这句诗从形象上进一步丰富提高："昭君不惯胡沙远，但暗忆江南江北。想佩环月夜归来，化作此花幽独。"这里写昭君想念的是江南江北，而不是长安的汉宫，特别动人。月夜归来的昭君幽灵，经过提炼，化身成为芬芳缟素的梅花，想象更是幽美。

"千载琵琶作胡语，分明怨恨曲中论。"这是此诗的结尾，借千载作胡音的琵琶曲调，点明全诗写昭君"怨恨"的主题。据汉代刘熙的《释名》说："琵琶，本出于胡中马上所鼓也。推手前曰琵，引手却曰琶。"晋代石崇《明君词序》说："昔公主嫁乌孙，令琵琶马上作乐，以慰其道路之思。其送明君亦必尔也。"琵琶本是从胡人传入中国的乐器，经常弹奏的是胡音胡调的塞外之曲，后来许多人同情昭君，又写了《昭君怨》《王明君》等琵琶乐曲，于是琵琶和昭君在诗歌里就密切难分了。

前面已经反复说明，昭君的"怨恨"尽管也包含着"恨帝始不见遇"的"怨思"，但更主要的，还是一个远嫁异域的女子永远怀念乡土，怀念故土的怨恨忧思，它是千百年中世代积累和巩固起来的对乡土和祖国的最深厚的共同的感情。前面提到，这首诗的开头两句，胡震亨说"群山万壑赴荆门"的诗句只能用于"生长英雄"的地方，用在"生长明妃"的小村子就不适当，正是因为他只从哀叹红颜薄命之类的狭隘感情来理解昭君，没有体会昭君怨恨之情的分量。吴瞻泰意识到杜甫要把昭君写得"惊天动地"，杨伦体会到杜甫下笔"郑重"的态度，但也未把昭君何以能"惊天动地"，何以值得"郑重"的道理说透。昭君虽然是一个女子，但她身行万里，青冢留千秋，心与祖国同在，名随诗乐长存，诗人就是要用"群山万壑赴荆门"这样壮丽的诗句来郑重地写她。

杜甫的诗题叫《咏怀古迹》，他在写昭君的怨恨之情时，是寄托了他的身世家国之情的。杜甫当时正"飘泊西南天地间"，远离故乡，处境和昭君相似。虽然他在夔州，距故乡洛阳偃师一带不像昭君出塞那样远隔万里，但是"书信中原阔，干戈北斗深"，洛阳对他来说，仍然是可望不可即的地方。他寓居在昭君的故乡，正好借昭君当年想念故土、夜月魂归的形象，寄托他自己想念故乡的心情。

咏怀古迹五首·其四

【唐】杜甫

蜀主[1]窥吴幸三峡，
崩年亦在永安宫[2]。
翠华想像空山里，
玉殿虚无野寺[3]中。
古庙杉松巢水鹤，
岁时伏腊[4]走村翁。
武侯祠屋常邻近，
一体君臣祭祀同。

注释

①蜀主：指刘备。
②永安宫：在今重庆奉节县。
③野寺：原注今为卧龙寺，庙在宫东。
④伏腊：伏天腊月。指每逢节气村民皆前往祭祀。

译文

刘备出兵伐吴就驻扎在三峡，无奈战败归来在永安宫去世。
昔日翠旗飘扬空山浩浩荡荡，永安宫湮灭在这荒郊野庙中。
古庙里杉松树上水鹤做了巢，每逢节令仍举行隆重的祭祀。
丞相的祠庙就在先王庙临近，君臣共同享受着礼仪和祭礼。

赏析

第四首咏怀的是刘备在白帝城的行宫永安宫。诗人称颂了三国时刘备和诸葛亮君臣一体的亲密关系，抒发了自己不受重用抱负难展的悲怨之情。

作者借村翁野老对刘备、诸葛亮君臣的祭祀，烘托其遗迹之流泽。诗歌先叙刘备进袭东吴失败而卒于永安宫，继叹刘备的复汉大业一蹶不振，当年的翠旗行帐只能在空山想象中觅得踪迹，玉殿虚无缥缈，松杉栖息水鹤。歌颂了刘备的生前事业，叹惋大业未成身先去，空留祠宇在人间的荒凉景象。最后赞刘备诸葛亮君臣一体，千百年受人祭祀，表达了无限敬意，抒发了无限感慨。

此诗通过先主庙和武侯祠邻近的描写，进而赞颂刘备、诸葛亮君臣际遇、同心一体，含有作者自己论事被斥，政治理想不能实现，抱负不能施展的感慨。在艺术描写上和前几首又有所不同。全诗平淡自然，写景状物形象明朗，以咏古迹为主而隐含咏怀。

咏怀古迹五首·其五

【唐】杜甫

诸葛大名垂[1]宇宙[2]，
宗臣[3]遗像肃清高[4]。
三分割据[5]纡[6]筹策[7]，
万古云霄[8]一羽毛。
伯仲之间见伊吕[9]，
指挥若定失萧曹[10]。
运[11]移汉祚[12]终难复，
志决身歼军务劳。

注释

①垂：流传。
②宇宙：兼指天下古今。
③宗臣：为后世所敬仰的大臣。
④肃清高：为诸葛亮的清风亮节而肃然起敬。
⑤三分割据：指魏、蜀、吴三国鼎足而立。
⑥纡（yū）：屈，指不得施展。
⑦筹策：谋略。
⑧云霄一羽毛：凌霄的飞鸟，比喻诸葛亮绝世独立的智慧和品德。
⑨伊吕：指伊尹、吕尚。
⑩萧曹：指萧何、曹参。
⑪运：运数。
⑫祚（zuò）：帝位。

诸葛亮大名流传于天下且万古流芳，他清高的品性真令人无比

敬仰。

天下三分是他苦心筹划的结果，他犹如展翅高翔在云霄的鸾凤。

才华超绝与伊尹吕尚难分高下，指挥千军万马非曹参萧何能比。

汉朝的气运已经衰落难以恢复，他意志坚决终因军务繁忙殉职。

赏析

这是《咏怀古迹五首》中的最末一篇。当时诗人瞻仰了武侯祠，衷心敬慕，发而为诗。作品以激情昂扬的笔触，对其雄才大略进行了热烈的颂扬，对其壮志未遂叹惋不已!

“诸葛大名垂宇宙”，上下四方为宇，古往今来曰宙，“垂于宙”，将时间空间共说，给人以“名满寰宇，万世不朽”的具体形象之感。首句如异峰突起，笔力雄放。次句“宗臣遗像肃清高”，进入祠堂，瞻望诸葛遗像，不由肃然起敬，遥想一代宗臣，高风亮节，更添敬慕之情。“宗臣”二字，总领全诗。

接下去进一步具体写诸葛亮的才能、功绩。从艺术构思讲，它紧承首联的进庙、瞻像，到看了各种文物后，自然地对其丰功伟绩做出高度的评价：“三分割据纡筹策，万古云霄一羽毛。”纡，屈也。纡策而成三国鼎立之势，此好比鸾凤高翔，独步青云，奇功伟业，历代敬仰。然而诗人用词精微，一“纡”字，突出诸葛亮屈处偏隅，经世怀抱百施其一而已，三分功业，亦只雄凤一羽罢了。“万古云霄”句形象有力，议论达情，情托于形，自是议论中高于人之处。

想及武侯超人的才智和胆略，使人如见其羽扇纶巾，一扫千军万马的潇洒风度。感情所至，诗人不由呼出“伯仲之间见伊吕，指挥若定失萧曹”的赞语。伊尹是商代开国君主汤的大臣，吕尚辅佐周文王、武王灭商有功，萧何和曹参，都是汉高祖刘邦的谋臣、汉初的名相，诗人盛赞诸葛亮的人品与伊尹、吕尚不相上下，而胸有成竹、从容镇定的指挥才能却使萧何、曹参为之黯然失色。这，一则表现了对武侯的极度崇尚之情，同时也表现了作者不以事业成败持评的高人之见。刘克庄曰："卧龙没已千载，而有志世道者，皆以三代之佐许之。此诗侪之伊吕伯仲间，而以萧曹为不足道，此论皆自子美发之。"黄生曰：此论出，"区区以成败持评者，皆可废矣。"可见诗人这一论断的深远影响。

最后，"运移汉祚终难复，志决身歼军务劳。"诗人抱恨汉朝"气数"已终，长叹尽管有武侯这样稀世杰出的人物，下决心恢复汉朝大业，但竟未成功，反而因军务繁忙，积劳成疾而死于征途。这既是对诸葛亮"鞠躬尽瘁，死而后已"高尚品节的赞歌，也是对英雄未遂平生志的深切叹惋。

这首诗，由于诗人以自身肝胆情志吊古，故能涤肠荡心，浩气炽情动人肺腑，成为咏古名篇。诗中除了"遗像"是咏古迹外，其余均是议论，不仅议论高妙，而且写得极有情韵。三分霸业，在后人看来已是赫赫功绩了，而对诸葛亮来说，轻若一羽耳；"萧曹"尚不足道，那区区"三分"就更不值挂齿。如此曲折回宕，处处都是抬高了诸葛亮。全诗议而不空，句句含情，层层推选：如果把首联比作一雷乍起、倾盆而下的暴雨，那么，颔联、颈联则如江河奔注，波涛翻卷、愈涨愈高，至尾联蓄势已足，突遇万丈绝壁，瀑布而下，空谷传响——"志决身歼军务劳"——全诗就结于这动人心弦的最强音上。

过华清宫绝句三首·其一

【唐】杜牧

长安回望绣成堆，

山顶千门①次第②开。

一骑红尘③妃子④笑，

无人知是⑤荔枝来。

注释

①千门：形容山顶宫殿壮丽，门户众多。

②次第：依次。

③红尘：这里指飞扬的尘土。

④妃子：指杨贵妃。

⑤知是：一作"知道"。

译文

在长安回头远望骊山宛如一堆堆锦绣，山顶上华清宫的千重门依次打开。

一骑驰来，烟尘滚滚，妃子欢心一笑，无人知道是南方送了荔枝鲜果来。

赏析

此诗通过送荔枝这一典型事件，鞭挞了玄宗与杨贵妃骄奢淫逸的生活，有着以微见著的艺术效果，精妙绝伦、脍炙人口。

起句描写华清宫所在地骊山的景色。诗人从长安“回望”的角度来写，犹如电影摄影师，在观众面前先展现一个广阔深远的骊山全景：林木葱茏，花草繁茂，宫殿楼阁耸立其间，宛如团团锦绣。“绣成堆”，既指骊山两旁的东绣岭、西绣岭，又是形容骊山的美不胜收，语意双关。接着，场景向前推进，展现出山顶上那座雄伟壮观的行宫。平日紧闭的宫门忽然一道接着一道缓缓地打开了。接下来，又是两个特写镜头：宫外，一名专使骑着驿马风驰电掣般疾奔而来，身后扬起一团团红尘；宫内，妃子嫣然而笑了。几个镜头貌似互不相关，却都包蕴着诗人精心安排的悬念：“千门”因何而开？“一骑”为何而来？“妃子”又因何而笑？诗人故意不忙说出，直至紧张而神秘的气氛憋得读者非想知道不可时，才含蓄委婉地揭示谜底：“无人知是荔枝来。”“荔枝”两字，透出事情的原委。《新唐书·杨贵妃传》：“妃嗜荔枝，必欲生致之，乃置骑传送，走数千里，味未变，已至京师。”明于此，那么前面的悬念顿然而释，那几个镜头便自然而然地联成一体了。

吴乔《围炉诗话》说：“诗贵有含蓄不尽之意，尤以不著意见声色故事议论者为最上。”杜牧这首诗的艺术魅力就在于含蓄、精深，诗不明白说出玄宗的荒淫好色，贵妃的恃宠而骄，而形象地用“一骑红尘”与“妃子笑”构成鲜明的对比，就收到了比直抒己见强烈得多的艺术效果。“妃子笑”三字颇有深意。春秋时周幽王为博妃子一笑，点燃烽火，导致国破身亡。读到这里时，读者是很容易联想到这个人尽皆知的故事。“无人知”三字也发人深思。其实“荔枝来”并非绝无人知，至少“妃子”知，“一骑”知，还有一个诗中没有点出的皇帝更是知道的。这样写，意在说明此事重大紧急，外人无由得知，这就不仅揭露了皇帝为讨宠妃欢心无所不为的荒唐，也与前面渲染的不寻常的气氛相呼应。全诗不用难字，不使典故，不事雕琢，朴素自然，寓意精深，含蓄有力，是唐人咏史绝句中的佳作。

过华清宫绝句三首·其二

【唐】杜牧

新丰绿树起黄埃①，
数骑渔阳探使回。
霓裳②一曲千峰③上，
舞破中原④始下来。

注释

①黄埃：马队奔驰踏起的尘土。
②霓（ní）裳（cháng）：指《霓裳羽衣曲》。
③千峰：指骊山的众多山峰。
④舞破中原：指唐玄宗耽于享乐而误国，导致安史之乱。

译文

绿树环绕的新丰一带不时可见黄尘四起，那是前往渔阳的探使返回。

他们谎报军情，唐玄宗和杨贵妃仍旧沉溺于歌舞，直至安禄山起兵，中原残破。

赏析

唐玄宗时，安禄山兼任平卢、范阳、河东三镇节度使后，伺机谋反，玄宗却对他十分宠信。皇太子和宰相杨国忠屡屡启奏，方派中使辅璆琳以赐柑为名去探听虚实。璆琳受安禄山厚赂，回来后盛赞他的忠心。玄宗轻信谎言，自此更加高枕无忧，恣情享乐了。“新丰绿树起黄埃，数骑渔阳探使回”，正是描写探使从渔阳经由新丰飞马转回长安的情景。这探使身后扬起的滚滚黄尘，是迷人眼目的烟幕，又象征着叛乱即将爆发的战争风云。诗人从“安史之乱”的纷繁复杂的史事中，只摄取了“渔阳探使回”的一个场景，是颇具匠心的。它既揭露了安禄山的狡黠，又暴露了玄宗的糊涂，有“一石二鸟”的妙用。

如果说诗的前两句是表现了空间的转换，那么后两句“霓裳一曲千峰上，舞破中原始下来”，则表现了时间的变化。前后四句所表现的内容本来是互相独立的，但经过诗人巧妙的剪接便使之具有互为因果的关系，暗示了两件事之间的内在联系。而从全篇来看，从“渔阳探使回”到“霓裳千峰上”，是以华清宫来联结，衔接得很自然。这样写，不仅以极俭省的笔墨概括了一场重大的历史事变，更重要的是揭示出事变发生的原因，诗人的构思是很精巧的。

将强烈的讽刺意义以含蓄出之，尤其是“霓裳一曲千峰上，舞破中原始下来”两句，不着一字议论，便将玄宗的耽于享乐、执迷不悟刻画得淋漓尽致。说一曲霓裳可达“千峰”之上，而且竟能“舞破中原”，显然这是极度的夸张，是不可能的事，但这样写却并非不合情理。因为轻歌曼舞纵不能直接“破中原”，中原之破却实实在在是由统治者无尽无休的沉醉于歌舞造成。而且，非这样写不足以形容歌舞之盛，非如此夸张不能表现统治者醉生梦死的程度以及由此产生的国破家亡的严重后果。此外，这两句诗中“千峰上”同“下来”所构成的鲜明对照，力重千钧的“始”字的运用，都无不显示出诗人在遣词造句方面的深厚功力，有力地烘托了主题。正是深刻的思想内容与完美的表现手法，使之成为脍炙人口的名句。全诗到此戛然而止，更显得余味无穷。

过华清宫绝句三首·其三

【唐】杜牧

万国[①]笙歌醉太平，

注释

①万国：指全国。

倚天[②]楼殿月分明。
云中乱拍禄山舞，
风过重峦下笑声。

②倚天：形容骊山宫殿的雄伟壮观。

译文

全国上下沉浸在一片歌舞升平之中，骊山上的宫殿楼阁在月光下显得格外分明。

安禄山拖着肥胖的身体翩翩作胡旋舞，引发了杨贵妃的笑声随风飘扬越过层层山峰。

赏析

这是三绝句中的最后一首，也是一首讽喻诗。“万国笙歌醉太平”，此言唐玄宗整日与杨贵妃在骊山游乐，不理朝政，举国上下也沉浸在一片歌舞升平之中。“倚天楼殿月分明”，此言骊山上宫殿楼阁高耸挺拔，在月光下显得格外分明。“云中乱拍禄山舞”，此句语带讥刺地说：想当年安禄山在骊山上觐见唐玄宗和杨贵妃时，在大殿中拖着肥胖的身体翩翩作胡旋舞，竟引发了杨贵妃爽朗的笑声。“风过重峦下笑声”，此言那笑声随风飘扬越过层层峰峦，在山间久久回荡。

据载：杨贵妃见安禄山作胡旋舞，心花怒放，竟收安禄山做自己的干儿子，唐玄宗也非常高兴，对安禄山分外器重，委任他为三镇节度使。但恰恰是他们的这位干儿子对他们举起了反叛的大旗。大唐帝国也从此滑向衰亡的深渊。此诗含蓄委婉，笔调看似轻快，实则对亡国之君的荒淫误国给予了辛辣无情的嘲讽。

春草宫[1]怀古

【唐】刘长卿

君王[2]不可见，

芳草旧宫春。

犹带罗裙色[3]，

青青向楚人[4]。

注释

①春草宫：宫殿名，隋炀帝于扬州所建十宫之一。故址在今江苏省江都市境内。

②君王：指隋炀帝。

③罗裙色：代指草的绿色。

④楚人：江都旧为楚地。故称当地人为楚人。

译文

隋炀帝已经不可能再见到，宫里的芳草却和旧时一样逢春而长。

仍是和昔日宫女们罗裙一样的绿色，青青的芳草心意仍向着楚人。

赏析

此诗前两句发出昔人不可见而春草依旧的感慨；后两句诗人展开联想，转入对历史的回顾和思考中，就春色芳草的点染来抒发怀古之情。全诗从芳草春色入笔，以景写情，结句不仅补足了句首之意，而且使诗意进入了一个回环往复的奇妙境界之中。

自然的规律是严峻无情的，历史的法则是严峻无情的，曾不可一世的隋炀帝终被人民前进的激浪吞没。面对久已消沉的隋宫废殿遗墟，诗人在首句发出“君王不可见”的感慨，这既是对历史法则的深刻揭示，也同时深含着对暴君隋炀帝的鞭笞。昔日豪华的楼台亭阁，现在只能看见茂盛的“芳草”在“旧宫”废墟中迎着春日疯长着，“芳草”是作者在诗中展示的最显著、最明亮的可见物，这是紧扣诗题“春草宫”而来的，“芳草”二字不仅仅形象地展示出昔日“春草宫”今貌，而且也十分巧妙地把伤今怀古的主题自然顺畅地引入了自然的法规和历史的法则序列中。“春草宫”虽然在历史的进程中成为废殿遗墟，但一年一度草木枯荣，春色依然浓烈地装扮着这里。

而三、四句中，“罗裙色”是从第二句中的“芳草”联想而引出来的，“芳草”在春色中的艳丽和花枝招展，自然使人想起昔日这里宫妃罗裙颜色，“犹带”从语法上来看，把“芳草”与“罗裙”进行了自然地承上启下式的连接，而更主要的是把读者的思路，从眼前所见之景物而一下子转入对历史的回顾和思考中去，从诗意上紧紧地扣住了“怀古”的诗题，结句“青青向楚人”，又从历史的回顾中回到眼前“青青”的“芳草”，春回人间青青的芳草，随意根植生长在楚地，它的心意还是向着“楚人”的。昔日春草宫所在的江都古为东楚地，所以诗人把这里的人称为“楚人”，这自然是从“怀古”的角度，把笔锋扩展得很远，伸到历史的深层中去了。人民是历史的主人，自然历史前进的轨迹是向着人民心愿的。诗人在这里把“青青”的“芳草”拟人化，是为请出这里的自然景物作证，来阐明历史前进的严峻轨迹。

春草宫以春草命名，可见此地春色芳草之浓盛。此诗也正是从芳草春色入笔，就春色芳草的点染来抒发怀古之情。年年春意宛然，而唯不见当年的隋炀帝，结句不仅补足了句首之意，而且使诗意也进入了一个回环往复的奇妙境界之中。

结袜子①

【唐】李白

燕南壮士②吴门豪，
筑③中置铅鱼隐刀。

注释

①结袜子：乐府旧题。郭茂倩《乐府诗集》卷七十四列于《杂曲歌辞》。
②燕南壮士：指战国时燕国侠士高渐离。

感君恩重许君命，
太山一掷轻鸿毛④。

③筑：为古代一种打击乐器。
④鸿毛（hóng máo）：鸿雁的毛。比喻极轻，微不足道。

译文

燕南的壮士高渐离和吴国的豪侠专诸，一个用灌了铅的筑去搏击秦始皇，一个用鱼腹中的刀去刺杀吴王僚。

他们都是为报君恩以命相许，视掷泰山之重如鸿毛之轻。

赏析

《结袜子》在古乐府中属《杂曲歌辞》。李白此诗是借古题咏历史人物高渐离刺杀秦始皇、专诸刺杀吴王僚之事。

此诗起句“燕南壮士”，指高渐离；“吴门豪”指专诸。这里突出了他们最感人的精神力量：他们是壮士，他们有豪情。这两个词语的搭配，正好使专诸和高渐离的生命重新闪耀着奇异的光彩。这里“燕南”和“吴门”两个方位词也用得恰到好处。专诸刺杀吴王僚在吴王宫中，所以称“吴门”；而高渐离击筑，荆轲和而歌，士皆瞋目，怒发冲冠，则发生在易水送别之时，易水在燕之南界，因此称“燕南”。这两个看似不经意的词语，在广阔的背景上使壮志豪情笼罩四野，他们的英声侠气无处不存、无处不在。第二句，为第一句作必要的补充与说明。他们两人的壮志豪情正是通过这两件惊天动地富于传奇色彩的大事而被历史所确认。这两句诗各以对称排比的结构相连接，重新唤起读者对这两位侠士的向往与崇敬。第三句，是全诗的主旨，是诗人要着重表达的一种信念，一个原则。诗人指出高渐离、专诸之所以置个人生死于不顾，以命相许是为了实践“士为知己者死”的人生信条。因此，这里的“恩”，不是“恩惠”，不是珍宝珠玉、车骑美女等物质的赐予，而是一种超越功利计较的“知遇之恩”，是一种对自我价值的理解和人格的尊重。这里的“许”，也不单是“报答”，更不是人身依附，而是一种自觉的自我价值的实现，是人格力量的自我完成。诗的最后化用太史公司马迁《报任安书》的话“人固有一死，死或重于泰山，或轻于鸿毛”来表明自己的生死观，指出生命应该像泰山那样重，而不能像鸿毛那样轻。

这首诗，可以看作是李白读《刺客列传》后所作的咏史诗；也可以看作是李白顿悟生命价值即兴抒发的豪情。

姑苏①怀古

【宋】姜夔

夜暗归云绕柁牙②，
江涵星影鹭眠沙。
行人怅望苏台③柳，
曾与吴王④扫落花。

注释

①姑苏：苏州西南有姑苏山，因而苏州也别称姑苏。
②柁（duò）牙：船柁。
③苏台：姑苏台，即吴宫。
④吴王：指春秋吴国之主。亦特指吴王夫差。

译文

在朦胧的夜色中，一片片云儿，急遽地掠过船旁。清澈的江水，静静地流淌；天上的星辰，在水波中荡漾，闪耀着光芒。沙滩上的白鹭，早已睡熟，没一点声响。

我默默地望着姑苏台，带着几分惆怅：那迷蒙的柳树，经历了多少年的风霜？是它，曾用低垂的细条，为吴王扫拂着满地飘坠的花瓣。

赏析

少年姜夔在目睹江淮一带地方生产凋敝、风物荒凉，曾发出“徘徊望神州，沉叹英雄寡”（《昔游诗》）的慨叹，扬州慢、凄凉犯一类词也颇有“禾黍之悲”，而在这首诗里，昔日的愤懑和忧虑化作了淡淡的惆怅，仿佛若有所失。后两句使人愀然动色，杨万里喜极诵之，或是其中蕴涵的历史沧桑感和某种个人情愫的积淀与之心境契合，但仅如此不足以跳出李白《苏台览古》的窠臼，此诗妙处实在一、二句。起句疏宕，不涉题旨，欲抑先扬。写晚云悠闲、白鹭自适、星斗灿烂、山川依然，说景微妙，相形之下“怅望苏台柳”就流露出了一种苦涩的况味，怀古伤今之情纡徐委折。景物的渲染与感慨的抒发相得益彰，物是人非的历史感更加厚重，此诗兴味深厚而笔致飘逸，具蕴藉空灵之美。姜夔《诗说》云：“韵度欲其飘逸。”这首怀古伤今之作不滞于情，不役于物，饶有远韵。近人缪钺《姜白石之文学批评及其作品》云：“白石之诗气格清奇，得力江西；意襟隽澹，本于襟抱；韵致深美，发乎才情。受江西诗派影响者，其末流之弊，为枯涩生硬，而白石之诗独饶风韵。”

这首绝句可以和李白的《苏台览古》做个比较：“旧苑荒台杨柳新，菱歌清唱不胜春。只今惟有西江月，曾照吴王宫里人。”

李白在诗中着重写今日之荒凉，以暗示昔日之繁华，以今古常新的自然景物来衬托变幻无常的人事，从而抒发出今昔盛衰的感慨。而姜夔则借不变的姑苏夜景，暗寓变化的人事，并借古讽今，给偏安一隅的小朝廷以冷嘲，立意要高出一筹。这两首绝句都写到柳，以之寄托兴亡盛衰的感慨。但姜夔笔下的柳更富有活力，因为柳被姜夔拟人化了，带上了作者自己的情感，并赋予柳以历史见证人的身份。所以也比韦庄的“无情最是台城柳，依旧烟笼十里堤”来得空灵、活脱。不同的是李白诗中的柳相当于姜夔诗中“星”“鹭”，而姜夔诗中的柳则相当于李白诗中的“月”。所以，这两首诗的后两句在构思上颇为相似。不同的是前两句，李白以旧苑荒台春色依旧寄寓感慨，而姜夔则以江山永恒暗含人世沧桑。

作者将昔日的愤懑和忧虑化作淡淡的惆怅，仿佛若有所失，起句欲抑先扬，写晚云悠闲、白鹭自适、星斗灿烂，相形之下怅望苏台柳，就流露出了一种苦涩的滋味。怀古伤今之情迂回曲折。后两句使人愀然动色，其中蕴涵的历史沧桑感和某种个人情愫的积淀与心境契合，景物的渲染与感慨抒发得相得益彰。

武侯庙

【唐】杜甫

遗庙丹青落[①]，
空山草木长[②]。
犹闻辞后主[③]，
不复卧南阳。

注释

①丹青落：庙中壁画已脱落。丹青指庙中壁画。
②草木长：草木茂长。
③辞后主：蜀后主刘禅建兴五年，诸葛亮上《出师表》，辞别后主，率兵伐魏。

译文

武侯庙中的壁画已经脱落，整座山空旷寂静，只有草木徒长。

站在这里好似还能听到诸葛亮辞别后主的声音，只是他病死军中，再也无法回到故地南阳了。

赏析

这首诗作于唐代宗大历元年（776），当时杜甫正流寓夔州，因瞻拜武侯祠有感而作此诗以悼念诸葛亮。该诗前两句描写庙内、外的景色，描写山之空寂，也暗示武侯一生的志业早已随岁月而消逝，回首往事一切皆空。后一联诗以短短十个字概括了诸葛亮的一生，道出了武侯放弃早年隐

居南阳的生活而终身尽瘁国事，以身许国、义无反顾的境遇和心情。

“遗庙丹青落，空山草木长。”这两句写诗人瞻仰武侯庙所看到的一片萧条破败的景象。上句写庙。诗中“丹青”，指庙中的壁画；“落”，剥落、脱落。从“遗”字和“落”字可想而知，前来祭拜的人很少。想当年诸葛亮为蜀汉的创建和巩固，倾注了毕生的心血，而诸葛亮的遗庙竟是这样的景象，诗人顿生感慨。再看下句，诗人站在武侯庙放眼四望，周遭环境也是如此的空寂和荒凉。“空山”，指白帝山。诗人用一个“空”字，似乎是说这山上什么也没有，空空如也，说明人迹稀少；一个“长”字，说明草木无忧无虑地生长，倒很茂盛，进一步反衬出武侯庙位于一片荒山野草之中，是多么的令人感伤！

“犹闻辞后主，不复卧南阳。”这两句由武侯庙写到诸葛亮，对诸葛亮的出山辅佐刘备以及后主，赞叹有加。诗人似乎还能听到诸葛亮作《出师表》辞别后主的声音，可他壮志未酬，病死军中，再也无法功成身退，回到故地南阳啊。上句“犹闻辞后主”，“辞后主”，蜀建兴五年（227），诸葛亮出兵汉中，实行伐魏，临行上《出师表》，向后主刘禅辞行，告诫后主要亲君子、远小人，表明自己的一片忠贞之心。下句“不复卧南阳”是上句的继续，由于诸葛亮将一生献给蜀汉事业，再也不能回到他的躬耕之地南阳了。“南阳”，郡名，诸葛亮曾躬耕于此。“不复”二字，既写出了诸葛亮为报答刘备三顾之情，将一生献给蜀汉事业的伟大功业和奋斗精神；也表达了诗人对诸葛亮的赞叹之情和无法功成身退返故乡的惋惜之情。

这首诗虚实相生，融情于景。清代王夫之在《姜斋诗话》中说：“情景名为二，而实不可分。神于诗者，妙合无限。巧者则有情中景，景中情。”这首诗可以说是情景交融的代表作，具有很高的艺术价值。

过三闾庙[①]

【唐】戴叔伦

沅湘流不尽，

注释

①三闾（lǘ）庙：即屈原庙，因屈原曾任三闾大夫而得名，在今湖南汨罗市境。

屈子怨何深[②]。
日暮秋风[③]起，
萧萧[④]枫树林。

②何深：多么深。
③秋风：一作“秋烟”。
④萧萧：风吹树木发出的响声。

作者名片

戴叔伦（732—789），字幼公，润州金坛（今属江苏常州）人。年轻时师事萧颖士。曾任新城令、东阳令、抚州刺史、容管经略使。晚年上表自请为道士。其诗多表现隐逸生活和闲适情调，但《女耕田行》《屯田词》等篇也反映了人民生活的艰苦。论诗主张“诗家之景，如蓝田日暖，良玉生烟，可望而不可置于眉睫之前”。其诗体裁皆有所涉猎。

译文

沅江湘江长流不尽，屈原悲愤似水深沉。
暮色茫茫，秋风骤起江面，吹进枫林，听得满耳萧萧。

赏析

这是作者游屈原庙的题诗。此诗题一作《过三闾庙》，是诗人大历（766-779）中在湖南做官期间路过三闾庙时所作。伟大诗人屈原毕生忠贞正直。满腔忧国忧民之心，一身匡时济世之才，却因奸邪谗毁不得进用，最终流放江潭，遗恨波涛。他的峻洁的人格和不幸遭遇，引起了后人无限的景仰与同情。在汉代，贾谊、司马迁过汨罗江就曾驻揖凭吊，洒一掬英雄泪。贾谊留下了著名的《吊屈原赋》。而司马迁则在他那“无韵之《离骚》”（《史记》）里写了一篇满含悲愤的《屈原列传》。时隔千载，诗人戴叔伦也感受到了与贾谊、司马迁同样的情怀：“昔人从逝水，有客吊秋风。何意千年隔，论心一日同！”（《湘中怀古》）大历年间，奸臣元载当道，嫉贤妒能，排斥异己。在这种时代背景下，诗人来往于沅湘之上面对秋风萧瑟之景，不由他不动怀古吊屈的幽情。屈原“忠而见疑，信而被谤”（《史记·屈原列传》），作者谒庙，感慨颇深，《题三闾大夫庙》就是作者情动于中而形于言、即景成章的。

诗的前二句对屈原的不幸遭遇表示深切的同情。“沅湘流不尽”发语高亢。如天外奇石陡然而落，紧接着次句“屈子怨何深”又如古钟震鸣，沉重而浑厚，两句一开一阖，顿时给读者心灵以强烈的震撼。从字面上看，“沅湘”一句是说江水长流，无穷无尽。但实际上“流”这里是双关，既指水同时也逗出下句的“怨”，意谓屈子的哀愁是何等深重，沅湘两江之水千百年来汩汩流去，也流淌不尽、冲刷不尽。这样一来，屈原的悲剧就被赋予了一种超时空的永恒意义。诗人那不被理解、信任的悲哀，遭谗见谪的愤慨和不得施展抱负的不平，仿佛都化作一股怨气弥漫在天地间，沉积在流水中，浪淘不尽。作者在这里以大胆的想象伴随饱含感情的笔调，表现了屈原的哀怨的深重，言外洋溢着无限悲慨。“沅湘流不尽，屈子怨何深”，以沅水湘水流了千年也流不尽，来比喻屈原的幽怨之深，构思妙绝。屈原与楚王同宗，想到祖宗创业艰难，好不容易建立起强大的楚国，可是子孙昏庸无能，不能守业，贤能疏远，奸佞当权，自已空有一套正确的治国主张却不被采纳，反而遭到打击迫害，屡贬荒地。眼看世道，是非不分，黑白颠倒，朝政日非，国势岌岌可危，人民的灾难越来越深重，屈原奋而自沉汨罗江，他生而有怨，死亦有怨，这样的怨，没有个尽头。这二句是抒情。

后二句写景：“日暮秋风起，萧萧枫树林。”秋风萧瑟，景象凄凉，一片惨淡气氛，诗人融情入景，使读者不禁慨然以思，含蓄蕴藉地表达了一种感慨不已、哀思无限的凭吊怀念之情。这两句暗用《楚辞·招魂》语：“湛湛江水兮上有枫，目极千里兮伤春心，魂兮归来哀江南。”但化用得非常巧妙，使人全然不觉。诗的后两句轻轻宕开，既不咏屈原的事，也不写屈原庙，却由虚转实，描绘了一幅秋景：“日暮秋风起，萧萧枫树林”。这并不是闲笔，它让读者想到屈原笔下的秋风和枫树，“嫋嫋兮秋风，洞庭波兮木叶下”（《九歌·湘夫人》）。“湛湛江水兮上有枫”（《招魂》）。这是屈原曾经行吟的地方。朱熹说“（枫）玉霜后叶丹可爱，故骚人多称之”（《楚辞集注》）。此刻骚人已去，只有他曾歌咏的枫还在，当黄昏的秋风吹起时，如火的红枫婆娑摇曳，萧萧絮响，像在诉说千古悲剧。

这首诗比兴手法相当高明。前二句以江水之流不尽来比喻人之怨无穷，堪称妙绝。后二句萧瑟秋景的描写，又从《招魂》“湛湛江水”两句生发而来，景物依稀，气氛愁惨，更增凄婉，使人不胜惆怅，吊古之意极深，为人传诵。

琴　台①

【唐】杜甫

茂陵②多病③后，
尚爱卓文君。
酒肆④人间世，
琴台日暮云。
野花留宝靥⑤，
蔓草⑥见罗裙⑦。
归凤求凰意，
寥寥不复闻。

注释

①琴台：汉司马相如抚琴挑逗卓文君的地方，地在成都城外浣花溪畔。
②茂陵：司马相如病退后，居茂陵，这里代指司马相如。
③多病：司马相如有消渴病，即糖尿病。
④酒肆（sì）：卖酒店铺。
⑤宝靥（yè）：妇女颊上所涂的妆饰物，又唐时妇女多贴花细于面，谓之靥饰。这里指笑容、笑脸。
⑥蔓（màn）草：蔓生野草。
⑦罗裙：丝罗制的裙子，多泛指妇女衣裙。

译文

司马相如虽已年老多病，但仍像当初一样爱恋卓文君。

不顾世俗礼法开着卖酒店铺，在琴台之上徘徊远望，只见碧空白云。

琴台旁的野花如文君当年脸颊上的笑靥；一丛丛嫩绿的蔓

草，仿佛是她昔日所着的碧罗裙。

司马相如追求卓文君的千古奇事，后来几乎闻所未闻了。

赏析

这首诗通过琴台及卓文君与司马相如的爱情故事，表现了诗人对真挚爱情的赞美。前两联先从相如与文君的晚年生活着墨，后回溯到他俩的年轻时代，写他俩始终不渝的真挚爱情；颈联由眼前之景联想，再现文君光彩照人的形象；尾联写相如与文君违抗礼法追求美好生活的精神，后来几乎是无人再得而闻了，诗人十分了解相如与文君，发出了这种千古知音的慨叹。

“茂陵多病后，尚爱卓文君。”从相如与文君的晚年生活着墨，写他俩始终不渝的真挚爱情。这两句是说，司马相如虽已年老多病，而对文君仍然怀着热烈的爱，一如当初，丝毫没有衰减。短短二句，不同寻常，用相如、文君晚年的相爱弥深，暗点他们当年琴心相结的爱情的美好。

“酒肆人间世”一句，笔锋陡转，从相如、文君的晚年生活，回溯到他俩的年轻时代。司马相如因爱慕蜀地富人卓王孙孀居的女儿文君，在琴台上弹《凤求凰》的琴曲以通意，文君为琴音所动，夜奔相如。这事遭到卓王孙的竭力反对，不给他们任何嫁妆和财礼，但两人决不屈服。相如家徒四壁，生活困窘，夫妻俩便开了个酒店，以卖酒营生。“文君当垆，相如身自著犊鼻裈，与庸保杂作，涤器于市中”（《史记·司马相如列传》）。一个文弱书生，一个富户千金，竟以“酒肆”来蔑视世俗礼法，在当时社会条件下，是要有很大的勇气的。诗人对此情不自禁地表示了赞赏。

“琴台日暮云”句，则又回到诗人远眺之所见，景中有情，耐人寻味。我们可以想象，诗人默默徘徊于琴台之上，眺望暮霭碧云，心中自有多少追怀歆羡之情。“日暮云”用江淹诗“日暮碧云合，佳人殊未来”语，感慨今日空见琴台，文君安在，引出下联对“野花”“蔓草”的浮想联翩。这一联，诗人有针对性地选择了“酒肆”“琴台”这两个富有代表性的事物，既体现了相如那种倜傥慢世的性格，又表现出他与文君爱情的执着。

前四句诗，在大开大阖、陡起陡转的叙写中，从晚年回溯到年轻时代，从追怀古迹到心中思慕，纵横驰骋，而又紧相勾连，情景俱出，而又神思渺渺。

“野花留宝靥，蔓草见罗裙。”两句，再现文君光彩照人的形象。相如的神采则伴随文君的出现而不写自见。两句是从“琴台日暮云”的抬头仰观而回到眼前之景：看到琴台旁一丛丛美丽的野花，使作者联想到它仿佛是文君当年脸颊上的笑靥；一丛丛嫩绿的蔓草，仿佛是文君昔日所着的碧罗裙。这一联是写由眼前景引起的，出现在诗人眼中的幻象。这种联想，既有真实感，又富有浪漫气息，宛似文君满面花般笑靥，身着碧草色罗裙已经飘然悄临。

结尾“归凤求凰意，寥寥不复闻。”明快有力地点出全诗主题。这两句是说，相如、文君反抗世俗礼法，追求美好生活的精神，后来几乎是无人再得而闻了。诗人在凭吊琴台时，其思想感情也是和相如的《琴歌》紧紧相连的。《琴歌》中唱道：“凤兮凤兮归故乡，遨游四海求其凰……颉颉颃颃兮共翱翔。”正因为诗人深深地了解相如与文君，才能发出这种千古知音的慨叹。这里，一则是说琴声已不可再得而闻；一则是说后世知音之少。因此，《琴歌》中所含之意，在诗人眼中绝不是一般后世轻薄之士慕羡风流，而是“颉颉颃颃兮共翱翔”的那种值得千古传诵的真情至爱。

这首诗在人物描写、典故运用方面很是成功，诗写得语言朴素自然而意境深远，感情真挚。在艺术上，首先，人物描写生动形象，十分传神。其次，典故的运用，借他人之情表自己之意。再次，跨越时空，意境深远。

楚江怀古三首·其一

【唐】马戴

露气寒光集，

微阳①下楚丘②。

注释

①微阳：微弱的阳光。

②楚丘：楚地的山丘。

猿啼洞庭[3]树，
人在木兰舟。
广泽[4]生明月，
苍山夹乱流。
云中君[5]不见，
竟夕[6]自悲秋。

③洞庭：洞庭湖。

④广泽：广阔的大水面。

⑤云中君：本《楚辞·九歌》篇名，为祭祀云神之作，此也因楚江而想到《九歌》。

⑥竟夕：整夜。

作者名片

马戴（799—869），字虞臣，唐定州曲阳（今河北省曲阳县）或华州（今属陕西）人。晚唐时期著名诗人。武宗会昌进士。在太原幕府中因直言被贬龙阳尉，后逢赦回京。官终大学博士。前人很推崇他的律诗，严羽《沧浪诗话》说是在晚唐诸人之上。

译文

雾气露水团团凝聚、寒气侵人，夕阳已经落下楚地的山丘。

洞庭湖畔的树上猿啼声不断，我乘着木兰舟悠闲地在湖中泛游。

明月从广阔的湖面上缓缓升起，两岸青山夹着滔滔乱流。

美丽的云神始终不肯降临，使我终夜苦思，独自悲秋。

赏析

唐宣宗大中初年，诗人由山西太原幕府掌书记被贬为龙阳尉，自江北来江南，行于洞庭湖畔，触景生情、追慕先贤、感伤身世，而写下了

《楚江怀古》，这是第一首。

这一首诗虽题“怀古”，却泛咏洞庭景致。诗人履楚江而临晚秋，时值晚唐，不免“发思古之幽情”，感伤自身不遇。首联先点明薄暮时分；颔联上句承接“暮”字，下句才点出人来，颈联就山水两方面写夜景，“夹”字犹见凝练；尾联才写出“怀古”的主旨，为后两首开题，而以悲愁作结。

全诗风格清丽婉约，感情细腻低回。李元洛评曰：“在艺术上清超而不质实，深微而不粗放，词华淡远而不艳抹浓妆，含蓄蕴藉而不直露奔迸。”

途经秦始皇墓[1]

【唐】许浑

龙盘虎踞[2]树层层，
势入浮云亦是崩[3]。
一种[4]青山秋草里，
路人唯拜汉文陵。

注释

①秦始皇墓：在陕西临潼下河村附近，南依骊山，北临渭水，坟茔巨大，草木森然。
②龙盘虎踞：形容地势雄峻险要。
③崩：败坏。
④一种：一般，同样。

译文

龙盘虎踞地势雄峻，绿树一层一层，哪怕高入浮云最终也要坍崩。

嬴政、刘恒同样葬在青山秋草里，人们却只去祭拜汉文帝的霸陵。

赏析

秦始皇墓南依骊山，北临渭水，地形雄伟，景象佳丽，有“龙盘虎踞”之势。并以“树层层”来烘托，更见其气象的不凡。次句前四字“势如浮云”，在含意上应归入上句：陵墓落成之初，曾经“树草木以象山”，虽历千余年，到晚唐也仍是群树层叠、高薄云天。总之前十一个字，或以“龙盘虎踞”状之，或以“树层层”烘托之，或以“势如浮云”陈述之，把始皇墓的雄奇壮伟、气象万千，呈现了出来。可是后三个字“亦是崩”一出，如无坚不摧的神剑，轻轻一挥，直使眼前的庞然大物，骨化形销了。对于像山一样高大的墓堆，当时就有民谣说：“运石甘泉口，渭水为不流，千人歌，万人吼，运石堆积如山阜。”显然这里还有弦外之音：“崩”者并非专指坟墓崩塌（实际坟墓也并未崩）或秦始皇驾崩，而包括有如传说的曾被项羽掘毁，或更荒唐的“牧火宵焚”；秦始皇苦心经营的“子孙帝王万世之业”，也很快就土崩瓦解了。诗人的嘲讽尖锐泼辣，这三个字干脆利落、严于斧械，真有一言九鼎的气概。

末二句继续深化其反对残暴政治的思想。同样是坐落在青山秋一草间的陵墓，行路之人经过时，却只恭敬地拜谒汉文帝的陵墓。汉文帝是汉代初年文景之治的代表人物，他推行黄老之治，与民休息，艰苦朴素，曾欲建一露台，一核算工价需千金，相当于十户中人之产，汉文帝立刻停止这个露台的修建。他在历史上算得上是一位能够了解人民疾苦的好皇帝，同样地，人们也只会纪念和缅怀这样的对人民较好的统治者，而不会去对那残暴刻薄的秦始皇顶礼膜拜。民心所向，在这个小小的参拜陵墓的行为中显现得很清楚了。诗题是写过秦始皇墓，此处却着力写汉文帝陵，看似诗思不属，实际上在两种统治方式、两种对待人民的态度的对比之下，诗的主题更显突出。

此诗浑厚有味，通过对比手法来对历史人物加以抑扬，反映了作者对刚恨残暴的统治者的愤恨和对谦和仁爱的统治者的怀念，诗意缜密，可以窥见作者的诗心。这首诗明白无误地表现出作者自己的历史观、是非观，可说是一首议论诗。但它的字挟风雷，却出之以轻巧疏宕，唱叹有情的笔墨，有幽美的艺术魅力，而不像是在评说是非了。

今古一相接，长歌怀旧游。

华清引[①]·感旧

【宋】苏轼

平时[②]十月幸[③]兰汤[④]。玉甃[⑤]琼梁[⑥]。五家车马如水，珠玑满路旁。

翠华[⑦]一去掩方床。独留烟树[⑧]苍苍。至今清夜月，依前过缭墙[⑨]。

注释

①华清引：词牌名，又名“清华引”和“华胥引”，双调，四十五字，均用平声韵，上、下片均四句三仄韵。
②平时：每年。
③幸：指帝王驾临。驾临某地，叫幸某地。
④兰汤：指华清池，在陕西临潼区骊山北麓。建成于唐初，名“汤泉宫”，后改为温泉宫，天宝六年大修而改名华清宫，又叫华清池。唐玄宗和杨贵妃每年冬季来这里沐浴休息。
⑤玉甃（zhòu）：玉砌的水池。
⑥琼梁：雕饰华美的屋梁。
⑦翠华：皇帝的仪仗中用翡翠鸟羽毛作装饰的旗子。
⑧烟树：烟雾笼罩的树木。
⑨缭墙：藤条盘绕的围墙。

译文

每年十月驾临华清池，那里有玉池和华美的屋梁。五家的车马浩荡如流水，奇珠异宝被洒满路旁。

唐玄宗去后闲置了双人床，只剩烟雾笼罩下树色苍苍。至今那深夜时清冷的月光，依然照着藤蔓缠绕的围墙。

赏析

此词上片直写杨氏家族盛时华清池繁华热闹的景象，暗斥唐玄宗宠爱贵妃，在一片虚幻的太平景象中过着那种不知亡国恨的荒淫奢侈生活。“平时十月幸兰汤，玉甃琼梁。”开篇仅用五个字便交代了时间、地点和人物，并一笔勾勒出以玉石砌成，琼汤温馥，腾腾雾气的华清池以及雕梁画栋、金碧辉煌、富丽堂皇的华清宫阙，从建筑的角度写出了华清池的富丽堂皇。接着由一般交代转入气氛渲染：“五家车马如水，珠玑满路旁。”“车马如水”和“珠玑满路旁”，揭示出杨家兄妹依仗皇权，逍遥于华清宫的豪华气势。这里虽未明写唐玄宗，实以反衬的笔法暗斥明皇宠爱贵妃骄纵权贵、荒淫豪奢，令人发指。

下片紧承上片唐玄宗因宠爱贵妃，纵杨氏家族弄权，导致安史之乱，国破家亡的可悲下场。昔日繁华喧嚣的华清池人去池空，只留下一派萧瑟、凄凉、寂寞景象。“翠华一去掩方床，独留烟树苍苍。”此处词人以“翠华”指代唐玄宗。一个“掩”字，点出方床虚设，将安史之乱后华清池人去池空的凄凉寂寞展现无遗；有一个“独”字，揭示往事成烟云。“至今清夜月，依前过缭墙。”虽时过境迁，人去池空，然“土花缭绕，前度莓墙”。明月依旧，人事全非。词人笔锋回收，结句落墨于眼前景物，用“至今”“依前”，使人于感旧中不胜惆怅，发人深省以往事为鉴。整个下片看似纯然写景，实则不着痕迹地流露了对荒淫生活的否定。

全词的景物描写颇有功力：先写方床，次及烟树、月夜、缭墙，由近及远，逐层拉开，给人以荒凉冷落之感。此外，此词艺术上的最大特色是采用了对比手法。华清池昔日的繁盛与今日的冷落对比，荣华富贵的短暂与自然景物的永恒对比，一反一正，鲜明地表现出词人对这种奢靡生活的否定态度。

山坡羊①·骊山②怀古

【元】张养浩

骊山四顾，阿房③一炬④，当时奢侈今何处？只见草萧疏，水萦纡⑤。至今遗恨迷烟树。

列国⑥周齐秦汉楚。赢，都变做了土；输，都变做了土。

注释

①山坡羊：曲牌名，又名“山坡里羊”“苏武持节”。北曲属中吕宫，以张可久《山坡羊·酒友》为正体，十一句，押九韵，或每句入韵。

②骊山：在今陕西临潼区东南。

③阿房：阿房宫，秦宫殿名，故址在今陕西西安市西南阿房村。

④一炬：指公元前206年12月，项羽引兵屠咸阳，“烧秦宫室，火三月不灭”（见《史记·项羽本纪》）。故杜牧有“楚人一炬，可怜焦土。”（《阿房宫赋》）之叹息。

⑤萦纡：形容水流回旋迂曲的样子。

⑥列国：各国，即周、齐、秦、汉、楚。

作者名片

张养浩（1269—1329），字希孟，号云庄，山东济南人，元代著名散曲家。诗、文兼擅，而以散曲著称。代表作有《山坡羊·潼关怀古》等。

译文

站在骊山上环望四周，雄伟瑰丽的阿房宫已被付之一炬，当年奢侈的场面现在到哪里去了呢？呈现在眼前的只有稀疏寥落的草木，回旋迂曲的水流。到现在那些遗恨已消失在烟雾弥漫的树林中

了。想想周、齐、秦、汉、楚等国多少帝王为了天下，征战杀伐，赢的如何？输的如何？不都变成了土！

赏析

从王朝的统治者的角度来看兴亡，封建统治者无论输赢成败最终都逃脱不了灭亡的命运。辛辣地批判了封建统治者为争夺政权而进行的残酷厮杀、焚烧及夺得政权后大兴土木的奢侈无度。伴随着各个王朝的兴亡交替，是无休无止的破坏，无数的物质文明和精神财富都化为灰烬。

骊山（今西安市的东边），阿房宫当初的宫殿台基残存。杜牧在《阿房宫赋》中说："骊山北构而西折，直走咸阳。"阿房宫从骊山建起，再向西直达咸阳，规模极其宏大，设施极其奢华。公元前206年秦朝灭亡，项羽攻入咸阳后阿房宫焚毁。张养浩途经骊山有所感而创作了这首"骊山怀古"小令。

开头三句"骊山四顾，阿房一炬，当时奢侈今何处？"回顾骊山的历史，曾是秦朝宫殿的所在，被大火焚烧之后，当时的歌台舞榭、金块珠砾都已不复存在，诗人用"今何处"一个问句，强调了对从古到今历史所发生的巨大变化的感慨，并自然而然地引出了下文"只见草萧疏，水萦纡。"再不见昔日豪华的宫殿，只有野草稀疏地铺在地上，河水在那里迂回地流淌。草的萧索、水的萦纡更加重了作者怀古伤今的情感分量。

第六七句说："至今遗恨迷烟树。列国周齐秦汉楚。"到如今，秦王朝因奢侈、残暴而亡国的遗恨已消失在烟树之间了。而这种亡国的遗恨不只有秦朝才有，周朝、战国列强直到汉楚之争，哪个不抱有败亡的遗恨呢？实际上作者在这里寄托了一种讽刺，是说后人都已遗忘了前朝败亡的教训！元朝统治者在夺得政权之后更奢侈挥霍无度，全然不顾国库空虚社会经济急待调整。

张养浩对当时的状况心怀不满，但想到列国的历史，又觉得从夺得政权到奢侈暴戾，再到最终败亡，乃是历代封建王朝的共同结局。

杜牧说阿房宫“楚人一炬，可怜焦土”，作者正是由此引申开来写道：“羸，都变做了土；输，都变做了土。”这句结尾句式相同的两句是说无论输赢，奢侈的宫殿最后都会归于死亡，“都变做了土”，我们可以看作这是对封建王朝的一种诅咒，更是对封建王朝社会历史的规律性的概括。张养浩在另一首《山坡羊·潼关怀古》的结尾说：“兴，百姓苦；亡，百姓苦。”这是从百姓的角度看封建王朝的更迭，带给人民的全是苦难。而这首小令则是从王朝的统治者的角度来谈的，封建统治者无论输赢成败最终都逃脱不了灭亡的命运。作者辛辣地批判了封建统治者为争夺政权而进行的残酷厮杀、焚烧及夺得政权后大兴土木的奢侈无度。它虽不及“潼关怀古”思想深刻，但也提示出了一种历史的必然，还是比较有意义的。

卖花声·怀古

【元】张可久

阿房[1]舞殿翻罗袖，金谷名园[2]起玉楼，隋堤古柳[3]缆龙舟[4]。不堪回首，东风还又[5]，野花开暮春时候。

美人自刎乌江岸[6]，战火曾烧赤壁山[7]，将军空老玉门[8]关。伤心秦汉[9]，生民涂炭[10]，读书人一声长叹。

注释

①阿房（旧读ē páng）：公元前212年，秦始皇征发刑徒七十余万修阿房宫骊山陵。阿房宫仅前殿即“东西五百步，南北五十丈；上可以坐万人，下可以建五丈旗；周驰为阁道，自殿下直抵南山”（《史记·秦始皇本纪》）。但实际上没有全部完工。全句大意是说，当年秦始皇曾在华丽的阿房宫里观赏歌舞，尽情享乐。

②金谷名园：在河南省洛阳市西面，是晋代大官僚大富豪石崇的别墅，其中的建筑和陈设异常奢侈豪华。

③隋堤古柳：隋炀帝开通济渠，沿河筑堤种柳，称为“隋堤”，即今江苏以北的运河堤。
④缆龙舟：指隋炀帝沿运河南巡江都（今扬州市）事。
⑤东风还又：现在又吹起了东风。这里的副词“又”起动词的作用，是由于押韵的需要。
⑥“美人”句：言楚汉相争时项羽战败自刎乌江。公元前202年，项羽在垓下（今安徽灵璧县东南）被汉军围困。夜里，他在帐中悲歌痛饮，与美人虞姬诀别，然后乘夜突出重围。在乌江（今安徽和县东）边自刎而死。这里说美人自刎乌江，是这个典故的活用。
⑦“战火”句：言三国时曹操惨败于赤壁。公元208年，周瑜指挥吴蜀联军在赤壁之战中击败曹操大军。
⑧“将军”句：言东汉班超垂老思归。班超因久在边塞镇守，年老思归，给皇帝写了一封奏章，上面有两句是：“臣不敢望到酒泉郡（在今甘肃），但愿生入玉门关”。见《后汉书·班超传》。
⑨秦汉：泛指历朝历代。
⑩涂炭：比喻受灾受难。涂：泥涂。炭：炭火。

译文

阿房宫内罗袖翻飞、歌舞升平；金谷园里玉楼拔地、再添新景；隋堤上古柳葱郁，江中龙舟显威名。往事难回首，东风又起，暮春时候一片凄清。

美人虞姬自尽在乌江岸边，战火也曾焚烧赤壁万条战船，将军班超徒然老死在玉门关。伤心秦汉的烽火，让百万生民涂炭，读书人只能一声长叹。

赏析

这组曲子由两首小令曲组成。下面是四川大学文学与新闻学院教授周啸天先生对这组曲的赏析。

令曲与传统诗词中的绝句与令词，有韵味相近者，有韵味全殊者。这两首怀古的令曲，前一首便与诗词相近，后一首则与诗词相远。

上半片曲子开头先用三个典故。一是秦始皇在骊山建阿房宫行乐，二是西晋富豪石崇筑金谷园行乐，三是隋炀帝沿运河南巡江都游乐。这三个典故都是穷奢极欲而不免败亡的典型。但这组仅仅说出事情的发端而不说其结局。“不堪回首”四字约略寓慨，遂结以景语：“东风还又，野花开暮春时候。”这是诗词中常用的以“兴”终篇的写法，同时，春意阑珊的凄清景象和前三句所写的繁华盛事形成鲜明对照，一热一冷，一兴一衰，一有一无，一乐一哀，真可兴发无限感慨。这与刘禹锡的七绝《乌衣巷》“朱雀桥边野草花，乌衣巷口夕阳斜。旧时王谢堂前燕，飞入寻常百姓家”有异曲同工之妙。而这首曲子的长短参差，奇偶间出，更近于令词。不过，一开篇就是鼎足对的形式，所列三事不在一时、不在一地且不必关联（但相类属），这是它与向来的“登临”怀古诗词有所不同之处。

相比较而言，下半片更有新意。这段在手法上似乎与前段相同，也是列举三事：一是霸王别姬的故事，二是吴蜀破曹的故事，三是班超从戎的故事。看起来这些事彼此毫无逻辑联系，拼凑不伦。然而紧接两句却是“伤心秦汉，生民涂炭”，说到了世世代代做牛做马做牺牲的普通老百姓，可见前三句所写的也有共通的内容。那便是英雄美人或轰烈或哀艳的事迹，多见于载籍，但遍翻二十四史，根本就没有普通老百姓的地位。这一来，作者揭示了一个严酷的现实，即不管哪个封建朝代，民生疾苦更甚于末路穷途的英雄美人。在这种对比上，最后激发直呼的“读书人一声长叹”，也就惊心动魄了。这个结尾句意义深刻且耐人回味。“读书人”可泛指当时有文化的人，也可特指作者本人，他含蓄地要表达这样的含义：其一，用文化人的口吻去感慨历史与现实，寄寓着丰富的感情，有对“风流总被雨打风吹去”“大江东去，浪淘尽，千古风流人物”的叹惋，有对“兴，百姓苦；亡，百姓苦”的责难，有对“争强争弱，天丧天亡，都一枕梦黄粱”的感伤。其二，用文化人的思想眼光去理解看待历史与现实，能加深作品的思想深度，显得真实准确。最后的“叹”字含义丰富，一是叹国家遭难，二是叹百姓遭殃，三是叹读书人无可奈何。在语言风格上，下半片与上半片的偏于典雅不同，更多运用口语乃至俗语，尤其是最后一句的写法，更是传统诗词中见所未见、闻所未闻的。这种

将用典用事的修辞，与俚俗的语言结合，便形成一种所谓的“蒜酪味儿”和“蛤蜊风致”，去诗词韵味远甚。上下两片相比，这下半片是更为本色的元曲小令。

这首怀古元曲，在内容上极富于人民性，无论是抨击社会现实，还是审视历史，都称得上是佳作。

沉醉东风·维扬怀古[1]

【元末明初】汤式

锦帆落天涯那答[2]，玉箫寒江上谁家？空楼月惨凄[3]，古殿风萧飒，梦儿中一度繁华[4]。满耳涛声起暮笳[5]，再不见看花驻马[6]。

注释

①此首《雍熙乐府》不注撰人，原选归无名氏。汤式《笔花集》收有此曲，其集中感叹扬州乱后情景者不仅此首，可参看。今从《笔花集》。沉醉东风：曲牌名，南北曲兼有，北曲属双调。维扬：扬州的别称。

②那答：哪边，何处。那：同“哪”。

③“空楼”句：指隋炀帝当年在扬州建的迷楼行宫，如今人去楼空。

④梦儿中一度繁华：指扬州昔日的繁华。唐杜牧《遣怀》诗有“十年一觉扬州梦”之句，此化用其意。

⑤暮笳：傍晚时的笳声。笳：西域少数民族的一种管乐器，初卷芦叶吹之，后以竹为之。涛声：一作“边声”。

⑥看花：扬州后土祠有一株名贵的琼花，据说隋炀帝三下扬州，也是为了观赏琼花。这里泛指风流游赏。

作者名片

汤式，生卒年不详。字舜民，号菊庄，象山（今属浙江）人。一说为宁波人。由元入明，曾补本县吏，非其志之所在。后落魄江湖。与贾仲明、杨景贤等交厚。通音律，善为杂剧、散曲。明成祖在燕邸时，他曾得宠遇，恩赍甚厚。他的杂剧作品今皆不传，散曲今存小令170首，套数68套，另有残套。有《笔花集》抄本传世。所作多题情赠友、记游怀古之类，风格清丽，技法圆熟，在元末明初曲家中自成一家。《太和正音谱》评其词“如锦屏春风”。

译文

那些精美的船帆漂泊到哪里去了呢，玉箫声泛着寒气，是从江上哪只船里传出来的呢？人去楼空月儿凄惨，古老的宫殿风声萧飒，梦中回忆这里一度是繁华之地。黄昏时传来一片悲凉的涛声，再也不见来下马看花的人了。

赏析

“锦帆落天涯那答，玉箫寒江上谁家。”，写沦落天涯之人，为虚写，是作者想象之景。“锦帆”华美，却是漂泊流亡之帆。“玉箫”精致，却充满清寒悲怆之气。“那答”与“谁家”则缥缈不定，踪迹难觅。字句于精致之间更显迷茫怅惘之情。“空楼月惨凄，古殿风萧飒”，写作者眼前所见之景，是为实写。即使“淮水东边旧时月，夜深还过女墙来”（刘禹锡《石头城》），但早已物是人非，人去楼空。“空楼”“月”“古殿”“风”本都是清冷凄凉之景，作者将它们组合在一起，月照空楼更显凄清，风穿古殿倍加萧瑟。“梦儿中一度繁华”和下句“满耳涛声起暮笳”，虚实相生，将梦境与现实及想象交织。在作者的梦中，扬州依然是历史上夜夜笙歌、纸醉金迷豪华之都，而此时作者独立淮水江边，只有涛声灌耳。盛与衰，过去与现在，梦中与现实的强烈对比，增强了悲剧效果。“梦儿中一度繁华”亦有可能是作者曾居扬州或亲临过扬州，目睹过扬州的繁华，可惜后来因战争影响而衰落，而今只能在梦中回味当时盛况。“再不见看花驻马”，写昔日之人，与首句呼应，亦是作者油然而生的感慨。

“看花驻马”，可以想象昔日俊赏才士打马走过美丽的扬州，因花驻马、细心观赏，何等风雅。诗情画意之下，亦显时局安定人心静好。而今这一景象再也不可能重现了，这一句集中表达了作者对昔日繁华的眷恋。

此曲由古及今，由人及景再及人，从多角度渲染了当下扬州的荒凉衰败。意象朦胧清幽，虚景与现实交错，情感与事物交融，往复低回，使得意境扑朔迷离，曲尽作者内心变化，饱含慨叹惋惜之情。

清江引①·钱塘怀古

【元】任昱

吴山越山②山下水，总是凄凉意。江流今古愁，山雨兴亡泪③。沙鸥笑人闲未得④。

注释

①清江引：曲牌名。南曲属仙吕入双调；北曲又叫《江儿水》，属双调，五句。字数定格为七、五、五、五、七。多用为小令。
②吴山越山：吴山，在浙江杭州城南钱塘江北岸。越山，指浙江绍兴以北钱塘江南岸的山。此指江浙一带的山。
③山雨兴亡泪：意谓山中的雨犹如为国家的衰亡流的泪。兴亡：复词偏义，偏指“亡”。
④闲未得：即不得闲。

作者名片

任昱，字则明，生卒年不祥，四明（今浙江宁波市州区）人。大约与张可久同时。擅长七言诗，尤工散曲。少年时流连于青楼歌馆，所作散曲多为歌女传唱。现存小令五十九首，套数一套。有《则明乐府》一卷。《太和正音谱》列一百五十人为词林英杰，有其名。晚期作品多抒发对现实社会的不满，风格沉郁凄婉。

译文

吴山、越山下的这片江水，总是满含着凄凉之意。江水流淌，古今往事，勾起了我的忧愁；山上的雨点像为兴亡交替而流的眼泪。那沙鸥嘲笑着我从来没有过闲心。

赏析

这首小令以《钱塘怀古》为题，“怀古”，就是追念古人或古迹，不需要写历史事件，但要写有关的地理环境，这首散曲便是以写钱塘的地理环境起笔。山水无情，本无“凄凉”，更无“愁”“泪”，然而在作者眼中，却透出一股凄凉的意味。钱塘江水不停地流淌着，作者感到它似乎在诉说着什么。这里曾是春秋战国的古战场，无数英雄豪杰的葬身之地；曾是南宋故都，有过“暖风熏得游人醉”的盛极一时的繁华。而今天触景生情，尽管青山依旧、碧水长流，但物是人非、江山易主、朝代屡更，偏安一隅的南宋小朝廷也早已土崩瓦解，这一切都随时间流逝烟消云散了。想到这些，作者深感惆怅和凄凉。

紧接着“江流”两句，分别化用南唐李后主《虞美人》词中“问君能有几多愁，恰似一江春水向东流”和秦观《江城子》“便做春江都是泪，流不尽，许多愁”的句意，把江水与愁联系起来；青山化雨，把雨点与泪珠联系起来。于是，山和水都带上了作者的感情，有“愁”和“泪”。在作者的笔下，山山水水都郁郁寡欢，充满凄凉之意，倾诉着对故国山河破碎的悲哀；山雨飞来也好似为故国陷于异族而苦泪横流。这就使作者的凄凉之感、亡国之痛、故国之思的心境跃然纸上。“江流今古愁，山雨兴亡泪”两句，不仅对偶工整，而且把前一句的“凄凉意”形象化、具体化，自然地承接首句中的山与水、第二句中的凄凉意。同时，在愁与泪前面，分别加上了“总”“古今”与“兴亡”，也就赋予这凄凉意、这愁与泪更深的内涵，这不是为一人一事而发的，而是超越了个人，超越了时代，包含了整个历史

变迁，涵盖了今古兴亡，加大了历史纵深内涵，愈增悲怆。

末句话锋一转，将沙鸥与人对比，“沙鸥笑人闲未得”，沙鸥以其自由自在，笑世俗之人疲于奔波。作者借“沙鸥笑人”，实则喻指世人不仅不必追名逐利、忙于奔波，就是兴亡的感叹，愤世嫉俗的牢骚，也是多余的，这样借喻比直述更能给人留下深刻印象。

整首小令以钱塘山水寄托对国难家亡的伤感，运用拟人化的手法，写得哀婉凄切。

满江红·汉水[1]东流

【宋】辛弃疾

汉水东流，都洗尽，髭胡膏血[2]。人尽说，君家飞将[3]，旧时英烈。破敌金城雷过耳[4]，谈兵玉帐[5]冰生颊[6]。想王郎，结发赋从戎[7]，传遗业。

腰间剑，聊弹铗[8]。尊中酒，堪为别。况故人新拥，汉坛旌节[9]。马革裹尸[10]当自誓，蛾眉[11]伐性休重说。但从今，记取楚楼[12]风，裴台[13]月。

注释

①汉水：长江支流，源出陕西，流经湖北，穿武汉市而入长江。

②髭（zī）胡：代指入侵的金兵。膏血：指尸污血腥。

③飞将：指西汉名将李广。他善于用兵，作战英勇，屡败匈奴，被匈奴誉为“飞将军”。《史记·李将军列传》：“广居右北平，匈奴闻之，号曰‘汉之飞将军’，避之数岁，不敢入右北平。”

④金城：言城之坚，如金铸成。雷过耳：即如雷贯耳，极言声名大震。

⑤玉帐：主帅军帐的美称。宋张淏《云谷杂记》：“《艺文志》有《玉帐经》一卷，乃兵家厌胜之方位，谓主将于其方置军帐，则坚不可犯，犹玉帐然，其法出于皇帝遁甲云。”

⑥冰生颊：言其谈兵论战明快爽利，词锋逼人，如齿颊间喷射冰霜。宋苏轼《浣溪沙·有赠》："上殿云霄生羽翼，论兵齿颊带风霜。"

⑦结发：即束发。古代男子二十岁束发，表示成年。从戎：从军。《三国志·魏书·王粲传》："年十七，司徒辟，诏除黄门侍郎，以西京扰乱，皆不就。乃之荆州依刘表……魏国既建，拜侍中。曹操于建安二十年三月西征张鲁于汉中，张鲁降。是行也，侍中王粲作《从军行》五首以美其事。"

⑧弹铗：敲击剑柄。《战国策·齐策四》："齐人有冯谖者，贫乏不能自存，使人属孟尝君，愿寄食门下。孟尝君曰：'客何好？'曰：'客无好也。'曰：'客何能？'曰：'客无能也。'孟尝君笑而受之曰：'诺。'……居有顷，倚柱弹其剑，歌曰：'长铗归来乎！食无鱼。'"

⑨汉坛旌（jīng）节：暗用刘邦筑坛拜韩信为大将事。《汉书·高帝纪》："于是汉王斋戒，设坛场，拜信为大将军。"

⑩马革裹尸：用马皮裹卷尸体。《后汉书·马援传》："方今匈奴、乌桓尚扰北边，欲自请击之。男儿要当死于边野，以马革裹尸还葬耳，何能卧床上在儿女子手中邪？"

⑪蛾眉：女子修长而美丽的眉毛，代指美女。汉枚乘《七发》："洞房清宫，命曰寒热之媒；皓齿娥眉，命曰伐性之斧；甘脆肥醲，命曰腐肠之药。"

⑫楚楼：即兰台。故址在今湖北江陵。宋李曾伯《可斋杂著》卷二八《登江陵沙市楚楼》："壮丽中居荆楚会，风流元向蜀吴夸。楼头恰称元龙卧，切勿轻嗤作酒家。"

⑬裴台：一称南楼，在今湖北武昌市。东晋庾亮为荆州刺史时，曾偕部属登斯楼赏月。

译文

汉水滔滔，向东流去；它冲净了那些满脸长着胡须的敌人嘴上沾着的膏血。人们都说：当年你家的飞将军，英勇威武地打击敌人。攻破敌人坚固的城池的时候，迅速勇猛，像迅雷过耳那么快；在玉帐里谈论兵法或者是研究战术的时候，态度激昂兴奋，语言慷慨激烈，两颊都结了冰。回想王郎，你才到结发的年龄，就过上戎马生活，继承着先人的事业。

我腰里悬挂的宝剑没有用了，只有在无聊的时候，把它当作乐器，弹着剑柄唱唱歌。今天拿着酒杯，喝着酒为你送别。况且这是我的好朋友又被重新任用，旌节的仪仗簇拥着你，登上了

拜将坛，封你为统率大军的将军。你是大丈夫男儿汉，应当把马革裹尸当作自己的誓言，为了消灭敌人，为国捐躯是最光荣的。有些人，贪图安乐，迷恋女色，是自伐生命，应引以为戒，再也不要说了。从今后，要牢牢记住咱们在楚楼、裴台吟风赏月的友谊。

赏析

这首词是一首送别之作，因为友人军职升迁是一件大喜事，所以此词全无哀婉伤感之情，通篇都是对友人的赞扬与鼓励，只是最后提醒友人不要忘记知音好友，一点即止。

上片写战争过去，人们的战争敌情观念薄弱了，“髭胡膏血”都被汉水洗净了，这是一句反义用语，道出了作者心里的不平。接着用“人尽说”回忆王君的“旧时英烈”。下片的过片与上片的开头遥相照应。既然没有战争了，刀剑就应入库了。腰间剑，聊弹铗；尊中酒，堪为别。——前两句由友人写到自己，以战国时的冯谖为喻，表达作者勇无所施、报国无门的愤懑。后两句表达自己对送行友人的歉意，言自己无物可送，只能用杯中酒为别去的朋友送行。

况故人新拥，汉坛旌节。——“汉坛”，汉高祖刘邦曾在汉中筑坛拜韩信为大将。这两句言朋友官职地位之重，言外之意，朋友处此重位，定能像当年的韩信一样一展抱负，发挥自己的才能，为国立功。

马革裹尸当自誓，蛾眉伐性休重说。——这两句承上，前句用东汉马援之典。后句化用枚乘《七发》中“皓齿蛾眉，命曰伐性之斧”语句，是说贪恋女色，必当自残生命。词人认为男儿应当立誓以马革裹尸死在沙场而还，至于那些沉溺酒色自戕生命之行再也休提，以此激励友人要以杀敌报国为务，勿沉溺于男女私情而堕了青云之志。

但从今，记取楚台风，裴台月。——引用战国宋玉和东晋庾亮的典故。以此劝诫友人：不要忘记咱们在楚楼、裴台吟风赏月的这段友谊。全词激昂沉郁，愤懑与不平隐含在曲折之中。

湘妃怨[1]·次韵金陵怀古

【元】张可久

朝朝琼树后庭花[2]，步步金莲潘丽华[3]，龙蟠虎踞山如画[4]。伤心诗句多，危城[5]落日寒鸦。凤不至空台上[6]，燕飞来百姓家[7]，恨满天涯。

注释

①湘妃怨：曲牌名，又名《水仙子》《凌波曲》《凌波仙》。
②后庭花：指南朝后主陈叔宝《玉树后庭花》。陈后主对歌伎出身的张丽华一见钟情，封为贵妃，宠幸有加，甚至在朝堂议事时也将她抱在膝上。后终因荒淫失政而被隋文帝杨坚俘获并亡国。《玉树后庭花》即主要为张丽华而作，中有“妖姬脸似花含露，玉树流光照后庭。花开花落不长久，落红满地归寂中”之句，因被称为“亡国之音”。
③潘丽华：指潘玉儿，南朝齐废帝萧宝卷的贵妃。
④龙蟠虎踞：形容金陵（今南京）地形的雄壮险要。
⑤危城：高城。
⑥空台：指凤凰台，在南京城西南角。
⑦燕飞来百姓家：出自唐代刘禹锡《乌衣巷》：“旧时王谢堂前燕，飞入寻常百姓家。”

译文

陈后主的宫廷日日演唱着“玉树后庭花”，东昏侯宠爱着步步生莲的贵妃潘丽华，金陵城龙蟠虎踞依然是江山如画。前人留下过多少伤心的诗句，如今满眼是高城中的落日寒鸦。凤凰不再回到这空空的台上，燕子飞来落入寻常的百姓家。令人满怀遗恨天涯。

赏析

这首小令追忆金陵旧事，感叹历史的兴衰更替。南京城纵有“龙盘虎踞”之势，也难保统治者的衰亡，当年奢华的宫殿和贵族的府第如今都已成为寻常百姓的住所。这首曲子通过写陈后主和南齐东昏侯的荒淫无道，借历史故事抒发南宋亡国之恨。

“朝朝琼树后庭花”指南朝的陈后主，他每日与宾客妃嫔游玩作乐，《玉树后庭花》据说就是南朝陈后主所作的乐曲，被后人称为“亡国之音”。他每日沉迷于酒色，隋兵到来时还在饮酒作乐，后被生擒。“步步金莲潘丽华”写的是南北朝时南齐东昏侯事，“东昏侯凿金莲以贴地”，令其爱妃走在其上，称其为“步步金莲”。梁武帝攻入南京后，杀了东昏侯，潘丽华自缢而死。

作者无任何议论之词，只是叙述了这两个典故，看似是讲旧事旧人，其实是隐射南宋灭亡的根本原因。接着，作者描写金陵的险要地势，“龙蟠虎踞山如画”，其地如龙盘虎踞般雄壮，山色风光如画一般，而这一切却都没有保住两个王朝，使其免于衰亡。这三句合起来，便可见作者细心经营的诗句中别有一番深意。向来亡国之君皆骄奢淫逸，而明君即使无险峻之地守护，民心所向，也绝不会亡国。

“伤心诗句多，危城落日寒鸦"，有多少伤心的诗句流传下来，落日西下，高高的城墙上只剩下寒鸦在栖息。“伤心”二字点出了作者此时的心情，昏君无道，黎民遭殃，江山易主让作者忍不住感慨万千。作者又通过“危城”“落日”“寒鸦”三个意象塑造了一种萧瑟落魄的景象，通过诗句可以想到王朝的兴衰。

“凤不至空台上，燕飞来百姓家”，作者写南京城曾经辉煌的凤凰台已成一座空台，原来辉煌的宫殿如今也成为平常百姓居住的地方。李白曾有“凤凰台上凤凰游，凤去台空江自流”的著名诗句，作者此句也表示了类似的意思，即昔日的辉煌已经不再。

“燕飞来百姓家”出自刘禹锡《乌衣巷》中“旧时王谢堂前燕，飞入寻常百姓家”一句，东晋王、谢两家曾是当时的贵族巨擘，然而世事多变，如今那豪华的住宅早已成为百姓的居住地。作者这里引用了两个典故，借古讽今，感慨物换星移和王朝的兴衰多变。

自古以来，多少忠义之士为国鞠躬尽瘁，却多因昏君误国而心酸不已。作者生于元朝，但元朝统治者残酷的统治和黑暗的官场，让作者不禁想起那南宋灭亡的惨剧，因而伤感不已。

八声甘州·故将军饮罢夜归来

【宋】辛弃疾

夜读《李广传》，不能寐。因念晁楚老、杨民瞻[①]约同居山间，戏用李广事，赋以寄之。

故将军饮罢夜归来，长亭解雕鞍[②]。恨灞陵醉尉，匆匆未识，桃李无言。射虎山横一骑，裂石响惊弦[③]。落魄封侯事，岁晚田园[④]。

谁向桑麻杜曲？要短衣匹马，移住南山。看风流慷慨，谈笑过残年[⑤]。汉开边[⑥]，功名万里，甚[⑦]当时、健者[⑧]也曾闲？纱窗外、斜风细雨，一阵轻寒[⑨]。

注释

①晁楚老、杨民瞻：辛弃疾的友人，生平不详。晁楚老：《上饶县志》卷二十三《寓贤》："晁谦之字恭祖，澶州人，渡江亲族离散，极力收恤，因居信州。仕宋，官敷文阁直学士，卒葬铅山鹅湖，子孙因家焉。"按：晁楚老始末详，疑即谦之之后人也。

②解雕鞍：卸下精美的马鞍，指下马。

③裂石响惊弦：引用李广射石虎的典故。

④岁晚田园：指李广屡立战功却没有被封侯，晚年闲居田园。

⑤谁向至残年：杜甫《曲江》三章："自断此生休问天，杜曲幸有桑麻田，故将移住南山边。短衣匹马随李广，看射猛虎终残年。"
⑥开边：指西汉时开疆拓土向外扩张。
⑦甚：为何，为什么。
⑧健者：《后汉书·袁绍传》："天下健者，岂惟董公。"
⑨纱窗外三句：用苏轼《和刘道原咏史》诗"独掩陈编吊兴废，窗前山雨夜浪浪"句意。

译文

汉代的李广将军，曾夜出与友人在田间饮酒，回到灞陵亭，下马住宿，灞陵尉喝醉了出言侮辱他，虽然来时匆匆，灞陵尉可能还不认识李广将军。但李广将军闻名天下，桃李树虽然不会说话，但树下自然成蹊。李将军在南山半腰里，一人一匹马去射猎，误把草丛里的石头当作老虎，弓弦发出了惊人的响声，箭镞射进了石头，把石头都射裂了。这样的英雄没有受到封侯，到了晚年，退居山村，过着耕田地、种菜园的生活。

谁去杜曲去种桑麻？我是不去的。我要穿上轻便的短衣，骑上一匹马，到南山去学李广射虎的生活。我要风流潇洒、慷慨激昂、谈笑愉快地过一个幸福的晚年。汉代开拓边疆，打击侵略者、保卫边疆的事业是伟大的，不少的人在这个长约万里的国境线上，建功立业。可是，为什么正在非常需要人才的当时，像李广将军这样有胆略、有才干而且是曾经在边疆建立过丰功伟迹的人，也落职闲居呢？我正在沉思的时候，纱窗外，斜风细雨，送来一阵轻寒。

赏析

汉"飞将军"李广的故事广为人知，在古代诗文中也多所咏及。辛弃疾的这首《八声甘州》，便是其中的名篇。辛弃疾在题语说"夜读《李广传》，不能寐"，可见他当时的情绪是非常激动的。后边说

"戏用李广事"，则不过是寓庄于谐的说法罢了。

此词上阕寥寥数语，约略叙述了李广的事迹。据《史记·李将军列传》载李广罢官闲居时，"尝夜从一骑出，从人田间饮。还至霸陵亭。霸陵尉醉，呵止广。广骑曰：'故李将军'。尉曰：'今将军尚不得夜行，何乃故也！'止广宿亭下。"开篇至"无言"数句即写此事。这里特别突出"故将军"一语，以之居篇首，表现了作者对霸陵尉势利人的愤慨。同时，词中直接把司马迁对李广的赞辞"桃李无言，下自成蹊"当作李广的代称，表示对李广朴实性格的赞赏。一褒一贬，爱憎分明。传文又载："广出猎，见草中石，以为虎而射之。中石，没镞。视之，石也。""射虎"二句即写此事。单人独骑横山射虎，可见胆气之豪；弓弦惊响而矢发裂石，可见筋力之健。李广如此健者而被废弃，又可见当时朝政之昏暗。传文又载李广语云："自汉击匈奴而广未尝不在其中，而诸部校尉以下，才能不及中人，然以击胡军功取侯者数十人，而广不为后人，然无尺寸之功以得封邑者何也？"辛词中"落魄"二句即指此事。劳苦而不得功勋，英勇而反遭罢黜，进一步说明朝政之黑暗。一篇《史记·李将军列传》长达数千字，但作者只用数十字便勾画出了人物的性格特征和生平主要事迹，且写得有声有色，生动传神，可见作者不愧为一代文豪。

与上阕不同，词的下片专写作者自己的感慨。唐代诗人杜甫《曲江三章》第三首有"自断此生休问天，杜曲幸有桑麻田，故将移住南山边，短衣匹马随李广，看射猛虎终残年"诗句。作者在题语云"晁楚老、杨民瞻约同居山间"，此处即以杜甫思慕李广之心，隐喻晁、杨亲爱自己之意，盛赞晁、杨不以穷达异交的高风，与开头所写灞陵呵夜事形成鲜明的对照。其中"看风流慷慨，谈笑过残年"一语，上应"落魄封侯事，岁晚田园"句，表现了作者宠辱不惊、无所悔恨的坚强自信。"汉开边、功名万里，甚当时、健者也曾闲"一句，借汉言宋，感慨极深沉，讽刺极强烈。具体说来，它大致有以下几层含义：一是汉时开边拓境，号召立功绝域，健如李广者本不当投闲，然竟亦投闲，可见邪曲之害公、方正之不容，乃古今之通病，正不必为之怅恨；二是汉时征战不休，健如李广者尚且弃而不用，宋朝求和讳

战，固当斥退一切勇夫，更不必为之嗟叹。以上皆反面意，实则是痛恨朝政腐败，进奸佞而逐贤良，深恐国势更趋衰弱。作者遭到罢黜，乃因群小谗毁所致，故用“纱窗外、斜风细雨，一阵轻寒”之景作结，隐喻此辈之阴险和卑劣，并以点明题语所云“夜读”情事。此语盖用柳宗元《登柳州城楼寄漳汀封连四州刺史》“惊风乱飐芙蓉水，密雨斜侵薜荔墙”诗意，但换“惊风”为“斜风”，以示其谗毁之邪恶；改“密雨”为“细雨”，以示其谗毁之琐屑；又以“轻寒”一事，以示其谗毁之虚弱。这样一来，使其更具有表达力。

辛弃疾的这首词，其句子檃括了不少前人的诗文。但是，这首词绝不是简单地照搬古人语句，而是在檃括前人辞句时加进了生动的想象，融入了深厚的情感。如上阕写灞陵呵夜事，加进“长亭解雕鞍”的想象，便觉情景逼真；写出猎射虎事，加进“裂石响惊弦”的想象，更觉形神飞动。下阕“汉开边、功名万里，甚当时、健者也曾闲”一问，气劲辞婉，几经顿挫才把意思说完，情真意切，充满了无限悲愤。这首词不仅抒情真切感人，而且语言上也多所创新，是不可多得的佳作。

折桂令①·毗陵②晚眺

【元】乔吉

江南倦客③登临，多少豪雄，几许消沉④。今日何堪，买田阳羡⑤，挂剑长林⑥。霞缕烂谁家昼锦⑦，月钩横故国丹心⑧。窗影灯深，磷火⑨青青，山鬼喑喑⑩。

注释

①折桂令：曲牌名。又称《蟾宫曲》《天香引》《秋风第一枝》等，共十一句。
②毗（pí）陵：古县名，春秋时吴季札的封地，治所在今江苏省常州市。

③倦客：倦于游宦的人。
④几许消沉：几许，多少。多少人消沉下去了。
⑤买田阳羡：苏轼晚年想定居于阳羡，有买田于此的意思。阳羡，古县名。在今江苏省宜兴县南。语出宋苏轼《菩萨蛮》：“坐谪六年，止求自便，买田阳羡。誓毕此生。”
⑥挂剑长林：长林，茂密的树林，此处用典一说指代春秋时季札为祭奠亡友，将宝剑挂在其坟上的故事。据《史记·吴太伯世家》中的记载：“季札之初使，北过徐君。徐君好季札剑，口弗敢言。季札心知之，为使上国未献。还至徐，徐君已死，于是乃解其宝剑，系之徐君冢树而去。”二说许逊是旌阳县的县令，后因为世道大乱，投身道门，最后修炼成仙。据《名山记》中所记载，建昌县冷水观前的一株松树便是许逊成仙后遨游此处的挂剑处。
⑦昼锦：原为衣锦荣归之意。《史记·项羽本纪》：“富贵不归故乡，如衣锦夜行。”宋韩琦在故乡筑了别墅，因名为“昼锦堂”。
⑧月钩横故国丹心：这句是化用周密《一萼红》中“故国山川，故园心眼，还似王粲登楼”的句意。
⑨磷（lín）火：由骨殖分解出来的磷化氢，在空气中会自动燃烧，在墓地中多见。
⑩喑喑（yīn）：泣不成声的样子。

作者名片

乔吉（约1280—1345），字梦符，号笙鹤翁，又号惺惺道人。太原（今属山西）人，元代杂剧家，他一生怀才不遇，倾其精力创作散曲、杂剧。他的杂剧作品，见于《元曲选》《古名家杂剧》《柳枝集》等集中。散曲作品据《全元散曲》所辑存小令200余首，套曲11首。散曲集今有抄本《文湖州集词》1卷，李开先辑《乔梦符小令》1卷，及任讷《散曲丛刊》本《梦符散曲》。

译文

江南的倦于游宦的人于此处登临，想历史上多少豪杰，曾风流几时，终归消沉。今天怎堪忍受，当年苏东坡曾有买田之叹，吴公子也只落得挂剑长林。晚霞灿烂，辉映着谁家的昼锦楼堂，残月如钩，空对着我思念故乡的心灵。人家窗上影射的灯火昏昏，窗外闪

耀着磷火青青，远处传来山鬼的哭泣声。

赏析

此曲前三句写现实之景、历史之思。“江南倦客登临，多少豪雄，几许消沉。”这支曲整体透着一种沉重的悲凉之感，起句“江南倦客登临”便初露端倪。“倦客”意味疲倦于游宦之人，加上“江南”二字，明确宦游的地点。乔吉是太原人，后寓居杭州，一生四海漂泊，故以“江南倦客”自称，而“倦”字正显示了他对于这种漂泊生活的倦怠。“多少豪雄，几许消沉”，眺望着毗陵的夜景，作者陷入了深思。过往的历史中有多少英雄豪杰，如今都已经“消沉”。这两句从现实之景转入历史之思，一下子拓宽了曲子的境界。

中间三句援引两个典故。“今日何堪，买田阳羡，挂剑长林。”曲中援引了历史上两个著名的典故。“买田阳羡”是用苏轼典，苏轼一生仕途坎坷，被贬谪之后终于悟出世事皆虚幻的道理，到晚年再不倾心于官场，只求在田园中度过余生。人生如梦，曾经的美好最终也难逃过历史尘埃的掩埋，这也是古往今来仁人志士共同的心绪和愤慨。“挂剑长林”，是用季札典，也有说乔吉此句是化用晋代许逊挂剑长松的典故。如此饵释似乎与上句更为相符，与整首曲的基调也更为呼应。

末尾几句写他人富贵，自己生命如流，倍感凄凉。“霞缕烂谁家昼锦，月钩横故国丹心”，这两句对仗工整。“昼锦”则是用来比喻朝霞，作者在“霞缕烂”和“昼锦”之间，插入“谁家”二字，一下子使自己与这种富贵、耀眼的景象隔绝，这富贵不过是别人家的，与自己毫无一丝关系。朝霞已去，夜晚到来，残月如钩，“故国丹心”句是化用周密《一萼红》，谓岁月如梭，人鬼殊途，对故国的一片丹心都是过去式了。窗影深深，夜已经深了，灯火也归于黯淡。遥望窗外，山野间“磷火青青，山鬼喑喑”。残灯喻指毕命之灯，一切的一切最终都将化为泡影，都逃不过生死天命，让人倍感凄凉和肃然。

乔吉那些表达归隐之心的作品是他寻找解脱和心灵慰藉的产物，这首曲进一步展现了他内心对于一生漂泊、无法超脱命运的痛苦。诗歌这种艺术形式只有和诗人内心深处的灵魂结合才具有审美的意义，而乔吉的散曲便很好地做到了这一点。通过阅读这支小令，读者可以清楚地感受到作者内心深处的痛苦和感伤，他清楚地看着这个现实，却一直无法接受，这也是其痛苦和矛盾的根源。

满江红·拂拭残碑

【明】文徵明

拂拭残碑，敕飞字[①]，依稀堪读。慨当初，倚飞何重，后来何酷。岂是功成身合死，可怜事去言难赎[②]。最无辜、堪恨更堪悲，风波狱。

岂不念，疆圻蹙[③]；岂不念，徽钦辱[④]！念徽钦既返，此身何属？千载休谈南渡[⑤]错，当时自怕中原复。笑区区、一桧[⑥]亦何能，逢[⑦]其欲。

注释

①敕飞字：敕，帝王下给臣子的诏命；飞，指南宋民族英雄、抗金名将岳飞。
②难赎：指难以挽回损亡。
③疆圻蹙：疆域缩少，指金人南侵，南宋的版图已远小于北宋。
④徽钦辱：宣和七年（1125），金兵南侵，直逼宋都汴京，宋徽宗赵佶见事不可为，急忙传位给宋钦宗赵桓。靖康二年（1127），金兵攻破汴京，掳徽宗、钦宗二帝北还，北宋由此灭亡。
⑤南渡：徽、钦宗二帝被掳后，赵构以康王入继大统，是为高宗。他不知耻，不念父兄，自汴梁（开封）迁都临安（杭州）以图偏安，史称南渡。

⑥桧：指秦桧。秦桧（1090—1155），字会之，江宁（南京市）人。政和五年（1115）进士。1127年，随徽、钦二帝至金，四年后，金将他放还。高宗任以礼部尚书。绍兴年间为相，深受宠信，力主议和，杀害岳飞，镇压大批主战派。为人阴险狡诈，在位十九年，罪恶累累，恶贯满盈。

⑦逢：迎合。欲：愿望，需要。

作者名片

文徵明（1470—1559），原名壁，字征明，号衡山居士，长洲(今江苏苏州)人，“吴中四才子”之一。四十二岁起以字行，更字征仲。因先世衡山人，故号衡山居士，世称“文衡山”，明代画家、书法家、文学家。长州（今江苏苏州）人。生于明宪宗成化六年，卒于明世宗嘉靖三十八年，年九十岁，私谥贞献先生。曾官翰林待诏。诗宗白居易、苏轼，文受业于吴宽，学书于李应祯，学画于沈周。在诗文上，与祝允明、唐寅、徐真卿并称“吴中四才子”。在画史上与沈周、唐寅、仇英合称“吴门四家”。明武宗正德末，授翰林院待诏。世宗立，预修武宗实录，侍经筵，后辞归。及卒，诗文书画皆工，而画尤胜。有《甫田集》三十五卷。《明史》卷二八七有传。

译文

拂拭去残碑上的尘土，当年石碑上刻的宋高宗依托岳飞时的诏书还可依稀辨读，令人感慨万分的是，皇帝当初对岳飞是何等的器重，后来又为什么那样的残酷，难道是功高震主就身当该死，可惜事过境迁，高宗依托岳飞的诏书难赎惨杀岳飞的罪恶，最令人感到可恨可悲而又极为无理的是，秦桧等人一手制造的杀害岳飞的风波亭冤狱。

宋朝的皇帝啊！难道你就不知疆土在逐日散失，难道你忘了徽钦被俘的奇耻大辱，然而徽宗钦宗真正返回之后，赵构的帝位又怎能相属，千年万代的人们啊再不要说不该南渡偏安一隅，当时的赵构自己就怕收复中原，可笑的是，区区一个秦桧又有多少能耐，只是他迎合了赵构的心意而已。

赏析

词的上片直接点题，夹叙夹议，主要通过史实，引发人们对岳飞蒙冤受屈产生愤慨。

“拂拭残碑，敕飞字、依稀堪读。”起首从叙事起，引出以下直至终篇的慷慨。残碑的发掘出土，以铁的事实证明高宗当年褒奖岳飞千真万确。这便是“倚飞何重”的证据，可后来为什么又把岳飞残酷地杀害了呢？

“岂是功成身合死，可怜事去言难赎。”词人举古来不合理之事相对照，以见岳飞之冤。

“最无辜、堪恨又堪悲，风波狱。”末二句归结到“后来何酷”的事实。上阕略叙事实，深致感叹，于感叹中连发三层疑义，层层紧逼，引起无限激愤，自然导入下片对事理的分析。

下片剖析岳飞被杀的原因。

“岂不念，封疆蹙；岂不念，徽钦辱。”岂不念国家的疆界在敌人侵略下日渐缩小，岂不念徽钦二帝被俘的耻辱。这本不成问题的，作为问题提出来，正在于它出于寻常事理之外，那只能是别有用心了。

“念徽钦既返，此身何属。”实乃一针见血之论。鞭辟入里，不仅辛辣地诛挞了宋高宗丑恶的内心世界，也是数千年帝王争位夺权史中黑暗内幕的大曝光，读后令人拍案击节。“千载休谈南渡错，当时自怕中原复。”二句揭出高宗必杀岳飞的原因。高宗为了保住自己的帝位，可以置徽钦二帝死活于不顾。岳飞一贯主张抗金，恢复中原，且到朱仙镇大捷，中原恢复有望，再发展下去，势必直接危及高宗帝位。岳飞被杀害，自然也就不足为奇了。

“笑区区、一桧亦何能，逢其欲。”结尾二句归到岳飞悲剧的产

生，乃出于君相的罪恶默契。暴露了高宗的卑鄙自私的龌龊心理，岳飞之冤狱也可以大白于天下了。

此词纯以议论着笔，可当作一篇精彩的史论来读。全词以敕碑引发，渐次深入，既对岳飞的遭遇表示了深刻的同情，又对宋高宗不以国家人民利益为重，残害忠良进行毫不留情地挞伐，语言犀利。此词犹如一篇宣判词，揭示了虚伪自私的宋高宗的真面目。它痛快淋漓，极具史胆史识，可谓咏史词的杰作。

青玉案①·姑苏台②上乌啼曙

【清】王国维

姑苏台上乌啼曙，剩霸业③，今如许。醉后不堪④仍吊古。月中杨柳，水边楼阁，犹自教歌舞⑤。

野花开遍真娘墓⑥，绝代红颜⑦委朝露。算是人生赢得处。千秋诗料⑧，一抔⑨黄土，十里寒螀⑩语。

注释

①青玉案：青玉案，词牌名，取于东汉张衡《四愁诗》：“美人赠我锦绣段，何以报之青玉案。”又名《横塘路》《西湖路》，双调六十七字，前后片各五仄韵。亦有第五句不用韵者。

②姑苏台：在江苏吴县西南姑苏山上，相传为吴王阖闾或夫差所筑。

③霸业：指称霸诸侯或维持霸权的事业。今如许：现在成了这个样子。

④不堪：不能承受。吊古：凭吊往古之事

⑤教歌舞：教女孩子们演习歌舞。

⑥真娘墓：在今江苏苏州虎丘。真娘：唐代名妓。

⑦绝代红颜：举世无双的美女。

⑧诗料：写诗的素材。

⑨一抔（póu）黄土：指坟墓。

⑩寒螀（jiāng）：寒蝉。

作者名片

王国维（1877—1927），初名国桢，字静安。浙江省海宁州（今浙江省嘉兴市海宁）人 。王国维是中国近、现代相交时期一位享有国际声誉的著名学者。 他平生学无专师，自辟户牖，成就卓越，贡献突出，在教育、哲学、文学、戏曲、美学、史学、古文学等方面均有深诣和创新，为中华民族文化宝库留下了广博精深的学术遗产。

译文

落日中，姑苏台上乌鸦悲鸣。那些野心勃勃的江山事业，如今又在哪里？一场醉后凭吊古今。月色下的杨柳，水边的楼台阁榭，还有那些自顾学习歌舞的女孩子们。

真娘的墓前开满了野花，绝代美女从此消失了，就如同朝露一样。怎么才能不白白的虚度光阴，多少年后成为写诗的题材，哪怕是一座孤坟，只有坟里的寒蝉相伴。

赏析

此词上片写吴王阖闾姑苏台，下片写唐代名妓真娘墓。前者象征王者霸业，后者象征红颜朝露。何谓“犹自教歌舞”，这是出自《吴越春秋》。阖闾“欲兴兵戈以诛暴楚”，“霸天下而威诸侯”，乃将“善为兵法，辟隐深居”的孙武请入宫中，操练兵法，并听从伍子胥“兵者凶事，不可空试”的诤言，忍痛让孙武将操练中充“军队长”却“掩口而笑”，不听将令的两名宠姬处斩。夫差则相反，“昼假官于姑胥之台”，醒来请太宰喜解梦，竟听信其“乐府鼓声”“宫女悦乐琴瑟和”之类谗言，愈益纵欲荒淫。阖闾不爱红妆爱武将，而以姑苏台为练兵场的不肖子夫差却只爱红妆弃武装，姑苏台成了纵情声色的歌舞场。

然而，王国维主张“词人观物须用诗人之眼，不可用政治家之眼”。“君王枉把平陈业，换得雷塘数亩田”。如同隋炀帝最后只换得数亩葬身之地，吴王阖闾的霸业也仅留下一座荒废的姑苏台。故词云“醉后不堪仍吊古”。反之，真娘虽沦落风尘，其墓上却开遍野花，赢得了多少骚人墨客为之吟诗，洒下同情之泪。“千秋诗料，一抔黄土”，这就是“通古今而观之”的诗人之眼里的又一个人间。

桂枝香·金陵怀古

【宋】王安石

登临送目①，正故国②晚秋，天气初肃。千里澄江似练③，翠峰如簇④。归帆去棹⑤残阳里，背西风，酒旗斜矗。彩舟云淡，星河鹭起⑥，画图难足⑦。

念往昔，繁华竞逐⑧，叹门外楼头⑨，悲恨相续⑩。千古凭高⑪对此，谩嗟荣辱⑫。六朝⑬旧事随流水，但寒烟衰草凝绿。至今商女，时时犹唱，后庭遗曲⑭。

注释

①登临送目：登山临水，举目望远。
②故国：旧时的都城，指金陵。
③千里澄江似练：形容长江像一匹长长的白绢。语出谢朓《晚登三山还望京邑》：“余霞散成绮，澄江静如练。”澄江，清澈的长江。练：白色的绢。
④如簇：这里指群峰好像丛聚在一起。簇：丛聚。
⑤去棹（zhào）：往来的船只。棹：划船的一种工具，形似桨，也可引申为船。
⑥星河鹭（lù）起：白鹭从水中沙洲上飞起。长江中有白鹭洲（长江与秦淮河相汇之处的小洲）。星河：银河，这里指长江。
⑦画图难足：用图画也难以完美地表现它。

⑧繁华竞逐：（六朝的达官贵人）争着过豪华的生活。竞逐：竞相仿效追逐。
⑨门外楼头：指南朝陈亡国惨剧。语出杜牧《台城曲》："门外韩擒虎，楼头张丽华。"韩擒虎是隋朝开国大将，他已带兵来到金陵朱雀门（南门）外，陈后主尚与他的宠妃张丽华于结绮阁上寻欢作乐。
⑩悲恨相续：指亡国悲剧连续发生。
⑪凭高：登高。这是说作者登上高处远望。
⑫谩嗟荣辱：空叹什么荣耀耻辱。这是作者的感叹。
⑬六朝：指三国吴、东晋、南朝宋、齐、梁、陈六个朝代。它们都建都金陵。
⑭《后庭》遗曲：指歌曲《玉树后庭花》，传为陈后主所作。杜牧《泊秦淮》："商女不知亡国恨，隔江犹唱《后庭花》"，后人认为是亡国之音。

译文

登山临水，举目望远，故都金陵正是深秋，天气已变得飒爽清凉。奔腾千里的长江澄澈得好像一条白练，青翠的山峰俊伟峭拔犹如一束束的箭镞。帆船在夕阳往来穿梭，西风起处，斜插的酒旗在小街飘扬。华丽的画船如同在淡云中浮游，江中洲上的白鹭时而停歇时而飞起，这清丽的景色就是丹青妙笔也难描画。

遥想当年，达官贵人争着过豪华的生活，可叹在朱雀门外结绮阁楼，六朝君主一个个地相继败亡。自古多少人在此登高怀古，无不对历代荣辱喟叹感伤。六朝的风云变化全都随着流水消逝，剩下的只有寒烟惨淡、绿草衰黄。直到如今的商女，还不知亡国的悲恨，时时放声歌唱《后庭花》遗曲。

赏析

此词通过对金陵（今江苏南京）景物的赞美和历史兴亡的感喟，寄托了作者对当时朝政的担忧和对国家政治大事的关心。上阕写登临金陵故都之所见。"澄江""翠峰""征帆""斜阳""酒旗""西风""云淡""鹭起"，依次勾勒水、陆、空的雄浑场面，境界苍凉。下阕写在金陵之所想。"念"字作转折，今昔对比，时空交错，虚实相生，对历史和现实，表达出深沉的抑郁和沉重的叹息。全词情景交融，境界雄浑阔大，风格沉郁悲壮，把壮丽的景色和历史内容和谐地融合在一起，自成一格，堪称名篇。

词以“登临送目”四字领起，为词拓出一个高远的视野。“正故国晚秋，天气初肃”点明了地点和季节，因为是六朝故都，乃称“故国”，“晚秋”与下句“初肃”相对，瑟瑟秋风，万物凋零，呈现出一种“悲秋”的氛围。此时此景，登斯楼也，则情以物迁，辞必情发，这就为下片的怀古所描述的遥远的时间作铺垫。

“千里澄江似练，翠峰如簇”，“千里”二字，上承首句“登临送目”——登高远望即可纵目千里；下启“澄江似练，翠峰如簇”的大全景扫描，景象开阔高远。“澄江似练”，脱化于谢朓诗句“澄江静如练”，在此与“翠峰如簇”相对，不仅在语词上对仗严谨、工整，构图上还以曲线绵延（“澄江似练”）与散点铺展（“翠峰如簇”）相映成趣。既有平面的铺展，又有立体的呈现，一幅金陵锦绣江山图展现眼前。

“征帆去棹残阳里，背西风酒旗斜矗”是在大背景之下对景物的具体描写，“残阳”“西风”，点出时下是黄昏时节，具有典型的秋日景物特点。“酒旗”“征帆”是暗写在秋日黄昏里来来往往的行旅，人事匆匆，由纯自然的活动景物写到人的活动，画面顿时生动起来。

“彩舟云淡，星河鹭起”是大手笔中的点睛之处。“彩舟”“星河”，色彩对比鲜明；“云淡”“鹭起”，动静相生。远在天际的船罩上一层薄雾，水上的白鹭纷纷从银河上惊起，不仅把整幅金陵秋景图展现得活灵活现，而且进一步开拓观察的视野——在广漠的空间上，随着征帆渐渐远去，水天已融为一体，分不清哪里是水、哪里是天。如此雄壮宽广的气度，如此开阔旷远的视野与王勃的《滕王阁序》“落霞与孤鹜齐飞，秋水共长天一色”比较，两者展现的气度与视野不相上下，一为千古传诵的骈文警句，一为前所未有的词中创境，可谓异曲同工。正如林逋《宿洞霄宫》“秋山不可尽，秋思亦无垠”所言，眼前所见，美不胜收，难以尽述，因此总赞一句“画图难足”，结束上阕。

下阕怀古抒情。“念往昔”一句，由登临所见自然过渡到登临所想。“繁华竞逐”涵盖千古兴亡的故事，揭露了金陵繁华表面掩盖着纸醉金迷的生活。紧接着一声叹息，“叹门外楼头，悲恨相续”，此语出自杜牧的《台城曲》“门外韩擒虎，楼头张丽华”诗句，化用其意，以典型化手法，再现当时隋兵已临城下，陈后主居然对国事置若罔闻，在危难之际还在和妃子们寻欢作乐的可悲。这是亡国悲剧艺术缩影，嘲讽中深含叹惋。“悲恨相续”，是指其后的统治阶级不以此为鉴，挥霍无度，沉溺酒色，江南各朝，覆亡相继：遗恨之余，嗟叹不已。

“千古凭高”二句，是直接抒情，凭吊古迹，追述往事，抒对前代吊古、怀古不满之情。“六朝旧事”二句，化用窦巩《南游感兴》“伤心欲问前朝事，惟见江流去不回。日暮东风春草绿，鹧鸪飞上越王台”之意，借“寒烟、衰草”寄惆怅心情。去的毕竟去了，六朝旧事随着流水一样消逝，如今除了眼前的一些衰飒的自然景象，更不能再见到什么。

更可悲的是“至今商女，时时犹唱，后庭遗曲”，融化了杜牧的《泊秦淮》中“商女不知亡国恨，隔江犹唱后庭花”的诗意。《随书·五行志》说：“祯明初，后主创新歌，词甚哀怨，令后宫美人习而歌之。其辞曰：‘玉树后庭花，花开不复久。’时人以为歌谶，此其不久兆也。”后来《玉树后庭花》就作为亡国之音。此句抒发了诗人深沉的感慨：不是商女忘记了亡国之恨，是统治者的醉生梦死，才使亡国的靡靡之音充斥在金陵的市井之上。

同时，这首词在艺术上也有成就，它体现了作者“一洗五代旧习”的文学主张。词本倚声，但王安石说：“古之歌者，皆先为词，后有声，故曰‘诗言志，歌永言，声依永，律和声’。如今先撰腔子，后填词，却是‘永依声’也。”（赵令畤《侯鲭录》卷七引）显然是不满意只把词当作一种倚声之作。这在当时是异端之论，但今天看来却不失其锐敏和先知先觉之处。北宋当时的词坛虽然已有晏殊、柳永这样一批有名词人，但都没有突破“词为艳科”的藩篱，词风柔弱无力。他曾在读晏殊小词后，感叹说：“宰相为此可乎?”（魏泰

《东轩笔录》引）。所以他自己作词，便力戒此弊，“一洗五代旧习”（刘熙载《艺概》卷四），指出向上一路，为苏轼等士大夫之词的全面登台，铺下了坚实的基础。

山坡羊·潼关怀古①

【元】张养浩

峰峦如聚②，波涛如怒③，山河表里潼关路④。望西都⑤，意踌躇⑥。

伤心⑦秦汉经行处，宫阙⑧万间都做了土。兴⑨，百姓苦；亡，百姓苦。

注释

①山坡羊：曲牌名，是这首散曲的格式；“潼关怀古”是标题。

②峰峦如聚：形容群峰攒集，层峦叠嶂。聚：聚拢；包围

③波涛如怒：形容黄河波涛的汹涌澎湃。怒：指波涛汹涌。

④“山河”句：外面是山，里面是河，形容潼关一带地势险要。具体指潼关外有黄河，内有华山。表里：即内外。《左传·僖公二十八年》：“表里山河，必无害也。”注：“晋国外河而内山。”潼关：古关口名，在今陕西省潼关县，关城建在华山山腰，下临黄河，扼秦、晋、豫三省要冲，非常险要，为古代入陕门户，是历代的军事重地。

⑤西都：指长安（今陕西西安）。这是泛指秦汉以来在长安附近所建的都城。秦、西汉建都长安，东汉建都洛阳，因此称洛阳为东都，长安为西都。

⑥踌躇：犹豫、徘徊不定，心事重重，此处形容思潮起伏，感慨万端陷入沉思，表示心里不平静。一作踟蹰（chí chú）。

⑦伤心：令人伤心的事，形容词作动词。秦汉经行处：秦朝（前221—前206）都城咸阳和西汉（前208—8）的都城长安都在陕西省境内潼关的西面。经行处，经过的地方。指秦汉故都遗址。

⑧宫阙：宫，宫殿。阙：皇宫门前面两边的楼观。

⑨兴：指政权的统治稳固。兴、亡：指朝代的盛衰更替。

译文

华山的山峰从四面八方会聚，黄河的波涛像发怒似的汹涌。潼关古道内接华山，外连黄河。遥望古都长安，我徘徊不定，思潮起伏。

令人伤心的是秦宫汉阙里那些走过的地方，万间宫殿早已化作了尘土。一朝兴盛，百姓受苦；一朝灭亡，百姓依旧受苦。

赏析

此曲是张养浩晚年的代表作，也是元散曲中思想性、艺术性完美结合的名作。在他的散曲集《云庄乐府》中，以“山坡羊”曲牌写下的怀古之作有七题九首，其中尤以《潼关怀古》韵味最为沉郁，色彩最为浓重。此曲抚今追昔，由历代王朝的兴衰引到人民百姓的苦难，一针见血地点出了封建统治与人民的对立，表现了作者对历史的思索和对人民的同情。

全曲分三层：第一层（头三句），写潼关雄伟险要的形势。张养浩途经潼关，看到的是“峰峦如聚，波涛如怒”的景象。这层描写潼关壮景，生动形象。第一句写重重叠叠的峰峦，潼关在重重山峦包围之中，一“聚”字让读者眼前呈现出华山飞奔而来之势、群山攒立之状；因地势险要，为古来兵家必争之地。山本是静止的，“如聚”化静为动，一个“聚”字表现了峰峦的众多和动感。第二句写怒涛汹涌的黄河，潼关外黄河之水奔腾澎湃，一“怒”字让读者耳边回响千古不绝的滔滔水声。黄河水是无生命的，而“如怒”则赋予河水以人的情感和意志，一个“怒”字，写出了波涛的汹涌澎湃。“怒”字还把河水人格化，“怒”字注入了诗人吊古伤今而产生的满腔悲愤之情。为此景所动，第三句写潼关位于群山重重包围、黄河寒流其间那险隘之处。“山河表里潼关路”之感便油然而生，至此潼关之气势雄伟窥见一斑，如此险要之地，暗示潼关的险峻，乃为历代兵家必争之地，也由此引发了下文的感慨。

第二层（四一七句）。“望西都”两句，描写了作者西望长安的无限感慨。长安，历史上赫赫有名的汉唐大帝国的国都，历代有多少励精图治的皇帝，曾在此施展过宏图，建树过功业；也曾有过多少无道的昏君，在此滥施淫威、虐杀人民，成为历史的罪人。长安，在这个特定的历史舞台上，演出过多少威武雄壮，悲欢离合的戏剧；又有多少诗人、作家，写过多少有关长安的诗文。特别是人民群众，曾在长安这块土地上流过多少血汗！这就是作者“意踟蹰”的原因和内容吧！

“伤心秦汉”两句，描写了秦汉两代，都已成为历史的陈迹。秦皇汉武曾苦心营造的无数殿堂楼阁，万千水榭庭台，而今都已灰飞烟灭，化为尘土。曾经盛极一时的秦汉王朝，在人民的怒吼声中，都已灭亡，犹如“宫阙万间都做了土”一样。这字里行间寄予了作者多少感慨。

第三层（末四句），总写作者沉痛的感慨：历史上无论哪一个朝代，它们兴盛也罢，败亡也罢，老百姓总是遭殃受苦。一个朝代兴起了，必定大兴土木，修建奢华的宫殿，从而给人民带来巨大的灾难；一个朝代灭亡了，在战争中遭殃的也是人民。他指出历代王朝的兴或亡，带给百姓的都是灾祸和苦难。这是作者从历代帝王的兴亡史中概括出来的一个结论。三层意思环环相扣，层层深入，思想越来越显豁，感情越来越强烈，浑然形成一体。全曲景中藏情情中有景，情景交融。

“兴，百姓苦”两句，指出一个朝代的兴也好、亡也好，受苦的都是老百姓。作者从对历史的概括中提炼出的这一主题是极其鲜明而深刻的，提出的问题是十分重要而尖锐的。它表达了作者对人民的深切同情和对封建统治者的无比愤慨。这一结尾，确实是千锤百炼，一字千钧，语气尖刻而警拔，寓意丰富而深沉，是对全曲的一个十分精辟的总结。

《潼关怀古》中对历史的概括，显指元代现实生活：怀古实乃伤今，沉重实乃责任。这种复杂的感情要结合作家的生平经历才能理解。张养浩特殊的仕途经历，决定了他的怀古散曲中有一种参破功名富贵的思想，《骊山怀古》中写道“赢，都做了土；输，都做了土。”《洛阳怀古》中写道“功，也不长；名，也不长。”《北邙山怀古》中写道“便是君，也唤不应；便是臣，也唤不应。”这些曲中张养浩把胜负之数、功名之分、生死之际，看成了毫无差别的，只是借古人古事述说富贵无常、人生如梦。只有《潼关怀古》以难得的沉重，以深邃的目光，揭示了封建社会里一条颠扑不破的真理“兴，百姓苦；亡，百姓苦”。

在写法上，作者采用的是层层深入的方式，由写景而怀古，再引发议论，将苍茫的景色、深沉的情感和精辟的议论三者完美结合，让这首小令有了强烈的感染力。字里行间中充满着历史的沧桑感和时代感，既有怀古诗的特色，又有与众不同的沉郁风格。

从作品内容、作家其他怀古作品、同时期其他作家怀古作品三个层面上看，《山坡羊·潼关怀古》都表现为一份难得的沉重。

水调歌头①·题李季允②侍郎鄂州吞云楼

宋　戴复古

轮奂③半天上，胜概压南楼④。筹边独坐⑤，岂欲登览快⑥双眸。浪说胸吞云梦，直把气吞残虏，西北望神州⑦。百载⑧一机会，人事恨悠悠。

骑黄鹤⑨，赋鹦鹉⑩，谩风流⑪。岳王祠⑫畔，杨柳烟锁古今愁。整顿乾坤手段，指授英雄方略，雅志若为酬。杯酒不在手，双鬓恐惊秋。

注释

①水调歌头：词牌名。唐朝大曲有《水调歌》，据《隋唐嘉话》，为隋炀帝凿汴河时所作。宋乐入“中吕调”，见《碧鸡漫志》卷四。凡大曲有“歌头”，此殆裁截其首段为之。九十五字，前后片各四平韵。亦有前后片两六言句夹叶仄韵者，有平仄互叶几于句句用韵者。

②李季允：名植。曾任礼部侍郎，沿江制置副使并知鄂州（今湖北武昌）。

③轮奂：高大华美。
④南楼：在湖北鄂城县南。
⑤独坐：一个人坐着。
⑥快：快感。
⑦西北望神州：朝着西北时时眺望沦陷的中原。
⑧百载：百年。谓时间长久。
⑨骑黄鹤：词出崔颢诗“昔人已乘黄鹤去，此地空余黄鹤楼。”
⑩赋鹦鹉：吞云楼近鹦鹉洲，东汉名士祢衡曾在洲上作《鹦鹉赋》。
⑪风流：犹遗风；流风余韵。
⑫岳王祠：惨死在秦桧手中的抗金名将岳飞的祠堂。直至宋宁宗时才追封为鄂王、建立祠庙。

作者名片

戴复古（1167—约1248），字式之，常居南塘石屏山，故自号石屏、石屏樵隐，天台黄岩（今属浙江台州）人，南宋著名江湖诗派诗人。曾从陆游学诗，作品受晚唐诗风影响，兼具江西诗派风格。部分作品抒发爱国思想，反映人民疾苦，具有现实意义。晚年总结诗歌创作经验，以诗体写成《论诗十绝》。一生不仕，浪游江湖，后归家隐居，卒年八十余。著有《石屏诗集》《石屏词》《石屏新语》。

译文

高敞华美的楼阁矗立半天，南楼的胜概也不能同它比肩。你独坐阁上筹策御边，不单是为了满足观景的快感。别只说胸中能吞纳云梦的幅员，你的浩气直把残剩的金虏尽行席卷，朝着西北时时眺望沦陷的中原。千载难逢的战机就在眼前，只可叹人事上总有无止尽的恨憾。

王子安在这里骑鹤登仙，祢衡在这里写下《鹦鹉》的赋篇，都已算不上什么风流事件。看岳王祠畔杨柳如烟，古往今来的愁意凝聚不散。你的手段足以去再造河山，你的方略足以向英雄授传，可高尚的抱负又何从施展？如果手中不时时举起酒盏，只怕会惊异地发现，两鬓上已是秋霜一片。

赏析

“轮奂半天上，胜概压南楼。”开篇突兀而起。紧扣题目，描写吞云楼的胜概。巍巍高楼，直耸云天，华美、壮观。

下面接着这层意思，进一步借楼写人。在司马相如《子虚赋》中，有位齐国乌有先生对楚国使者子虚夸说齐地广大，并形容道：“吞若云梦（楚地广阔的大泽）者八九，于其胸中曾不蒂芥。”在这首词中，戴复古更翻进一层说：“浪说胸吞云梦，直把气吞残虏，西北望神州。”登上这样的高楼，感到“胸吞云梦”，从这里北望中原，简直有气吞残虏（指金兵）的气概。

词写到这里，已将“气吞残虏”的豪情抒写得淋漓尽致，突然文势作了一个大幅度的跌宕：“百载好机会，人事恨悠悠。”词作于1221年，渡江已近百年，终于有了与金作战接连获胜的大好形势，可谓“百年一机会”，可是苟且偷安的南宋朝廷却不能抓住这个好机会，一举收复中原，眼见胜势渐去，英雄亦失去了建功立业、实现抱负的契机，所以词人不禁叹道：“人事恨悠悠”。

词的下片便是将景、情和历史陈迹融为一体，继续抒发“人事恨悠悠”的感慨。直至今日，中原仍在陷落中，活着的人何以慰忠魂。因此词人又调转笔来，寄厚望于李侍郎“整顿乾坤手段，指授英雄方略”了。同时作者又感到收复中原这项事业的艰巨，心生凄怆。还是让我们来干一杯吧，如果没有酒来解忧，秋风起时，真要愁得双鬓都变白了。